与时共语

何泽中——著

人民出版社

目 录

第一篇　心象思辨

第二篇　起行论言

第三篇　职缘逸文

第四篇　览物纪事

第五篇　诗词漫谈

第六篇　书法散记

[第一篇]
心 象 思 辨

　　思与人共存，思与时共生，物质决定意识，意识反映物质。万事万物有成理，见事见物见心象，辨识方能区别物与物之差异，辩证方能分清事与事之联系。从客观到主观，从主观到客观，从认知到思辨，从感性到理性。思，随着时间、地点和环境的变化而变化，或偶然出现，或静思而得，来自事实，来自内心，来自感情。心思之付出，心象之生成，总是真实的，更是真诚的。

随　感

一

很多人常喜欢把"大才小用"放在一个人的身上，其实则不然。什么大才，又何小用？一些人确实有点才，但大多或是自以为是或是眼界不高。往往有的人有点小才却高高在上，目中无人，这事不合口味，那事不满意，无施展本领之处，无前途发展之境，吵吵闹闹。细细想来，一个人无论才的大小，关键在把才用好，有大才办不了事，连小事也办不好，就不是小用了，而是无用。才不是在"说"上，而是在"用"上。事业有如一部大机器，每一个零部件都可以起到作用。大才大用，大才小用，关键能发挥作用。

二

谦虚，是一个人进步必须具备的素质，也是防止人骄傲的理性忠告。

缺少了谦虚，就缺少了自知，往往骄傲。一旦骄傲起来，就难改了。不碰壁，不吃亏，就不知道回头，可那时已经晚了。有些人骄傲是有真本事，有些人骄傲则是盲目的。盲目骄傲就对人家提出的正确意见不以为然。思来想去，还是没文化没知识，读书太少，道理知道太少，眼界受局限。

不断学习才进步，学习了，才知道在知识面前，任何人没有骄傲的资本。

三

脚，对每个人而言都是不可缺少的重要的生命组成部分。但同样是脚，踏的不一定是同一条道，走的不一定是同一个方向的路。

电影《年轻的一代》围绕这一只脚，生动形象地诠释了这个问题。两个好朋友都只有一只脚，却有着不同的人生观、价值观，走着不同的路。这里有信仰、有坚定、有执着，反之，也有安逸、有放纵、有失节。

有对比才知高下，有对比才辨真假，有对比才明方向。

四

世界观的确立不容易，世界观的转变也是不容易的。正确的世界观需要正确的认识、正确的理论引导，需要坚定执着。不正确的世界观的改变是否更难。人一旦认定错误是正确的，任何人的劝说都无济于事，甚至反感，带来对好心人的怀疑。如果醒悟不了，必定摔跟头。外因只是转变的条件，内因才是转变的根本。

1978 年 3—4 月

公　与　私

一

为个人的事不可影响工作和事业，个人的事再大也是小事，公家的事再小也是大事。为个人的事，不可向组织伸手提要求，人在组织，组织的事都是个人的事，个人的事不可影响组织。

二

人一旦进入社会"角色"，就要把"角色"当好，当好事业"角色"，当好生活"角色"。这角色需要公心，需要担当，还需要胸怀。处处以自我为中心，便是私心，有了私心，便失去了角色的价值和意义。

三

下属有困难或出了问题，一定要想办法解决好。否则，给人家的印象不是下属无能，而是领导无能。关心人要出于公心，只顾自己，不管他人，失去的不是他人，而是自己。

四

为大多数人做事，为绝大多数人谋利益的思想在少数人的头脑里简直没有了，心里总想着某某，某某这一层，好像这就是他的一切。是某某给了这一切，还会给他一切。

这是完全的依附关系。组织何在？绝大多数人的利益何在？在这些人眼里，唯某某是从，其他工作可以少做甚至不做，其他人可以少理甚至不理。

试想，如果人人都这样，谁来关心老百姓，谁来为绝大多数人做事。追其源，有这些少数人的思想意识差距，也有一些管人之人的差距。

1982 年 5—6 月

得 与 失

一

一个人当知道自己所能拥有的东西，更应知道自己不能拥有和无法拥有的东西。不可有非分之想，动机的变异必然导致行动的变形。行得正，坐得稳，面对诱惑心如止水，面对名利泰然坦荡。否则，原本属于自己的东西也会失去。一切都想有，一切都没有。

二

得与失不是在名和利，而是在生活中，有的人太看得起自己，对自己感受太好，太折腾自己，在生活中患得患失。

生活经不起折腾，折腾就会反复，带来创伤。会反复，不易平复，留下印记；有创伤，难以磨合，留下伤疤。伤疤不痛，心痛。

平凡一点，平静一点，平常一点，生活是自己的感受，幸福是自己的感觉，无需做样子，无需做给人家看。人世间不只有得与失，人生价值也不尽在得与失。得有时是福，有时是祸，失有时是祸，有时是福。塞翁失马，焉知非福。得失在一定条件下也可以互相转化。

三

不抛弃私念，干一件事都牵挂个人荣辱得失，注定不正派、无公平。汉朝马融说："天无私，四时行；地无私，万物生；人无私，大亨贞。"只想自己，只念私利，注定是孤家寡人，得不到支持，得不到拥护，既感受不到人间之大爱，更感受不到人间之快乐。

四

受病所害，是吃出来的，撑出来的；受钱所害，是贪出来的，多出来的；受权所害，是争出来的，弄出来的；受色所害，是好出来的，玩出来的；受人所害，是惹出来的，斗出来的；受己所害，是说出来的，闲出来的。这些都是为得所失，都是为得所害。得失之间，皆有因果。

2001 年 7 月 3 日

余 闲 之 殊

人们常说，时间是公平公正的，对任何人都是平等的。其实，时间是最残酷的，使你有成就感，也使你有失败感。同样的二十四小时，同样的八小时，不一样的是八小时之外——余闲。

余闲是私人空间，个人自留地。吃睡几小时，余闲几小时，周末和节假日，都是余闲。私人空间演绎什么，自留地种什么，很大程度调节或决定人之精神、文化、意趣和人生质量，如何统一便有了人与人之差异。因而，从某个方面来说，刮目相看，是余闲改变了人的价值。

多点兴趣，有点业余爱好，人生大不一样。有兴趣就有动力，有活力，培养兴趣，就是提供动力，培养活力。兴趣中的载体，有工作和事业中需要深入的爱好，有工作和事业之外的其他爱好。只要这种业余爱好是正当正道，就有益于自己，有益于社会。

从兴趣到爱好，从业余到专业，选择一个方面，哪怕一个不起眼的小方面，搞个书法，画个画，学个手艺，研究个问题，钻研个技术，随着时间的推移，知识积累的丰富，必有心得，定有成果。亚里士多德说，闲暇是黄金的时光，把闲暇连接起来，便是一道彩虹，是生命的延续，是工作和事业的延续。

业余爱好还是一种自我的闲适和慰藉，转移了烦恼，清除了身心疲劳，带来的是心里的快乐和喜悦。

时间相同共天地，人之差异在余闲。

1990 年 10 月 21 日

积　累

一

大自然是一种积累，社会是一种积累，人生又何尝不是一种积累。

积，聚也，积累，积聚也。积累是一个过程。自小听祖辈说，人生就是积善积德积学。积善积德积学之人，善是根，德是本，学是基，皆在一个积字。

积，有积极之积，也有消极之积；有正面之积，也有负面之积。积极进取之积，能使人生充实、丰富和完善。德与善之积，使人心地纯正、善良、富同情心，有正义感。知识在日积月累中使人变得聪明，博古通今，博学多才，以至积微成著。物质在积累中使人知贫富知艰辛，当倍加珍惜，勤俭节约，艰苦朴实。而消极负面之积，使人带偏见，存侥幸。若长期不能解脱，就能积非成是，把谬误当真理，将提醒当积怨，心胸狭窄，积郁成疾。更有甚者，处心积虑，消极颓废，带来危害和灾难。

积累是个过程，是个长期过程，于细微处见精神，在渐变中突变，从偶然到必然。既要积善积德积学积正气。更要除积习、除积弊、化积怨，防止积重难返。

二

人生是过程，人生在积累，人生有结果。强化过程，重视积累，顺其结果。过程是从量变积累到质变（结果）的阶段，积累是从量变到质变（结果）的过程，结果是过程中量变的积累而带来的质变。机遇有偶然性，但具有过程的必然性。积累有知识积累、感情积累、财富积累，但留得住的是知识积累和感情积累。古人云，立志立德立言，乃至理名言。结果有林林总总，唯顺其自然，亦为大道。尽力于过程，留心于积累，释怀于结果。

三

"不积跬步无以至千里，不积小流无以成江海。"学习是一种积累，生活也是一种积累，事业更是一种积累。积累有过程，积累靠点滴，积累在时间，积累无处不在。因此，不可浮躁，不可贪名贪利，当积累再积累，无须有意，是处留心。

1999 年 6 月 27 日

有限中的无限

人是有限的，无论体力还是智力，无论时间还是空间。

于人而言，自然规律谁也无法抗拒，生老病死，人生有限。但性智可塑性极强。读万卷书，行万里路，可开启更多智力，在有限的生命中做无限的事。于寰宇而言，时间和空间无限，在有限的人生中，如何把握无限之时空，把握无限之智力，也唯有到书海里寻找古今之智慧，以增智力；到大自然中去寻找智慧灵感和启迪，以增智力无限，做有限之中的无限事。知识枯竭，江郎才尽，是真有限，找源泉、找力量，择其食，解其渴，止其饥，才能真无限。

宇宙无限之光阴，有限之生命，人类无限之事业，自然有限之个人，在有限中留点无限之德，在无限中留点有限之为。

1991 年 11 月 16 日

知足知不足

所谓知足常乐，应该是指物质之满足而反映于精神之状态。

物质满足是有限的。一个人的精神层面对物质要求要有满足感。在物质上满足则乐，足是人生追求，乐是人生追求，物质之足，人生一乐，知足知止，二者相统一。反之，人心不足，物质满足永远无限。不满足的心永远不快乐，即使今天满足了，明天又有新的不满足，新烦恼新困境随之而生，永无乐时，永无宁日。

在精神上应止于追求物质世界之足，而不应止于追求精神世界之足。学海无涯，知识无底，不学则无知、无识、无术。学不可知足止足，思亦不可知足止足，面对万千世界，尚须即事穷理，格物穷理，追本穷源。

人于物质应知足知止，人于精神应不知足不知止，不断探索，不断进取。

1993 年 4 月 13 日

生活不是重复

生活不是抄袭，日复一日不是重复，今日不是昨日。每一天发生的事，都是故事，都是历史，有苦有乐，有悲有喜，够回味，够思考，奇妙无穷。这便是人生之过程和经历，更是生活。

带着兴趣，带着信心，去体验，去感受，也就自然而然的习惯了，习惯着重复而又不重复的生活。少一点大喜大悲，少一点大起大落，自是一种幸福。

人生是在过程中活着的。这个过程不是重复，每一天都不一样，名利似流水，富贵如浮云，唯走好过程最有价值，最值得留恋。

不存非分之想，不图欺世之名，不取不义之财。做好每一天，快乐每一天，生活从来不重复。

1996 年 6 月 25 日

行为矛盾的实质

严谨细致和粗枝大叶是一对矛盾，雷厉风行和疲沓拖拉又是一对矛盾。这两对矛盾是行为的矛盾，其实质也是思想作风、工作作风和思想方法、工作方法的两个方面。

严谨细致要求认真严密细心，诸事有序，不怕麻烦。粗心往往出错，粗心常常误事。粗枝大叶生于浮躁，缺乏埋头苦干的精神，缺乏踏实诚恳的作风。

雷厉风行要求反应快，行动快，说干就干。疲沓拖拉则遇事反应迟钝，无紧迫感，更无压力，有些事做了就做了，没做就拖下去，贻误战机。

这两对矛盾，不仅是思想方法和工作方法的问题，而且反映着思想水平和工作能力，更是一种素质和作风的反映。要养成严谨细致、脚踏实地、雷厉风行的作风，防止粗枝大叶和疲沓拖拉的习气。

1997 年 7 月 16 日

困难是客观存在

困难是客观存在。每一个人，每一个时候都会碰到困难，克服困难，困难自然不困难。

工作困难不是困难，是能力和水平的困难。只要用心细心，换脑子，想办法，去请教，去学习，不找借口，不懈怠，努力奋发，定能化解困难。

生活困难也不是困难，再难也饿不死，穷不死。朴素平淡自然些，不攀比，不自卑，少点虚荣心，少点忧愁和怨气，适应了困难，困难也不成其为困难了。

困难总是暂时的。人生如奔流，困难如礁石，奔流越过礁石，激起浪花，这便是人生。

一分困难，也是一分磨难，一分机遇。压力变为动力，困难中长智慧，乐从苦中来。保持尊严，保持理智，风物长宜放眼量，一切困难都会在努力克服中过去。走过艰辛，便是潇洒，历经磨难，自当从容。

1988 年 11 月 13 日

无处不在的问题

人的一生是遭遇问题、解决问题的过程。矛盾不断，问题不断，现有问题化解了，新问题又生成了。循环往复的过程是考验人的信心、意志、胆识和智慧去解决问题的过程。

信心、意志和胆识是战略藐视。问题终能解决，今天解决不了，明天解决，明天解决不了，后天解决；一次解决不了，分次解决；所有问题化解不了，先化解主要问题。有信心，有坚强的意志就不怕问题，不怕矛盾。

智慧和方式方法是战术重视。智慧总比困难多，方法总比困难多，矛盾和问题是客观存在，主观因素是人的最大优势，总有智慧办法和方式方法去化解这些存在的问题。

问题是精神的，又是物质的。问题无处不在，问题永远解决不完；有的是问题，有的不是问题，能解决的是问题，不能解决的不是问题。很多是问题又不是问题的问题，时间会解决，历史会解决，发展会解决。这是解决问题和矛盾的辩证统一，也是宇宙的平衡。

2008 年 3 月 19 日

平衡 · 不平衡

不平衡是绝对的，平衡是相对的，不平衡中有平衡，平衡中有不平衡。有不平衡才有改变，才有对平衡的追求。追求平衡是为了打破不平衡，打破不平衡以达到平衡，而新的平衡又生出新的不平衡，人类便是在这个循环往复中进步的。

事物的发展就是从不平衡中找到平衡，如果平衡到静止，又需要不平衡来化解静止的事物，使事物不断发展变化，达到更高的平衡。这也是矛盾转化和事物发展的规律。

平衡与不平衡是统一的、辩证的。这就是平衡的变化或失衡的变化。不平衡可怕也不可怕，平衡不可怕也可怕。辩证认识辩证破解，任何事物总是在平衡与不平衡中交替发展进步的。

1999 年 12 月 25 日

期望与过程

人生之美好并不在实现后，而是在期望的过程中。人生之价值并不在实现后，而是在追求的过程中。

为美好的价值去期望去追求，生命才有活力，生存才有动力。期望才敢创新，追求才敢创造。生命主体与生存状态与生活历程碰撞激活，生出智慧，并开花结果，看似循环往复，但却美好。

期望有痛苦，追求有磨难。历经曲折，历经艰辛，哪怕历经失败，然而，这些带来成功的过程，却是美好的。

期望靠信念，追求靠意志。人生之路不是选择了什么，而是选择后的坚定、坚守，在坚定、坚守中，达到从享受过程美好，到享受结果美好。

2000 年 10 月 17 日

程　序

如今，程序越来越重要，但有的地方有的事情，程序就是权利，有了程序就有了程序的权力和利益。

程序不可少，程序不可乱，程序不可违，千真万确。但有一点最重要的，程序实现原则，程序服从目的，程序服务效率。程序不可少，原则、目的和效率最重要。程序，是先后顺序，是一种管理方式，是民主的过程，是防止原则变样和实现原则的机制。现在一些事情设置程序十分烦琐，谓之，不怕程序多，就怕没权利，这就变味了。

程序要有，但要科学设置，标准化、规范化，使之真正能促进民主，促进原则的落实和目的实现，不应使设置的程序成为障碍，使程序成为权利，谋取利益。程序服务原则，服务目的，服务效率。

2000 年 7 月 14 日

杂　论

一

在逆境中生存，在逆境中求安乐，是人生中最大的难事。当然，和平时期没有绝对的逆境，更少有死境，只是相对顺境而言，也没有绝对的顺境。

逆境和顺境都不能失去自我。当年毛泽东领导红军在夹缝里求生存，靠智慧和胆识度逆境，取胜利，求安定，是因为有着坚定的信念和不灭的信心。

今天的所谓逆境顺境，无关乎生死存亡，无非是一些得与失罢了。只要思想有寄托，信念坚定，意志不衰，把该做的事做好，自能生存，自有其乐，逆境也能转化为顺境。

二

毛泽东说，人是要有点精神的。精神于人，就如支柱。人靠精神支配着，一旦失去了支柱，精神就会坍塌，成为行尸走肉。

怎样才能有精神，使精神焕发、精力旺盛，关键在修养，就像一棵树，要经常地浇水、除草、剪枝，还要灭虫除病，给予生命的力量，维护生存的环境。有了精神，就有了活力，人的意识就会正确，思维就在正确轨道上，行动就不会偏离方向。

一个人的精神如支柱支撑着人，支柱顶天立地，人也就顶天立地。

三

高兴是一次因果关系的完成，所种之因，所结之果，由因而果。不高兴亦是如此。

俗话说，种瓜得瓜，种豆得豆。有什么样的付出，就有什么样的结果，没有绝对的因，没有绝对的果。不去施因，不会有果，也不会有好果。为了完成某件事，达到目标，不断地努力，甚至千百倍地努力，才能有果。越是硕果累累，所付出也就越多。

种其因者食其果，食其果者种其因，有因必有果，有果必有因。当然，它是善因善果，可谓善有善报。种善因当以善为本，结善缘，做善事，甘于付出，先付出先奉献。善因善果，循环往复，不断付出，不断奉献，便构成因果关系轮回，享受快乐人生。

1984 年 4 月

种瓜种豆

纵观杰出者，杰出在多付出，多付出成就杰出。

韩愈《进学解》云："纤馀为妍，卓荦为杰。"卓荦乃超绝出众。人才出众，超乎寻常是为杰出。才智才能要出众，要有天赋，更要有奋发努力。而这一切，是心之付出，力之付出，超乎寻常人的劳心劳力。

生活中有个常理，种瓜得瓜，种豆得豆，有付出就有收获，有什么样的付出就有什么样的收获。杰出者的付出也许同理，但付出的是常人所不能忍之痛，常人所不能吃之苦，当然收获的是超出常人的奇迹。也许不是一分耕耘，一分收获，是九分耕耘，十分耕耘，一分收获，这收获便是奇迹。这些奇迹也就成就了杰出。

不去耕耘，不作付出，永远不会有收获，更无从杰出。

2008 年 3 月 21 日

思

思，是脑和心的融会，也是脑和心的统一，还是人区别于其他生物的本质特征。思则有了人类意义的生活，不断创新，不断进步和发展。毛泽东曾提"多思"二字，就是鼓励多创新多进步，人类文明的进步都在多思。

思之不多，多思不够，是目前最大的差距。思要有本钱，这就是知识。思而不学则殆。多学是个桥梁，学而益智增知识，是多思的基石。多思，不能偷懒，要勤学勤思；多思，要有思的正确方向，不能胡思乱想，思偏方向，否则差之毫厘，失之千里。思还有正确方法，不仅要勤思，而且要巧思、广思、深思，甚至苦思。

思，多思，总有收获。

1984 年 4 月 13 日

多　思

多思，要有辩证的思维方法，适用矛盾的思维方法，适用比较的思维方法。

多思，要站在历史和人类进程的制高点，适用历史发展规律，站在宇宙观和宏观的高度，顺应自然规律，以仰视的心态和俯视的眼光，既观察、尊重历史和自然，又跳出停止的进程和具体环节。

多思，思过去是自省，思未来是寻找。在自省中明得失，更清醒；在寻找中明方向，更坚定。

1998 年 8 月 12 日

思 与 想

一

世界唯思与想自由，无拘无束。有无限的素材，眼所见人类与大自然和人类之一切活动，耳所听人类与大自然之一切声音，鼻所闻人类与大自然之一切气味，等等。以这些素材和原材料去思去想，产生无数的意识、认知、思想和精神，寻找和探索无数的物质世界。思之不同，想之不同，人生的意义和结果亦不同。

二

思和想都是在激活心智，在心灵深处生发认知和智慧。发现的不是眼睛，创造的也不是眼睛，是心灵。如书法、绘画，不同人有不同感受；如读诗读词，不同文化背景有不同感受。这些不同源于所思所想不一样，心灵不一样。任何发明创造亦如此。肤浅的思、深刻的思，乐观的思、消极的思，盲从的思、怀疑的思，都不一样。因此，看不见、摸不着、弄不懂的是思是想是心灵。

三

思中有想，想中有思，有思有想，灵光一现，产生思想。思想，来自好学穷思。不好学，无博学，难以穷思，即便有也是有限之浅思。同时，有学才有知，有闻才有识，也才能出慧心，生巧思奇思，生异想妙想，成梦想。

四

有思有想，是行动的开始，也是成功的起步。只有行，才能赋予思与想以生命。坐思起行，有了思，重在行，付诸实际。以行来检验所思所想，用行来实现所思所想。

好思好想，要实施要实现，靠心靠脚。心要坚，心坚穿石。脚要实，一步一个脚印，踏石留痕。靠心靠脚是思与行的统一、理论与实践的结合、谋划与实施的并重。

1990 年 7 月 18 日

思维之差异

不同层级的机关和工作，差距在宏观思维。一层楼一个高度，只有登高，才能望远，正如王之涣的《登鹳雀楼》诗云："欲穷千里目，更上一层楼。"

思维关乎人的认知和智慧。对人特别重要的是逻辑思维能力，取决于宏观思维和微观思维，也就是抽象思维和具象思维。当然，人的思维也离不开形象思维和灵感思维，工作的层级越高，越需要宏观思维。

在基层工作中，当然也需要这个层面的宏观思维，但毕竟太局部、太具象、太个性化，观察分析问题容易受区域工作范围的影响，宏观感知和认知出发点多是微观的。更高层次的工作则不同，面更大，整体性、全局性更强，既需要从政策、理论、专业化和较高层次的广度、深度想问题，也需要兼顾各方，全局地历史地看问题。虽然人们常说见微知著，但也要有宏观眼光和思维才能知著。当然，也没有绝对的宏观思维，任何科学的、正确的、可行的认知产生的成果，必定是宏观思维与微观思维二者之统一。一个人既要敞开胸怀，开阔视野，着眼大局，全面历史辩证地认知；又要脚踏实地把小事做好，由小见大，知小谋大，提高实践能力，增强思维能力。

1986 年 10 月 23 日

心

多点平静心，少点焦虑、浮躁、孤独。拳拳之心，容物有限，该留存的留下，该删除的去掉，不断留存，不断删除，物质不灭，心理平衡。

多点自信心，少点怨恨、猜忌、嫉妒。将心比心，天宽地阔。坚守自信，至信不疑，坚定他信，大信不约。珍爱亲情，珍惜友情，珍藏感情。

多点进取心，少点悲观、自艾、随性。坚心守志，诸事可为，得意不迷双眼，失意不乱方寸。天是天，路是路。只要抬头，可见天日；只要迈腿，前方是路。

多点坦荡心，少点虚荣、虚假、虚伪。虚荣、虚假和虚伪使人忘乎所以。少一点虚荣，就多一点真诚。少一点虚假，就多一点朴实。少一点虚伪，就多一点坦荡。生活不是表面上的荣耀，不是虚荣，靠虚假过不了日子。

生活是实实在在的。实在的生活，真诚的人生，永远不会离开正常的轨道。追求平凡，追求实在，才是人生之路。为什么哭笑不得，因为君子坦荡荡；为什么无话可说，因为君子坦荡荡。

人无清心，则生烦恼；既生烦恼，难有清心。在浮躁的内心深处，一切皆不顺眼，一切皆不在眼，一切皆因浮躁蒙心。其心浮躁，看满天星去眼若无，谈古今诗书眼若空，看百事一切皆糟糕，看所有人皆讨厌。其实，没有糟糕的天，也没有糟糕的事，更没有糟糕的人，只有糟糕的心。糟糕不糟糕源于内心。去了烦恼，去了浮躁，便是清心，世界一切便归于本原。

2017 年 9 月 3 日

心绪·心境

一

心理是人对客观世界反映于思与理之统一。心绪虽反映于客观世界，但更多乃主观反映。心理定，心绪安，情绪稳。心绪也是动态的，成为静态便是理性和智慧。心绪不稳者，常常少了理智；心绪不安不定者，常生惰性，往往失去机遇。

人生之旅，且思且行，且行且思，知行并进。无我之境思中得，有我之境行中思。循正道，养清廉，淡名利，顺自然。心静人无躁，道深品自高。

人之心绪安、心境好，离不开一个恒字，所言：恒心恒言有恒行，心恒言恒有行恒，言恒行恒从心恒，行恒心恒才言恒。

二

心境，生于心，成于行。积极的心态产生积极的能量，是好心境源源不断的动力。正确的思想支配心境之品位，是思想品德与人生境界统一的前提。所谓存正念，行正道，才能结正果。

心正心境正，气则和，意则定，神则明。心宽心境宽，气则壮，意则远，神则清。心定心境定，气则顺，意则深，神则安。

心境决定一切。不好的心境长期影响人之思与行，甚至毁于行，对生活、工作乃至健康带来伤害。人与人，比不过的是心绪，是心境，心绪是无形的实力，心境是无形的定力。培养良好心绪心境，始于养心修为。

三

古人云，心安气定，心安神泰，心安理得。这气，这神，这理，皆来自心安，安稳之心境，高尚之心境。心安即安心，定心定志，其志如宏；安心乐意，其意也畅；安心立命，其命也兴。心安，则心平气和，与人相安；心安，则心灵性慧，通达事理；心安，则心宽气适，知足常乐。为人处世，尽心则心安；面对名利，淡然则心安；拒绝诱惑，慎独则心安。有好心绪、好心境，自有身安、心安、平安、长安。

2013 年 3 月 15 日

平 常 心

平常心态，好说难做。需要知识，需要修养，也需要阳光。这是因为诱发不平常心态的因素太多。平常心态是淳朴的、理性的，是自然之心。一个人若能达至，就是一种高境界，是本真之追求。

心态不平常，是自己不自在，心里不平衡，自造自生。急则不平，多不择言；急功近利，多有所失。躁则无常，心浮心烦不冷静，易惹事坏事。怒则心移，怒从心生。喜形于色，伤人伤己；喜怒无常，更是无人亲近；气势过大过盛过急，都不是好事，容易败丧。

平常心态有先天后天之别，先天者多性格和气质之遗传，后天在学习、教育和修养，当然也有环境和社会之影响。好心态在于好心境，胸怀开阔，宠辱不惊，得失随心，就有平常心。"看似寻常最奇崛，成如容易却艰辛。"

2005 年 5 月 12 日

理 性 平 和

理性者多平和，平和者多理性。理性平和是性情，也是修养。

理性者，知理讲理循理，知正理，讲正义，行正道。做人，安分守己，以理服人；办事，洞达事理，以理明事。理性以物论事，理性为人处世。遇大事，不慌不忙；论大事，不偏不向；处大事，不卑不亢；做大事，不屈不挠。以理性驾驭感性，把感性化为理性，方能理中有情，情在理中。

平和者，心平气平，心和气和，遇物持平，待人持和。平则和，不平则鸣。平则正，不平则倾。大自然和生活，平波缓流，浪静无事；和风丽日，心旷神怡；琴瑟和谐，律音悦人；政通人和，安居乐业。风和时顺太平，人之寿，年之丰；天时地利人和，百业兴，百事成。

理性是一个人成熟的标志，也是生命活力、生活质量、工作成就的基础。自觉地将个人的情感上升为思与行的理性，理性表达，理性表现，以冷静理智的心智面对纷繁的问题，化解复杂的矛盾，便有平和之事业，平和之生活。

理性平和是智慧，是心智模式。养成理性平和，多些理性平和，心理和谐，人间和谐。

2005 年 4 月 21 日

忍·怒·怨

一

纸的品格是忍，任你怎么写，任你怎么画，一涂再涂，一改再改，忍待你的耐心超越，出现正确，发现优美，百忍成金，忍辱求全。

二

易怒者，易失理智理性，情绪之不可控，啥话都说，啥事都干，一念之差长留恨。不怒者，则少情感少原则。啥话不说，啥事不做，失去坦率和气节。能自制，是明智；有节制，是智慧。当怒则怒，怒是力量，怒中有正义。

三

孔子曰，劳而不怨，有其两面性。劳是体力，也是脑力；怨是智力，还要体力。不怨不是无怨，是有怨不怨，即沉默。其实沉默也是一种怨的表达方式，当一个人改变不了别人，也改变不了环境，只能改变自己。怨不是坏事，怨在当然，怨在怨之有理；怨也是一种责任，发现问题，才能解决问题，发现矛盾才能化解矛盾。没有怨，便没有现实的改变；没有怨，也没有世界的改变。许多创新来自怨，许多创造来自怨，科学最初都是激情的，然后才是理性的。

2005 年 6 月 15 日

看 开 点

打小就常听老人用"看开点"来劝说别人。比如，遇到伤心事，看开点；受到挫折，看开点；丢了钱物，看开点。诸如此类，带着悲情，带着伤感，带着损失的事情，都以看开点的简单道理说服，真还管用，哭者不哭了，闹者不闹了，痛心者抚慰了，失去理智者也清醒了。这些，在心里留下了深深的烙印，以至在生活中每每遇到不快之事，常以看开点来化解心中块垒。

看开点，首先是想开点。人是受思想支配的。想得开，就能看得开。看得开，关键在一个"开"字。开，即打开放开。心灵打开，什么道理都能进得来，进来的道理占据了心灵空间，其他的东西自然被挤走了。于是，道理使你想开了，理智使你想开了，犹如开云见日，心开目明。

其实，想不开，看不开，是为自己找苦、找累、找痛。人生并没有什么事想不开、看不开的。人生结果是必然，过程是偶然，偶然积累多了，也就成了必然。择业是偶然，没有人必然要做什么，要成功什么。因为有了偶然，把住偶然，必然有成功事业。婚姻是偶然，坚守偶然，必然是幸福家庭。看得开就是积极乐观、豁达开朗。有了积极人生，就可胸次开阔，坚持正面视角，就能生面独开。

有人说，看得开，不是看破，而是看透。透则清，心清、神清、理清。透了，便想开了，看开了，诸事诸物皆透于心，溶于理。

看开点，要善于忘怀，只有忘怀，才能超脱。不能忘怀之事，或好或不好的事皆有，好事沾沾自喜，不好之事多忧郁多怨恨，久而久之，影响心理，情绪波动。忘怀了，便少了烦恼，自然会超脱起来。看得开，是一种思维方法，是一种生活态度，悠悠人生，阴晴圆缺，心里有阳光，便是一片和煦。

想得开，看得透，拿得起，放得下，就是改善心理模式。换个心态看事物，用辩证观点看问题。对待困难，化解危机，不为一时之忧所困所惑，容人容事心自宽，随遇而安，波澜不惊。敢做敢当，作为于法理之内；敢爱敢恨，爱恨在情理之中；行于方圆之内，立于万变不离其宗。

孔子说，七十而从心所欲，不逾矩。修养达到一定境界，凡事心有底线，便能顺其自然。

2012 年 1 月 30 日

小心与大意

小心，乃人生之态度和处事之方法。

小心者，自谨自慎，认真负责，不误事，不生事。粗心浮躁，缺的是小心；大意失荆州，就是少了小心。小心是慧心，是忧心。祸，起于细微，福，生于细微。有自警，处事必会小心；能清心，待人必定小心。

小心，不是小心眼，不是小肚鸡肠，不是胆小怕事，也不是气量小。小心，就能重细节，见微知萌，以微知著，识微见远，听微决疑。小心，就能防止小不忍则乱大谋、以小失

29

大。察人，必于其微；观物，必于其细。小心无大意，细微见精神。德无细，善无微，心无小。小心之人常有大志、大信、大为。

大意，与小心相悖。遇事或疏忽不在意，或粗枝大叶不细心。三国名将关羽大意失荆州，就是疏忽大意，导致轻敌而败。有大意则无小心，大意往往误人误事。

2012 年 4 月 12 日

迷茫·不迷茫

社会群体和个人都有迷茫期和不同时候的迷茫感。这种迷茫是因路径方向选择的不确定性而生发。如果不同层次的诸因素碰撞到一起，那么就会带来大的迷茫，造成人的不稳定、社会的不安定。

一个社会需要主心骨，需要精神支柱，才能把四面八方凝聚。这是解决迷茫的关键。我们有自己在历史和现实中选择的信仰、路线、方向和主义，要坚持和完善，不能徘徊，也不能焦虑，更不能等待。既知道迷茫所在，知道如何清除迷茫，化解迷茫，不为迷茫所遮掩，就要不为迷茫所惑心，努力让所有群体和个人走出阴天，看到阳光，找到方向，找到各自在社会中的价值。

社会迷茫，人生迷茫，好似大自然之迷雾天，只要见到阳光，就会雾消云散，云开日出，豁然开悟。

1989 年 6 月 20 日

困惑中的不困惑

没有困惑就没有疑义，没有突破，没有追求。

困惑是遇到问题后的情绪反映，不理解，不满足，不得其解，不知所措，甚至走不出误区，摆脱不了现状。

困惑总是很多的，有长时间割不断、理还乱的困惑，有随机出现一时一事的困惑。它虽然使人疑惑、苦恼、烦躁，但并不是烦恼，不是忧愁，不是消极，是一种积极思维形式的表现，是苦苦追求未得其果的过程。有的人走不出困惑便消极，一蹶不振，而有的人孜孜不倦，等待机遇，寻找机遇，把困惑时的沉寂过程当作积累力量的过程，贮才于身，待时而发。

困惑，人人皆有之，走出困惑，便是新境界。

1994 年 5 月 23 日

管 好 情 绪

一

人要管好自己，并不比控制任何事物容易。

能管好自己，也就是说，在任何时候能控制自己的个性，按照修养要求去做人做事。其实，这只是理想，是理论模式。人可以改掉一些毛病，控制一些情绪，但个性很难抹掉。人更多的应是实际的、实在的、个性的，也许理性过头了，就是虚伪。

往往自己忘了自己，自己往往难成为自己。行为受情绪影响，情绪总是支配行为，管好情绪，才有自己，才是自己。

二

人的情绪是反复无常的，自由无度则是情感失控，有限制则是理智。有的人只要一接触敏感的实际问题，情绪马上像脱缰的野马，喜怒哀乐一触即发，容易上船下马。有的人却大相径庭，一旦接触敏感的实际问题，就会掩饰情感，以理智控制发泄，使人弄不清真假，就好似一架风筝，虽然上下左右飘浮于空中，但始终是一副虚假面孔。这两种人却难相处共事。

人之爽快，讲感情，要爽得使人痛快，那是真感情。人不仅要有理性之智，还应有情感之智，如果情绪控制成了虚伪，那就使人可怕。爽快需要真诚，理性更需要真诚。

一个人，不应是单纯的感情，要理智待人。有时也不应是单纯的理智，要有感情，又不为杂念而影响感情。

三

现实中，有一种爱发脾气的人，总以为自己是正确的，代表"正义"发脾气，受自以为是的"正义感"支配，压制自以为是的"非正义"。这种人得反思反思，有时道理和正义在自己手里，有时道理和正义在人家手里，脾气不代表道理和正义。

发脾气是表现自己的存在，把自己的情绪、想法、主张强加于人，未必言之有理，而是往往易于情绪失控，片面武断，伤己伤人，于人难平，于事难顺。

四

精神的萎靡不振，除病态外，则属于意志的缘故，容易带来情绪的变化。意志是固有意识加上活生生的现实而产生的心理表现，也是一个不易让人看见的心理状态。

意志坚强和意志薄弱是意识中的，也是现实中的，更偏重于意识。意识好的人，现实给予的即使不好，也坚强，少有情绪；意识不好的人，现实给予的哪怕再好，有的人也可能情绪反常，意志薄弱，变得颓废。

意识有家庭影响和社会影响，由社会存在而决定。这种社会存在的决定因素，儿童时期和学生时代影响最大，个人的社会接触和文化的影响，体现一个时代的社会意识，形成不同的意志，或坚定或薄弱。因此，长期的进步的积极的社会影响，能让人意志坚定，反之则薄弱。有坚强的意志，就会精神振奋不萎靡、情绪可控，任何时候万变不离其宗。

五

心境相对于心情是比较稳定的，心情的变化受外界影响波动，当然也影响心情，反映到人的情绪上。心情不好要及时地自我排解，以免伤了心境，以免出现负面情绪。最好的方法是转移注意力，看书调适最为有效。拿着书本就能进入另一番情景，丰富内心世界，恢复心情、心绪、心境，还可在读书中增长新的知识，不仅还了本来心情，还提高了心境。

社会错综复杂，生活千姿百态，生活、工作环境在不断地变化着，唯有以相适应的心境去对待，才能有好心情，自我调

与时书情

适好情绪，面对现实就会泰然自若。

1980 年 5—7 月

牢　骚

　　过去常听一些同志发牢骚，往往不以为然，还以为没什么值得不满的。现在遇到一些事，有时也想发牢骚，又不好讲出来，只是闷在心里牢骚。虽然没说出来，情绪也还有。

　　发牢骚是个蠢方式，是无能的表现。发牢骚只是就事论事，最简单，最便宜，有些话不过脑子，张口就来，气愤时还会口不择言，伤人伤己。更重要的是有的看问题只看表面，缺乏深度，片面发泄自己的委屈。

　　一分为二看问题，全面看问题，才能使自己清醒。不满的事总有，委屈的事也总有，忍一忍，也就没有了。心胸开阔一点，度量大一点，不习惯的当习惯，什么问题也就解决了。

　　牢骚要有，是认知，是见解，是思想之光、灵感之光，但不可发泄，发泄太廉价、太简单，有害无益。

1984 年 2 月 10 日

糊　涂

　　难得糊涂，自古称之大智若愚，不显山不露水，揣着明白装糊涂。现实中，常常是对智者之评价，或不讲原则装糊涂，或明哲保身装糊涂，或等待时机装糊涂。

　　难得糊涂者是明白人、明眼人，有明智，能明达。大凡难得糊涂者，便是有学问，有思虑，有见解，只是不宜表现，不能表现，不到火候，懂装不懂，明装不明。面对难得糊涂者，明者自明，糊涂者不明。因此，难得糊涂者也只能哄哄那些真正的糊涂者。

　　真正糊涂者自以为是，自作聪明，自视高明。揣着糊涂装明白。遇人糊弄人，遇事糊弄事，最后糊弄自己。

　　一个人如果真的不糊涂，还是要做明白人、清醒者，该讲原则时讲原则，该有大节时当有大节。做人有脊梁，做事有胸襟，少做难得糊涂人。大处能精明，大事不糊涂。

1999 年 6 月 10 日

修　养

　　修养，人之魅力所在，见之于性格，见之于气质。人之初，性本善，是善是恶皆得于后天之修养。正确引导，正面影响，积极进取，当有其善。否则，反之。修养是学习、锻炼和培养，循古训，遵常可，走正道；修养是反省，纠错和修正，不私不党，不偏不倚，不狂不躁。

　　修，通休，有了毛病当保养，少了能量当积蓄。修当"脩"，本义是干肉，经香料制作而成为肉干。制作过程是修，干的过程也是修，故古时通"羞"，是美味食品。一种物品经过匠人艺人制作便成了艺术品，一个有修养之人，展示的是高尚品格。养，是培养、护养、保养；养，是教养、训练、熏陶。养其身、养其心、养其性。培养品质，涵养意志，陶冶心性，完善人格。

修养，人之综合素质，见之于知识学识水平，为人处世态度，办事工作能力；见之于世界观、人生观、价值观。修养在修，修养在养。

修养学中进。修养有天赋，但不是与生俱来，在于学，在于悟，在于行。修养增其智，强其能。修养是能力，是学的能力。有学就有修养。知识修养而来，智慧修养而来，水平、能力修养而来。学无止，修养无止，修养无止，学也无止。

修养见于行。修养治其心，立其德。不断涵养心志、心性，正其心，明其志，正其德，才能心正气正人正，顶天立地。修养施于事，成其业。修养其目的在于健全人格，为人做事、创业立业。为自己、也为他人，为天地立心，为生民立命。

修养静中得。修养其气。不良情绪宣泄过度，气大伤身更伤心，久而久之，为无端小事损耗精力，元气不保。修养其心。心邪如魔鬼，附身难驱。想自己的事，做自己的事，定好位，于心也安。人之精力总是有限的，注意力总是有限的，一心一意，必成其事。

修养贵在恒。修养不以小而不为，当从细微处做起。修养当自省，从心理定式和不良习惯改起。修养要有心地境界的认知、体悟和追求。修养非一日之功，滴水穿石。时克己以战胜自己，常扫心地以除尘心。

2014 年 3 月 29 日

心自养之

一

有空了，心静了，莫等闲，做年轻时爱做的事，做从来就喜欢做的事，做力所能做的事。扬长爱好，丰富兴趣，拾回记忆，善待自己。

二

管好嘴，少吃为妙；用好腿，安步当车；睡足觉，想睡就睡；稳步子，信足而行；慢节奏，动静相宜；静心性，见惊不惊。

三

任何生命阶段都是一种劳动与收获，奉献与享受的过程，把劳动和奉献作为收获和享受，是生活、社会的意义。当人进入不能创造财富的生命历程时，多点文化、艺术、劳动，能寓神奇于平常，寄超越于凡俗，收获在其中，享受在其中。

四

过去的都是历史。历史是现实的过去，现实是历史的今天，未来是历史的明天。昨天如此，一分钟前如此。成绩成了历史，遗憾成了历史，纠结成了历史，茫然成了历史。活在现实中，让现实成为快乐的历史。

五

身心之健康，基于物质，源于精神。满足于物质之现实，便有知足常乐，寻找精神之寄托，便有自得其乐。

六

峡之高，则谷之深，多有静气；心之宽，则度量之大，多能闲雅。日月星辰之隐现，风霜雨雪之降临，春夏秋冬之更替，花草树木之枯荣，皆循其自然规律。顺其自然，循其成理，坦然恬然。

2018 年 3 月 5 日

身自养之

一

身体，面对气候，愈来愈敏感，靠适时更换衣服来适应环境；手脚，面对年龄增长，愈来愈缓慢，靠经常锻炼来强化；思想，面对职闲而迟钝，靠不断更新信息来跟上时代。不知不觉，不进则退。

二

眼在看，有时或真或假；耳在听，有时亦真亦假；心在想，有时似真似假。历历在目，声声在耳，点点在心。虽慧眼独识，聪耳可闻，但唯有冰心独清方为明。

眼虽快，心眼更快；眼虽远，心眼更远；眼虽高，心眼更高。耳虽近，心更达；耳虽聪，心更灵；耳虽辨，心更清。

三

俗话说，人靠一张口吃饭。说的既是生理需要，也是处世之道。生理需要无甚异议，但人之毛病多为吃出来的，病从口入。处世之道则最难把握，连着仁善道义，因为开口见心，可见心口如一者，可见口是心非者，可见血口喷人者，形形色色之口，形形色色之人。这心是仁是德，连着忧乐祸福，笑口常开多喜乐，口无遮拦多忧愁，恶口伤人多灾祸。连着性情心理，口快心直之人多爽朗，口若悬河之人多浮夸，沉静少言之人多沉稳。连着天下古今，众口交赞，定是好人善事；众口纷纭，预示防人之口，甚于防川；苦口良药，是忠言利于行。管好口，就是管好心管好行。

2018 年 4 月 11 日

情理之心

百年世事，无非情理。俗语道："相识满天下，知心能几人。"是情亦是理。有词云："青山遮不住，毕竟东流去。"是情亦是理。"江声不尽英雄恨，天意无私草木秋。"既是诗人之情，英雄之情，也是自然之理，格物之理。

百年世事，成败在情理。试想自不伤心，何来伤心；自不伤情，何来伤情；自不伤理，何来伤理。无心有心自心在，有心无心自心明。有自在之心，就有情在理在；有自明之心，就有心明理明。可谓，心明理，理在心，心留情，情在理。人生在世，多应做到理性面对人间事，真情善待世间人，让情感在理性的节制下内敛与深刻，让理性在情感的融入中生血肉长筋骨。

亦情亦理在意念。一情之间，以理入情；一理之间，以情入理。一念之好，一好百好；一念之差，一差百差。万事尽在其中，万物尽在其中。

2013 年 5 月 8 日

情·理·法

在人情天理法治世界，情理法覆盖人类和万事万物，国家、社会和人的一切活动皆在情理法中。

国家治理在情理法。情，是人类区别于其他动物的重要特征，是人与人之间的纽带，进而成为一种文化。国家、社会的治理首先是人的治理，人是一切的中心，一切为了人，这是一个国家的情、一个社会的情。理是人类生存和秩序构建的事物规律。在没有法的时代，维护社会就靠理。在法治时代，理是真理，是道德，是人类心中共同生活的无形准则和规范，以此约束人们思想和行为。法是人类行为契约，是统治阶级的意志，受国家强制力保证执行的行为规则。权为民所用，情为民所系，利为民所谋；以德治国，以理服人；依法治国，有法必依；社会必定平安稳定，国家必定繁荣昌盛，人民必定安居乐业。

人之共同生活靠情理法。人有亲情、爱情、友情，并构成人的情感世界。人人皆面对情，处理得好，就有快乐和幸福，处理不好，便是痛苦和悲哀。这是人际纽带，也是人类生活多姿多彩的基本元素。理于个人而言，是思想、道德和素质的体现，知理、明理、守理，则知情达理，立德养德怀德。道德高尚，则能立德树德。法是每一个人思想和行为的底线，不可逾越，并贯穿一生。就个人而言法是总概念，必须遵法守法，还包括了遵守纪律、遵守制度、遵循规矩。多少人出问题，出在一个情字上，为世态人情所伤；出在一个理字上，为悖理失德所害；出在一个法字上，为违法违纪所毁。

自然世界同样靠情理法维系。大自然是人类的依赖，人类共同生活的空间，顺应自然，才能自由生活。人与自然的和谐，首先是感情，爱大自然，爱自然间的万事万物，就会真情地保护大自然。自然间的万事万物皆有其成理，遵循大自然之规律，才能征服大自然，更好地生活在大自然。大自然的规律和法则，同样需要人类法律的保护，使之能源源不断地为我们提供生活的源泉和美好的生态。

世间万事万物皆在情理法之中。维护世间万事万物之平衡在情理法中。情在理中，理在情中；情当入理，理当入情，才为入情入理；情不在理，情有所偏，理不入情，理之不至；理所当然，应是情所宜然，谓之通情达理；理所不容，情亦难容，谓之情理不容。公理、天理皆达理，情感、情义皆通情。做人做事以理服人，喜怒哀乐以情感人。面对人情物理，应当审情度理，酌理酌情，使之尽情尽理。法是情的契约，法是理的契约；情在法中制约，理在法中规范。情理法，国家治理在其中，人类生活在其中，自然法则在其中。

2018 年 6 月 19 日

定　力

定力是心，定力是神，定力是气。定力在心，心定气顺；定力在气，气定神安；定力在神，神定心闲。气定则心平，心定则神清，神定则气爽。

无定力，举措不定，举棋不定，把持不定；无定力，迟疑不定，犹豫不定，摇摆不定；无定力，心神不定，气韵不定，法度不定；无定力，方寸自乱，心迷目乱，神昏意乱。

定力靠养，定力靠守。养静养心，守心守气，自有气度，自有定力。有定力的人生，自能以定力坚守初始，以定力慎终如始。

2012 年 11 月 6 日

能力·机遇·定力

路在脚下，走过才知远近，回首不见起点，却在心里。人之经历，无非能力、机遇和定力，三者缺一不可。

能力，是一个人的本事、本领，也是一个人的综合素质。除去最基本的生存能力，主要是获取知识的能力和运用知识的

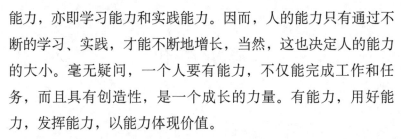

能力，亦即学习能力和实践能力。因而，人的能力只有通过不断的学习、实践，才能不断地增长，当然，这也决定人的能力的大小。毫无疑问，一个人要有能力，不仅能完成工作和任务，而且具有创造性，是一个成长的力量。有能力，用好能力，发挥能力，以能力体现价值。

机遇，是一种条件和环境，对每人都不同，但每一个人都有各种不同的境遇，而在一个组织严密的社会里，这种机遇来自个人努力和组织培养。机遇也是平等的，当机遇来临，有的人坏事可变好事，有的人锦上添花，也有的人可能一念之差，好事变坏事。贮才于身，待时而发，讲的就是机遇。没有能力，就没有准备。用之则行，舍之则藏，藏乃贮才之准备。机遇是组织的信任和给予。因此说，一个人要有个人努力，也要有组织培养。这种机遇和机缘也许时时都在，也许没准备，也许抓不住。

定力，乃人之意志力。人生过程靠定力，结果看定力。不为名利所动，不为物流境转所移。不管付出多少努力而得到的名气再大，地位再高，财富再多，没有定力，终究付诸东流。定力是人情之定力、道德之定力、法律之定力。守住人情底线，守住道德底线，守住法律底线，不逾矩，自有本心坚固。

能力是基础，机遇是条件，定力是保证。有能力，没机缘，时运徒伤悲；没能力，有机缘，金樽空对月；有能力，有机遇，没定力，自作孽不可活。

2019 年 7 月 3 日

能力与工作

一

工作不大胆，有一种含义是能力问题。艺高人胆大，老是不大胆是缺乏工作信心，缺乏能力信心，缺乏水平信心。

二

有人说，老实人是无能。这话太片面，政治上的老实是忠诚，为人上的老实是诚恳，办事上的老实是踏实。做不了事，说不出话，讲不清理，这种老实人大概就是无能。

三

语言的粗俗，行动的粗鲁，是缺文化，少知识，差修养。粗，装不了假，雅，也装不了假。粗到不懂规矩，放任，以俗为荣，要雅也难。雅是言行有规，要装雅，没内涵，则虚伪，一眼便可识破。

四

一旦满足思想的境界，满足工作的成效，便开始走下坡路了，弄不好会走回头路。就物质需求而言，应该知足常乐，而工作和要求则要不满足，高标准，严要求。起点不同，效果不同。

五

当明确了工作任务，就要想办法去做好，去完成。而现在有的人，这请示，那汇报，屁大的事，也不放过。这种人除了真有心机，就是一种无能。无能之人，不想办法，也想不出办法，只有一条，跟着人家屁股后面转。其实，要不是投其所好，就是希望从中得利，久而久之遭人讨厌，适得其反。

六

一个人，在寻求心之归宿之时，也是最苦闷的时候。

心之归宿，根本是信仰，信仰确立后，一则是事业，二则是生活。有其一者，心之半安，两者双全，谓之全安。只有事业，没有生活，是孤单的。只有生活，没有事业，是空虚的。生活是港湾，可休息，可恢复，再出发；事业是寄托，激发创造力，激活生活热情。有燃烧的烘炉，有烘炉的燃料，二者不可分割，才能相得益彰，才会使事业和生活不熄不灭。

1981 年 11—12 月

个体、群体与整体凝聚力

"人"字是个支架，造字者告诉人们，人要自己支撑，人要相互支撑。如果把这个支撑撤了，那么人便不成其为人，单调乏味，孤立无援，死气沉沉。架起来，架得牢，立起来，立得稳，有思想、有语言、有血肉、有筋骨，活生生，是个顶天立地的人。人字的结构是二者的支撑和统一，人的本性是自身独立和群体依靠的支撑和统一。支撑、依靠、团结是本性支架，更是群体结构，是理性选择。

毋庸置疑，人，不是一个人，是一个群体，要生存、要生活，不能离开群体，不能离开社会。个人的力量，是建立在群体之上，融入群体，要互相依靠、互相支撑。

强大是空间的强大、群体的强大，强大是通过全体来扩大个体的时空。

万物相互关联，构成一个和谐整体，这就是一个共同体，聚集而作用，而每一个个体都是以其他一切个体为背景或依托，显示其群体力量。

这个群体，是一个和谐的整体。有个人的和谐、群体的和谐、人类的和谐，才有人与万物的和谐、人与自然的和谐、人与社会的和谐。万物虽多元，但构成有差异的多元和谐，彼此相生相依、相辅相成。显然，和谐从人始，和谐从心始。人心和谐，人间和美，万物和谐，世界和平。

一个班子的核心领导层，应成为这个核心层成员的精神家园。这个精神家园应是安全、和谐的精神之家，心灵和定力的生发地，一切的焦虑、痛苦、彷徨、忧愁在这里化解，成为凝聚力、向心力，并激活创造力。因此，在这个精神家园里，应是相互信任、相互补充、相互调节，把现实的差异与矛盾控制在非对抗状态，把个体的认识与思想统一于集体意志。

这个精神家园寄托了共同理想、信仰，寄托于这个组织，没有了这个根基，就无法志同道合，形成共同的精神家园。

这个班子的凝聚力和亲和力，以及班子的依靠和信任，取决于班子整体，尤其是"一把手"。如果什么人也不想见，什么人什么事也不想告之组织，这个班子便失去了精神家园的意义，"一把手"只是"一双手"而已。

和谐来自每一个人，凝聚力也来自每一个人，更来自整体，来自班子领导核心。这是个体人格、群体人格、班子人格的统一。

2005 年 10 月 21 日

领导形象

领导干部的形象不是说出来的，靠行为世范，为人师表，身体力行。

学是表率。始终把学习作为一种政治责任，一种精神追求，一种生活态度，学以修身，以学立德。一个领导干部既要自己学，更要带动领导班子集体学，干部队伍学，把学习作为一种集体行为，以学习来提高人的素质，更彰显学习的意义和效果。

做在前头。领导干部的一言一行，是无声的命令，是无言的力量。始终保持良好的精神状态，走在前头，干在实处，努力作为。坚持从基础性工作做起，从能做的事做起，让身边的干部群众感受到先锋模范作用，感受到领导干部的带头作用。

实以谋事。把心思和精力用在干事创业上，少讲空话、套话，多干实事，用实际行动来承诺。沉得下去，看得真切，办点实事，做点好事，不好高骛远，让干部群众得到实实在在的好处。

严为境界。强化严的意识，从内心自律严起，以严做保证，提升自我，建好班子，带好队伍。做到自严自警，自严自省，自严自觉，严其心，严其行，保持良好的生活情趣，保持良好的生活习惯。严守道德底线，严守纪律底线，严守法律底线。

2014 年 12 月 23 日

德才貌与气质

人的形象是德才貌的综合体现。

德为人先，德为人表，讲的就是德代表人的形象，以德立人，就是立形象。才华横溢，知深识远，是智慧的形象，为人折服。貌，是一个人的仪表，有天生的，也有后天养成的，其堂堂者形神悦人。

德才兼备，才貌双全，德才是内涵，其貌是外表，外表是眼球形象，内涵是心灵形象。有其一者，或只有德，或只有才，或只有貌；有其二者，或有德有才无貌，或有德有貌无才，或有才有貌无德；有其三者，德才貌兼备。

德的人格气质是正气，如古人云："富贵不能淫，贫贱不能移，威武不能屈。"有气节，持正义，守正道。才的人格气质是才气，有才华，有才智，有才能，会办事，能成事。貌的人格气质是大气，堂堂正正做人。

德才貌内外结合，表现于气质，形成相对稳定的风格、特征、语言色彩。气质是先天其貌形成和后天其德、才养成的统一，也是生理与心理素质的统一。气在先，质在后，质决定气，气表现质。生存着的是气，有气有质有活力，有气无质形同木偶。人养其气，养的是正气、文气、大气，养其气，润其质，德才貌俱佳。

1995 年 6 月 14 日

德配其位，才配其位

建设好领导班子，关键在选好人，用好人，德配其位，才配其位。

德配其位，才配其位，是对个体的要求，也是对整体的要求。就个体而言，要德才兼备。就班子整体而言，既要坚持以德为主的原则，又要考虑特殊领域的特殊人才；既要坚持走群众路线，扩大民主，又要大胆起用优秀年轻干部；既要注意班子的稳定性，又要考虑通过实践来检验，能进能出，能上能下。不能搞矮子里拔将军，平衡照顾，简单拼凑。注意优化班子年龄、知识、文化、气质结构，突出整体功能。班子配备不是一劳永逸，还需要在实际工作中去磨合，加强建设，巩固成果。

德配其位，才配其位，是干部品德修养与专业素养的统一，是一个班子整体政治品质和工作业务能力水平的统一。德才兼备是个人的要求，也是班子整体的要求。

"智莫难于知人。"识人用人，识才用才，自古不易。选对选准，放在合适的位置，德配其位，才配其位，就能各专其能，各致其力，个体作用发挥得好，整体合力强大。

2000 年 9 月

能 者 之 能

大凡一个群体中都有能者，能者不用，庸了群体。

能者其能，不能用其能，能者无能。能者其能，靠自用，更靠组织用。靠自用，一种是有能者施其能之位置，有机缘，能把握机遇，能者则有一番成就。另一种是在不能施展其能的位置，无法施展大能，只能补偿一种小能，长此以往，多是小聪明，最终万事蹉跎。能之用靠群体、靠组织，能人则能尽其才，闪光发亮，更有作为。

能者之能，并不是为自己，而是在为群体为社会施展其能。一个群体、一个组织能否识能用能，是群体和组织之能。能者用能，庸者怕用能。善用能者，带动和引导一个群体强大和兴盛。能，是能力，是力量。没有能力是一种悲哀，有能力而张扬显摆是一种悲哀。

能力是客观存在，有人有，有人没有；有人强，有人弱。能力靠主观努力而取得，又靠客观条件而展示。不能无能，无能终不能，一事无成；有能也不能聪明反被聪明误，若此，同样一事无成。

能人，能力，在于用得其是，用得其时，当用正，不可用误，不能为一己私利而用，要为社会而用，为时代而用。

能力是一个人的能量，也是人的生命质量，生机与活力来于此。

1997 年 7 月 26 日

是骡子是马牵出来遛遛

最近一些地方对新提任的领导干部实行试用期，这个制度值得推广。

干部群众常常对一些新提任的领导干部颇有微词。或许是提得不准，或许尚有期待，是骡子是马牵出来遛遛，便一见分晓。这样既可以从一个方面消除领导机关选人用人之顾虑，担心选人不准、看错人，担风险，担心招议论，引发干部群众意见，影响干部群众积极性；又可以为新提任干部提供一个学习锻炼提高过程，激发进取精神，在干中学，在学中干。俗语云，牛不驯不会耕地，马不练不能供骑。实践出真知，实践长才干。试用制还可以解决上了不能下的问题，经过实践检验，能者正式任职，庸者回到原位，心服口服，服人服众。

试用是对用人者和被用者的考试，是试金石。用人者一试眼力，被用者一试身手。

1987 年 8 月 6 日

考　验

人生总是会经历各种各样的考验，有生存的考验、权力的考验、得失的考验，而作为一个领导干部，要经受的考验则更多。每当班子换届，就有一批领导干部面对进退留转，一些同志不可避免地会产生思想波动。能否正确对待，是对领导干部党性的检验和权力观的考验。

干部的"进"，是党的事业发展进步的需要。换届中有许多优秀干部可提拔可重用，挑更重的担子。但每个干部都要客观地认识到，在任何一次换届中，能被提拔的干部总是少数，这是干部层级结构所决定的。干部的"退"，是党的事业薪火相传的需要。干部从领导岗位上退下来，这是自然规律，也是党和国家的制度规定。干部的"留"，是保持领导班子稳定和工作连续性的需要。干部的"转"是优化干部资源配置、培养锻炼干部的需要。

领导干部要讲党性，顾大局，守纪律，正确对待组织，正确对待群众，正确对待他人，正确对待自己，自觉服从组织安排，经受进退留转考验。正确对待名利和个人得失，接受组织挑选。要以党的事业、人民的事业为重。进，当更谨慎，更奋发，升迁不自骄；退，当更知足，更平和，退位不褪色；留，当更珍惜，更勤奋，留任不气馁；转，当更自重，更努力，换岗不挑拣。

2011 年 5 月 9 日

上坡与下坡

上坡是前进，下坡也是前进。站立坡顶得下坡，自己要前进，就得下坡再上坡，没有永远的上坡，后来人要上

坡，自己不下坡，人家难上坡，这是自己前进，也是让别人
前进。

一步又一步，上坡又下坡，下坡又上坡，上坡再下坡。这
是自然法则，是历史规律，如同潮水一波接一波，后浪推前
浪。自己下坡，就不会被别人挤下坡，更不会自己跌下坡，否
则，更多的是痛苦，是悲哀，无人理解，无人同行。

人生山高坡陡，自有上坡下坡，依坡就势，顺其自然，坡
道无坡。

1998 年 12 月 13 日

有性格更有人格

性格是素质与修养的外在表现，见之于言与行。修养内存
于心，积累于心理与心态、知识与学识、理论与实践，当然也
有先天所遗传，但更多的是后天所积累与领悟。修养践于行，
是健康向上、积极进取、自信自强。不为无事而恼，不为烦事
而忧；不为爱而生痴，不为恨而生狂；不为顺境自喜，不为逆
境自忧，始终坦然、从容、理智，是为大智慧，是为大胸襟，
是为大境界。

从这个意义上说，人之性格即人之个性，是一个人区别于
另一个人所表现的特质。个性是人所固有的，其思维方式、情
感和行为相对稳定，其外在表现为脾气，或柔或刚，或含蓄或
外露，每一个人都是一个独特的世界。

性格和个性在修养和时间的作用下，也是可改变可调适

的。个性给自己带来的不应仅是色彩，而应是光彩，给人带来的不仅是一种认识，而应是欢乐。不应因个性失色于自己，反感于别人。

个性有优点，也有缺点。不失去个性，就是不失去自己，不丢掉优点，不丢掉优势。否则，面目全非。认清和把握自己的个性，才能发展优良个性。

人格不死，人格无价。这是人的精神力量。人格是有形的，也是无形的，有形的人格有其外在表现，见于做事做人，存在于感受过你的人格的人心里。无形的人格看不见摸不着，有的表里如一，有的想的说的做的都不一样。人之交往中，其言谈举止能使人得到精神的感动，使人格得到影响，乃至洗礼和升华，谓之人格的力量、人格的尊严。人格无所谓身份和角色，平凡中见伟大，低微中见高尚。人格有高低、有轻重、有尺度，来自自己，来自人心。

性格、个性有先天因素，有后天影响，是全方位的，是综合体现。人格在修养，在积累，在塑造。有人格，是正气，是力量，是形象，是无价之宝，生生不灭。

1995 年 6 月 23 日

知识·记忆·运用

知识，一从文字、书本，二从语言、口传，三从实践、经验，辨其正确性、实用性，为人所接受和运用。

从某种意义上说，知识在于记忆，记下来的才属于自己的知识。记得住，便是积累，积累越多，知识财富越多。记忆的知识越多，则基础越稳，基石越牢。

当然，一个人光有知识记忆是不够的，还得有知识增长的方法、知识消化的方法和知识运用的方法。知识在于运用，活用才是真有知识。运用记忆知识转化和激化智力、智慧、思维去创造，才是真知识，否则只能照搬照抄记忆知识。记忆知识要消化、要转化、要激活、要运用，靠思、靠悟、靠行。古人说，"学而不思则罔"，知而不行，只是未知，书本背得滚瓜烂熟而不会用，也不是自己的知识。因此说，能记忆、会学习、善运用才是自己的知识。

记忆是知识的一面，运用是知识的另一面，二者的统一即知识。

1986 年 11 月 19 日

读书·清闲·牵挂

毋庸置疑，读书是为了增长知识，学以致用。但往往读书是很自然的，自觉不自觉的消闲，寄托情感，更是心中的一种牵挂。慢慢地好像是一种乐趣，寻求好玩，自得其乐，无忧无虑读书，有忧有虑也读书。

读书最好，读着读着什么都忘了，读着读着又什么都有了。

读书最好，想着读着，读着想着；想思就思，想读就读；想得通就想，想不通就不想；读了再读，想了再想。

读书最好，神鬼莫测，想什么不想什么，谁人知晓，精神自由，思想自由。

读书最好，是为上善，善而不争，善而不恶。多了一分清闲，多了一分牵挂。

1995 年 4 月 1 日

学习的集体意义

在一个集体光有自己个人的学习是不够的，大家学习，集体学习才有共识，才能形成一种集体的共同语言，为共同行动奠定思想基础和行动力。

每一个人都是一个集体的环境，自己是他人的环境，他人是自己的环境。人是相聚的群体，相聚而形成一个集体，这个环境由每一个成员共同构成。

学习不是争权夺利，是相互促进和提高，超越自己，缩小落差。通过集体学习，形成一个集体的进步文化和进取作风，进而激活联想，构思创新，把共同理论和实践转化为更一致的行动，成为共同责任。

学习是一个集体的吸引力，每一个人可以在学习中感受集体温暖，释放智慧，展示能力，发挥作用。这应成为一个集体的学习境界。

2008 年 5 月 2 日

眼　力

眼力是一种识别能力，辨优与劣、雅与俗、高与低、好与差。眼有界，目力所及范围，也是见识和境界，称之眼界，有大有小，有高有低。眼界高，称为眼高，眼界不高，称为眼低。

眼力是精神层面，表达思维能力和情感与理想，是心灵之窗口，称为慧眼。我们常说一个人慧眼独识，慧眼识珠，这就是说人的聪明在眼睛层面的表现。黑格尔曾说，就是要看出事物的异中之同或同中之异。

眼力常与能力联系在一起，是思与行的统一。眼高手低，眼明手捷，就是这个道理。

眼力在养。古人读万卷书，行万里路，就是养眼力，开眼界。眼力愈强，心力愈强；眼界愈高，心界愈宽。多学多察多思，强眼识，长眼力，即可眼亮心明，心手双馨。

2007 年 6 月 29 日

担当·胸襟

一

不要把矛盾上交，应该与不要把问题下推等同看待。而现实不是这样，上面把问题向下推，好像名正言顺，下面该办，更有甚者，上面发生的事也交给下面去处理，使得下面很为难。

应该说，不管上下级干部都是为人民谋利益者，都是人民的公仆。人民群众提意见就是"送礼物"，要感到受之有愧，检查我们的工作为什么没做好，给人民群众带来了麻烦，要主动处理好，既不把矛盾上交，也不把问题下推。当然，有些问题是下面发生的，但也不能一推了之，要帮助出主意，督促解决好。

二

要在自己的工作中找快乐，有了乐趣就少了烦恼。心顺则气平。顺境也好，逆境也罢，都该如此。

任何事物都是两面的。不顺的工作，做出顺心的事，自己不高兴，让人家高兴，也是快乐的。

三

爱搞小动作的人，心机很深。与爱搞小动作的人在一起，不知何时被中伤。这种人难改，防也不是，不防也不是。敬而远之，惹不起，躲得起。

四

镜子是光明的，总希望所有照镜子的人也光明。脸上有尘垢的，洗干净了就光明了，心里不光明的，看起来外表光明，怎么洗也洗不光明。天天照镜子，不能图其表。

五

一个领导者，应当有胸怀，能听好话，也能听不同意见，可谓兼听则明。不同意见比好话管用，能使人清醒，改进工作，提高人的素养，坚守正确方向，可谓忠言逆耳利于行。

六

人，在矛盾中生存，一个个的矛盾是一个个的智慧考验，矛盾的对立统一见于人生的智慧。该干啥就干啥，该坚持干啥就干啥，矛盾也就不矛盾了。得到什么和失去什么是联系在一起的，得到的时候有失去，失去的时候有得到。

1983 年 5—7 月

上 手 能 力

上手能力，是实际工作和操作能力，也是理论联系实际的能力。有些人口头功夫还可以，做起来却不行，缺乏办事能力，或心有余而力不足，或有力使不上，不知用在何处。

做事要会找支点，即工作中的关键点和中心点。找不到支点或有力用不上，或白费力气，吃力不讨好。有些人想做事，但因抓不到关键，把握不了重点，常常把自己弄得筋疲力尽，而于事却无进展。

四两拨千斤，说的就是用力，立木顶千斤，说的也是用力，这是用力之方法。哪里是着力点，就在哪里用力，就能事半功倍。

干事情，做工作，独力难支，靠个人力量有限，既要善找着力点，提升自己的上手能力，又要善借众力，弥补自己的不足，使之同心协力，实现目标。

2008 年 4 月 22 日

节 奏

节奏，本是音乐中长短不一的音符组合，引入生活工作之中，便成了快与慢的生活节奏、工作节奏，是自然、社会和人的活动状态。当今进入快节奏时代，跟上节奏，则与时俱进，跟不上节奏，只能被动落后。这是时代发展、科技进步之必然。

然而，在一个工作与生活节奏原本迟缓的系统，操之过急，适得其反。这样只会带来新的不平衡、不稳定的因素，但必须适当适度适时地冲击，以期渐进，适应不平衡，找到新的平衡和稳定，使之逐步地、渐进式地改善。升级迟缓系统要有耐心，立足当下，着眼长期。

迟缓是"冰冻三尺，非一日之寒"形成的，而改变迟缓，则要有水滴石穿之功，非一朝一夕。有渐进的认识，才有渐进的行动，日积月累，终有质的飞跃——系统升级。

2008 年 4 月 16 日

长处和短处

人自处和与人相处，认识自己和认识他人，关键在正确看待长处和短处。

人最大的缺点是看不到自己的短处，甚至还把短处当成优势，盲目、狂妄。与人交往最大的问题是容易看人家的短处，甚至用人家的短处比自己的长处。

人要有自知之明，更多说的是自知缺点和短处。与人相处则要善于发现人家的优势，对人家的缺点和短处，多一些理解，少一些较劲。一个人老是想着别人的短处和不是，便活得痛苦，只有想着别人的好处，便有快乐。长处和短处是辩证的，也是可变的，只看到长处，看不到短处，短处得不到弥补，长处也会变为短处。看长处，也看短处，才能不断改进短处，缩小短处，放大长处，发挥优势。与己开朗，与人和睦，互补长短，互相增益。

1988 年 6 月 13 日

竞　争

花竞方知艳，宇宙万物皆相竞而荣。可谓物竞天择。竞争，也是人类共生存的动力和力量。

人总是在竞争中。苦难时候的挣扎，是竞争；抵御自然灾害，是竞争；与病魔顽强抗争，是竞争；把事做得更好，工作更出色，多做好人好事，等等，都是竞争。当然，要区别正面积极的竞争和搞歪门邪道的竞争。竞争不能踩人，不能害人。

竞争无时不在，万物都在竞争。增强竞争意识，有利于积极向上，思想更纯，工作标准更高。

1984 年 6 月 6 日

从 容

一

人缺乏的是从容，没有从容就没有发现，没有沉着，没有宽容，更没有深刻和深度。不深思熟虑的东西是肤浅的，肤浅无法从容。只有从容才能深刻、规范、理性。这是认知和行动的一致性，是理性和感性的统一。要有从容的心理空间，空间越大越从容；越从容的思与行，越能使人沉着、成熟、宽容。

二

最好的景物永远在眼前，最好的事业永远在发展，最好的制度永远在完善，最好的品格永远在锤炼。

从容的追求，乐观的态度，进取的动力，坚定的信念，不变的定力，快乐的享受，从容而思，从容而行。

三

个人的追求和发展是一个逻辑过程，有进步的，也有停滞的、倒退的，不以个人意志为转移，甚至有时由许多具体的偶然的机遇而决定。从容而耐心地把每一件具体事做好，把每一天过好，这才是必然逻辑。

四

得意不可忘形，失意不可忘志，顺心不可任性，烦心不可失志。对权力功名，以从容之心，从容观之，从容应对，心不为之动，志不为之移，事不为之偏，物不为之欲。

2003 年 11 月 28 日

容人容事容物

一

一个人的胸怀，往往在容人容事容物上。容人容事容物，山包海容，谓之大度。大度之人，屈己容人，屈己容事，屈己容物。容人，是容他人，容他人，他人容你；容事容物，是容他事他物，容他事他物，他事他物容事事物物。人容人人，人人容人；事容事事，事事容事；物容物物，物物容物。

二

容人容事容物，能屈能伸，说起来容易，做到则难。人家好说，好说人家，自己难做。

容人容事容物关键在容难容之人，容难容之事，容难容之物。容要胸怀，要气量，要忍耐。容是有限的，广义而容，大道理而言都是对的。大海能容，如果处处是污染物，条条江河尽污染，大海虽可容，却难净化。大海不容污染，一个组织不容腐朽腐败。兼容并蓄，但天理难容之人之事之物不可容。

能屈能伸，关键在能屈，能屈是真能容。可屈尊敬贤，也可屈己待人，还可屈己容道，但不可屈身辱志，屈节辱命。人当曲而不屈，威武不屈，铮铮不屈。能容是付出，能屈是付

63

出。唯天理不容者不能容，唯屈义屈节者不可容。

三

人与人相处，人与人共事，最重要的是宽容。

宽容即包容，容人之短，容人之才，减少矛盾，保持和睦。人与人有着不同的文化背景，有着不同的性格，有着不同的生活方式，对人对事对物有不同的认识和看法，求同存异，就能包容。正如古人所言，唯宽可以载人，唯厚可以载物。包容靠雅量。相互尊重，相互支持，需要豁达，需要谅解，而不是虚伪，不是懦弱。俗话说，量小福亦小，不无道理。

有容是德，有容则乐，有容乃大。睿智者如是，快乐者和事。修养愈高心境愈好，愈能包容。

2011 年 10 月 24 日

身 之 长 物

一

物质郁结于身，是为长物，东西多余，小而不适，大而成疾，久而亡命。精神郁结于心，小而不悦，大而生怨，久而伤悲。

身之长物当及时清理。生命有限，长物何用，有命得之，无命享之。犹不义之财，得之害之。心之块垒当及时化解，想不通的事不要想，积重难返。

畅通其身，身轻体健；畅通其心，神清气爽。

二

官位越高，权力越大，心魔越强。身之长物便生发于心魔。物欲也罢，精神郁结也罢，皆源于心魔。心魔之神奇不可测。常闻，道高方知魔盛；道高一尺，魔高一丈。

官位和权力是客观存在，有了官位和权力，怎么用对用好官位和权力，靠心靠制度。虽然制度是根本，但心是灵魂，是核心。控制心魔最为重要，要廉，贪则成魔；要正，偏则成魔；要清，浊则成魔。否则，邪魔妖魔一哄而起，不可自拔。

2011 年 11 月 1 日

现实与过往

一

现实，是客观存在。也许实实在在，或当时是这样，或长远又不是这样，但无论如何，现实就是现在。虽说满足现实，只注重眼前的人，是无远见的，但现实是满意的，眼前是满足的。

对现实不得不承认，但只顾现实，只看现实，未免被眼前蒙心。毛泽东说"风物长宜放眼量"，说的就是要跳过现实，从当前客观存在看到长远客观存在。随着存在的变化，新的现实又来了。发展变化着的存在，改变着现实，只有哲思，只有眼界，只有心境，才能跟上。

二

人总是被现实碰得头破血流之后才回头、才觉醒。其实，这并不是现实的报复，只是一次失败，一次教训。并不是平常所说，现实不会再来了，该来的还会来。现实就是现实，现实也只是现实。对于善思者来说，好好总结现实，多看长远，人就会变得更聪明。教训和启示是清醒剂，是防止同一问题再现的盾，也是进步的矛。

三

过去了的东西，不能使人忘怀，便是一种折磨，即刻忘却，又少了记忆，忘记教训。

常听人说，忘掉过去的一切吧！以此抒发忧郁。切莫忘记过去，也许还有伤痛，也许还有伤痕。

不假思索地忘记过去的一切，就不知道走什么路。过去是不能忘记的，据说农药"六六六粉"试验了六六五次。过去是历史，有历史就有回忆。当然，这过去，这历史，有好的方面，也有不堪回首的方面。事物总是两方面的，抑或昨日之非今日是，抑或昨日之是今日非。人类兴衰，历史为镜，个人经历，回忆时更丰富。别忘了过去，今天可少点彷徨，多点动力。

四

高高在上的人，是自己制造一种使别人瞧不起自己的隔膜。你瞧不起人，人家更瞧不起你，你高高在上，人家敬而远之。

心境决定处境，处境反作用于心境。人是互动的，心境是互动的，处境也是互动的。

心境太高，脱离环境，处境孤立，走向孤独。

五

人不可闲着。

当人在繁忙的时候，一切不称心的事，一切思念的东西都会忘却，被应接不暇的工作和事情撂置一边。但当人空闲下来，这些东西不由自主地袭上心头，消遣人，折磨人。甚至产生一种感觉，当一个人独处时，好像从来没高兴过。其实，这都是思想在作怪，该想的想，不该想的不想。想不通的，不想就想通了。找书读，找事做，一切迎刃而解。

六

偶翻小说《遗落在海滩上的脚印》，突然感到有时历史真是在有意和人开玩笑。当一个人最宝贵的年华流逝后，时代的列车才开始拐弯，人太经不起折腾了。有个大学生，学的机械制造，后来在村里搞水泵修理，曾很感慨地说，人，就像一个石头，在山顶时有棱有角，却不被人发现，当从山顶滚下来，被时间和环境磨得滚圆滚圆时，才在山脚下被人注意到。

1981 年 2—8 月

今天的意义

日子是一天天地过去，时间是一个个的今日，无数的今天便是今生，今生从今天始，今天是今生始。感叹今天，记下今天。

今天，应是个独立的一天，不是"逗号"不是"冒号"，一天就是一个句点。

今天，应是有始终的今天，不能延长昨天，不能占有明天，一天就是一个句点。

今天，是人生有限的今天，把每一个今天抓住，让每一个今天光明，一天就是一个句点。

1984年3月20日

过去·现在·未来

高兴也罢，悲伤也罢，那都是过去。当过去了，为过去满意之事而高兴是真高兴，为过去悲伤之事而悲伤是真悲伤。但过去不论远久还是短暂，都是过去，一切都是过去了的。

为今天的高兴之事而高兴，为今天的悲伤之事而悲伤，也都是真高兴真悲伤，虽然都是现在，但一切都已发生，凡发生的一切也都过去了。

为明天而高兴，为未来高兴，为明天而悲伤，为未来而悲伤，都不是高兴，也都不是悲伤。未来尚未知，即便也是为信心而高兴，为失望而悲伤。

高兴和悲伤是心情，也是心态。有好的心态，便有好的心情，以好心态面对未来，就能有好心情把握未来。好心情来自信心，来自坚定。不能高兴得太早，不能悲伤得过度。去努力做好过程，去争取好的结果，无须高兴与悲伤，当有高兴也无妨，有悲伤也无妨。

昨天是记忆，是传说，一笑了之；今天是当下，是行动，好自为之；未来是愿景，是延续，一以贯之。过去不留恋，现在不计较，将来不奢求。

1998 年 12 月 22 日

说话及其联想

一

任何工作的重要性，并不是布置工作时的长篇报告和反复啰唆，而是条理分明，主次分明，讲得清白，之后督促落实。无端地把大家困在会上，只能是消耗精力，误时误事。

春天蛙鸣阵阵，日夜不停，天天如此，除最早一声告之春天来了，后便无人理睬。雄鸡每天清晨一唱天下，天亮了，人醒了。其实，蛙鸣春来了重要，鸡鸣天亮了也重要，关键要在点子上。话要讲，不可过多，不可食言，不可空言。有时无声胜有声，有时一语破的。

二

说话有讲究，一个好的建议还要有好的方法表达。有的同志提了建议，其实很不错，有点科学性，但遭到了主持的反对，弄得提建议者很委屈很愤怒。细细想来，除了主持人的胸怀，则是提建议者的口气、态度、时机和方法没讲究，引起了反感和不满。

说话的态度和方法如同所说之事重要，事无冒犯，态度和方法有冒犯，同样得不到认可。古之劝谏，多寻其法，多有其法，方能见效。

三

有些人发言，实在没水平，但夸奖话讲得多，奉承话讲得好，却得到了肯定。人家掘了个坟墓，居然有的人还偏偏往里面跳。旁观者清。好话虽然好听，但需要代价偿还，说者乐于奉承，未必不发现，听者沾沾自喜，未必不误人误己误事。奉承的好话只能听，不能用，阿谀恭维的话要防范。

四

有位朋友告诉我，一位同事当着面说了一句不痛不痒的半截话，折磨了好几天，终不得其解。有心机的人从来不少，这样的事多。他捕风捉影，说什么是他的事，你不能心绪不平，跟着捕风捉影。身正不怕影子斜。人正心正，没什么好折磨的，多思不是多心。

五

有位同志讲话，弄错了一句成语，不知是不懂装懂，不知其意，还是想故意卖弄。结果弄得哄堂大笑，自己也困窘，或许自己还没明白。提着一桶水，一下穿了底，众人面前，一目了然。知识来不得半点假的，知之为知之，不知为不知，不懂装懂，还想炫耀，只会出洋相。

1980 年 9—10 月

无话的时候

说话是每一个正常人的本能，是人总希望说话。

多年在外，八小时之外，不言不语，看似难受，却也习惯。生活多姿多态，在于自己感受，自己找到表达的方式。用文字说话，独有情趣，甚至是一种享受。与古人对话，与天下人对话，与历史对话，与现实对话，与物对话，与心对话，自有其乐。说的都是心里话、真实话，无应酬之语，无奉承之话，无违心之言，无恶言恶语。

虽少了沟通，少了交流，少了亲情友情，但也少了争辩，少了烦恼，乐个平淡，乐个清静。更有好处，可以静心思考、研究问题，想该想的事，做想做的事。虽"耿耿残灯背壁影，萧萧暗雨打窗声"，但并没有"守着窗儿，独自怎生得黑"，更没有"一觞虽独进，杯尽壶自倾"，而是"不使名浮于德，不以华伤其实"，求其识，寻其理，无闲时，不闲笔，苦在其中，乐在其中。

自静，守静，乐静。

2015 年 4 月 24 日

习惯及其他

一

习惯，是长期的生活方式和思维方式所形成的。有好的方面，也有不好的方面。好的习惯很难固定，不好的习惯也很顽固，不仅自己感觉不到，而且很难改变，所谓江山易改，禀性难移，这禀性很多是习惯，需要勇气和毅力才能战胜，非一日之功。

二

会迎合人的人，有自己的处世习惯，总是时刻窥视着他要找的对象的态度和表情，机会一来，便是恭维，以求青睐，以求一得。这种人，也许会一时得意，一时得利，但活得太累，说不定哪一天领会错了意思，适得其反。

三

有些习惯是大家的，不从众，不习惯，比制度和规章还要强硬。人生奇妙，生活不易，工作不易，犹风雨中行走，泥泞路滑，坑坑洼洼，猝不及防，就会湿淋淋，赤条条，落个无依无靠，孤独寂寞。

习惯使人生简单，也让人生封闭，好的坏的都简单，大家接受；好的坏的都封闭，难有改变和进步。

1980 年 12 月 10 日

习惯的力量

当意识到有的旧习惯要改变的时候，已经是浸入生活里去了，根深蒂固，很难改，但不改又很难适应变化。

积久成习，习惯成自然，有好的方面，也有不好的方面。但有的习惯缺陷多，毛病不少，如果放纵，则容易形成惰性和恶习。就像学书法，一开始不规范，形成了定势，再来习帖，手势和力量是难调整的，必须从一笔一画开始，点滴积累，从不习惯到习惯，才能形成新的定势，改变任何不好的习惯亦如此。

改变旧习惯，养成新习惯，需要恒心、意志和毅力，需要自制和理智，从点滴开始，从生活、学习、工作和思维、行为做起。从旧习惯到新习惯就是改变，从不习惯到习惯就改变了。

好的习惯养成非一日之功，需要长期坚持，天长日久，就形成自然，习以为常，潜移默化。

1989 年 3 月 17 日

交　流

人们生活中有无数种互动，唯有一种互动不同，是心与心的互动，谓之交流。

交流是意识的、信息的互换，是思想与精神的相互沟通，在互动中了解，在互动中生发情感，在互动中增强修养。交流像把钥匙，打开无数生锈的心灵之锁，抑或解除困惑，冰释误解，消融怨气，打开心结；抑或探讨问题，交流知识，疑义相与析，打开心智。交流像根焊条，把上级与下级、干部与群众连在一起，上流下通上下泰。交流把左邻右舍、人与人之间连在一起，和睦生活。交流像扇窗户，打开它，吹进的是和暖的春风，照耀的是明媚的阳光。交流像是面明镜，知兴替，明得失，正衣冠，取人之长，补己之短，增进修养。交流像是马达，相互充电，相互给劲，激发生机与活力。

理解来自交流，共鸣来自交流，交流是清风是明月，正如苏轼在《前赤壁赋》中所言："惟江上之清风，与山间之明月，耳得之而为声，目遇之而成色，取之无禁，用之不竭。"

1986 年 12 月 16 日

友之为友

友之为友，首先是自己主观判断为友，是一种主观的一厢情愿，还得在客观现实中检验，在时间长河中检验。友是两人的事，是双方和群体的事，志同道合才能成其为友。有的看似为友，却难成为友；有的看似不为友，抑或能成为友。

友之为友，是为真，为友而不真，终不成为友。

承权之友，友之非友；承名之友，友之非友；承利之友，友之非友；承欲之友，友之非友。抑或匿怨而友，抑或狐朋狗友，抑或求荣卖友。

以文会友，文在友在；以德服友，德在友在；以情交友，情在友在。这些友，可成为至交契友，成为良朋益友，成为亦师亦友。择交而友，友之为友。

1992 年 5 月 10 日

信 为 本

信，人之本，家之本，国之本。

自古于信言之甚多。诸如：言不信者，行不果；行不信者名必耗；亲而弗信，莫如弗亲；父子不信，则家道不睦；处官不信，则少不畏长；交友不信，则离散郁怨；赏罚不信，则禁令不行；百工不信，则器械苦伪，丹漆染色不贞；君信不足于天下，下则应之以不信自欺其君；以不信索物，物应竟以其不信之；地行不信，草木不大；春风不信，天华不胜。从言行之信、上下之信、亲友之信、天地人事之信列举其利害，其因其果。道理不言自明，信之为本，信之必笃。

信者，志信于己，不虚假，不做作；信者，守信于人，靠得住，讲信用。信成了习惯，便是品质，信贯穿人生，便有了安宁。人之信，人之安；家之信，家之安；国之信，国之安。

信，是诚信，比任何心机都管用，比任何手段都有力量。人生是一种诚信的存在，缺乏或没有了这种存在，人就少了或没了精神，无以立心，无以立身。

2007 年 1 月 20 日

多 点 理 解

人与人在于相互理解，理解别人的不理解，便会得到更多的理解，把阻碍的力量变为支持的力量，把单赢变为双赢，达到两全其美。

危机时的理解也许是机遇，被动时的理解也许变主动。不改变目标，只改变方法，在理解中聚力，在生气时争气，在愤怒时奋发。干事靠人才，也靠人气，干不好，干不了，生气没用，愤怒更没用。也许，互相理解可能实现目标，因为理解得人心、聚人心。人心齐，泰山移。

理解不花钱，只凭心，多点理解胜过物质，是无形资产，是最好的馈赠。不为物质而动，不为金钱而动，只为理解而动，这正是精神之力量、人性之力量、理解之力量。

2008 年 1 月 5 日

乡愁是精神的，也是物质的

乡愁袭来，不知是物质的还是精神的？

那山那水那泥泞小路，那人那物那田间地头，那酸那辣那坛子泡菜，都是物质意识；那孩童时代少年朋友天真有趣的故事，那逝者音容笑貌，留下的几多生存挣扎，那上下左右老者、邻居，几多亲情、乡情、友情，都是精神意识。这便是乡愁。

深深的眷恋，深切的思念，割不断的情感，永恒的纪念。金窝银窝，不如自己的穷窝；美不美，家乡水，亲不亲，故乡人；万里游子，落叶旧根。乡愁总是缠绕心头，抹不去，化不开。虽然当时之愁是真愁，愁生活，愁日子，愁进步，但有精神的愁，也有物质之愁。这愁是情感，是期望，是梦想。然而，今日之愁是真思，思故土，思故情，思故物，思故人，同样有精神之愁，也是物质之愁。这愁是情怀，是初心，是梦境。

乡愁是精神的，也是物质的。

2017 年 11 月 20 日

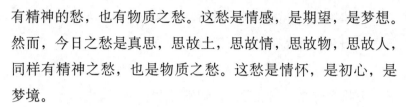

人 与 佛

人曰："为何生？"佛曰："入世！"人曰："为何死？"佛曰："出世！"人乃有生有死，佛则无生无灭。生生死死，入世出世，问者如是，叹者如是。人说佛说，都是人说。

人之为人，无以自拔，佛之为佛，自拔无以。人是人，佛是人，人之为佛，论之皆人。

看得见的是人，看不见的是佛，人之于佛，佛之于人，看得见，看不见，人尽皆知。

片言是言，只语是语。大道是道，小悟是悟。自听自语，自听自言。道在悟中，悟在道中。

天地悠悠，岁月匆匆，弄不清的是人，弄得清的是佛，然则大悟是人，不悟亦是人。世事千变，人生几许，哀莫大于心不死，生则无死，死却有生，精神不灭。

花非花，叶非叶，见其形，知其心，闻其色，知其韵。物有形，本无心，人予其心便有心，人予其韵便知韵，人予其魂便是魂。

风非风，雨非雨，风雨过后，又风雨，静而无静，无静自静。太阳在，月亮在，天下伊始无私光。

人也罢，佛也罢，无人自无佛，万物人唯上，万物之灵长，万物之中心，知人者人，知佛者人，知物者人。

2014 年 6 月 5 日

"逮" 的意义

逮，是湖南湘西人的口语，与字辞典解释无关，与原意无关，几乎万能，是湘西人的品格和气派。

逮是决心，是信心，是魄力。只要口出逮字，逮就成了行动，敢作敢为。逮是承诺，是责任，是担当。这大概也是湘西人的血性使然，骨子里坚韧不拔。

逮是否借着几分醉意，激情燃烧，犹如放胆文章拼命酒，酒壮人胆，逮壮气势。

逮是搞，逮是做，逮是行，逮是好。说逮就是搞起来，说逮就是做起来，说逮就是行，说逮就是好。敢逮善逮，逮中求新，逮中发展。

2012 年 6 月 5 日

第二篇

起行论言

　　且思且行，且行且思，变知为行，由行化知。起行是行动，是学习，是实践，由起行而思考，在起行中总结，知而后行，行而后知，行以验知。一个区域、一个方面、一个阶段，起行便是实践，实践反映认知。小中见大，见微知著，虽肤浅，有局限，但知行统一，言行一致，论在其中，言在其中。论言是一种起行，一种认知的实践，起行也是一种论言，一种理性的认知，来自于知，行成于思，付之于行。

党的建设是引领

增强党组织活力，提高党员素质，发挥党组织和党员先进性作用，推进发展，党的建设是引领。

把学习作为第一需要，进一步提升执政能力。牢固树立学习力是生命力、创造力、竞争力的理念，把学习作为工作第一需要，把学习作为一种精神追求，不断增强自我净化、自我完善、自我革新、自我提高能力。在强化学习中坚定理想信念。坚持以思想理论建设为根本、以党性教育为核心，以道德建设为基础，组织党员干部深入学习中国特色社会主义理论体系，深入学习党的路线方针政策，深入学习社会主义核心价值体系，坚定理想信念，坚守共产党人精神追求。在强化学习中保持良好精神状态。创新学习平台，完善学习制度，形成调研、自学、专题讲学、讨论、考核等长效理论学习体系，引导和促进党员干部养成学习自觉，丰富知识储备，拓宽眼界，开阔胸襟，陶冶情操，锻造时代精气神。通过学习解放思想，开放心灵，凝聚共识，攻坚克难，永葆与时俱进的锐气，永葆探索创新的朝气，永葆团结奋发的士气，永葆不惧风险的勇气。在理论联系实际中转化学习成果。大力弘扬理论联系实际的学风，把抓学习与岗位履职、干事创业相结合，与党委中心工作相结合，与研究解决重大问题相结合，善于运用党的重大理论观点、重大方针政策、重大工作部署分析和解决面临的实际问题，切实增强工作原则性、系统性、预见性和创造性，把学习成果转化为解放思想的动力、开展领导工作的本领、推动发展的能力。

把服务作为首要职责，进一步密切党群干群关系。始终把人民利益放在首位，切实做到心里装着群众、凡事想着群众、工作依靠群众、一切为了群众，在服务群众中构建和谐融洽的党群干群关系。引导广大党员干部深入基层察民情、听民意、化民怨、解民难，提高做好新形势下群众工作的能力。建立健全党员干部直接联系群众制度，搭建起服务群众的有效平台。切实改进工作作风，深入基层和群众做具体工作，研究解决实际问题，反对假、大、空，整治庸、懒、散。

把创新作为根本动力，进一步激发党建工作活力。创新是动力之基、活力之源。坚持民主集中制，健全党员民主权利保障制度，完善党的代表大会制度，推行党代会代表提案制度，完善党内选举制度，完善常委会议事规则和决策程序，完善地方党委讨论决定重大问题和任用重要干部票决制，扩大党内基层民主。创新基层党建工作。落实党建工作责任制，全面推进各领域基层党建工作。坚持党管干部原则，坚持五湖四海、任人唯贤，坚持德才兼备、以德为先，坚持注重实绩、群众公认，准确地了解干部、公正地使用干部、科学地配置干部。完善干部选拔任用机制，健全"考事"与"考人"相统一、"过程"与"结果"并重、"官评"与"民评"相结合的绩效考核管理体系，推动干部创新创业。

把自律作为公仆保证，进一步加强党风廉政建设。习近平总书记在十八届中共中央政治局常委同中外记者见面时强调指出："打铁还需自身硬。"始终坚持党要管党、从严治党，坚定不移反对腐败，永葆共产党人清正廉洁的政治本色。坚持反腐倡廉，常抓不懈，拒腐防变，警钟长鸣。严格执行党风廉政建设责任制，坚持标本兼治、综合治理、惩防并举、注重预防方针，全面推进惩治和预防腐败体系建设，做到干部清正、政府清廉、政治清明。深入开展以党章、廉政准则为重点的条规教育以及示范教育、警示教育、岗位廉政教育，不断深化重点领域和关键环节改革，建立健全述职述廉、民主生活会、廉政谈话、责任考核等制度，更加科学有效地防治腐败。始终保持惩治腐败的高压态势，严肃查处发生在群众身边的腐败问题，以反倡廉实际成效取信于民。

2012 年 11 月 20 日

组织活力在建设

建设是行动，建设是实践，建设是创新，组织活力来自建设，有建设就有组织的活力。

加强理论武装，建设学习型党组织。干事当重学，兴业必兴学。学习，始于足下；学习，永远不晚；学习，才能进步。广大党员干部要重视学习，养成自觉，少搞应酬多读书，少点浮躁多学习，把学习作为一种生活态度、一种工作责任、一种精神追求。要做表率、当模范，带领和带动广大党员干部学习，努力营造学习的组织环境，努力建设学习型党组织，使之成为精神家园。坚持学以致用，把加强学习与解放思想、解决问题、推动工作结合起来，把学习成果转化为解放思想的动力、开展领导工作的本领、推动发展的能力。

坚持民主集中制，建设发展型领导班子。积极发展党内民主、维护党的坚强团结，提高民主集中制水平。坚持开拓创新，增强班子创造力。领导班子要以党的创新理论为武器，进一步解放思想，开放心灵，开拓创新，创造性地做好各项工作。坚持团结和谐，增强班子凝聚力。凝聚各个方面的智慧和力量，善于合作共事，增强班子内部凝聚力，善于协调各方，增强班子总揽全局凝聚力；善于发展民族关系，增强班子民心凝聚力。坚持科学发展，增强班子战斗力。坚持把领导班子的战斗力定位在领导科学发展上，推动经济社会发展。坚持求真务实，增强班子执行力。把抓执行、抓落实作为各级领导班子和领导干部主政履职、干事创业的关键环节来抓，强化执行理念、养成执行自觉，激发执行活力、提高执行能力，完善执行制度、规范执行行为，以鲜明的组织观念和强烈的责任感，表现执行力，提高执行力。

鼓励干事创业，建设务实型干部队伍。推动发展，关键是建立一支敢于和善于干事创业的务实型干部队伍。切实增强干部的事业心和责任感，增强干事创业的激情和韧劲，瞄准既定目标，不动摇，不松懈，不折腾，干好事，干成事。以宽松的政策支持干事创业者，以宽容的心态善待干事创业者，放手让干部干事创业，让干部大胆干事创业，形成干事创业、敢想敢试的浓厚氛围。建立干部求真务实、干事创业的机制，让能干事者有机会、干成事者有舞台，能够脚踏实地不断创新，充分发挥创造热情，充分展示创业才华。

抓基层强基础，建设服务型基层党组织。始终坚持重视基层、加强基层、服务基层的工作导向，把发展现代农业、培养新型农民、带领群众致富、维护农村稳定贯穿农村基层党组织活动始终，使加强农村基层党组织建设与新农村建设有机结合，强化基础设施、基础产业、基础工作，巩固产业发展成果、集体经济成果、组织建设成果，实现农民富、集体富、村干富。把服务群众、凝聚人心、优化管理、维护稳定贯穿街道社区党组织活动始终，壮大社区党组织，发挥党组织在建设文明和谐社区中的领导核心作用。把服务中心、建好队伍贯穿机关党组织活动始终，改进机关作风，提高办事效率，发挥好党组织在完成本部门各项任务中的作用。把做好思想政治工作、促进事业发展贯穿教育、科研、文化、卫生、体育等事业单位党组织活动始终，发挥党组织在本单位履行职责中的作用。把贯彻党的方针政策、引导和监督遵守国家法律法规、团结凝聚职工群众、维护各方合法权益、促进企业健康发展贯穿新经济组织、新社会组织中的党组织活动始终，建立健全党的组织，开展党的活动，提高党的影响力。

2009 年 10 月 13 日

用好用活组织优势

在国内外经济环境发生重大变化、经济社会发展面临严峻挑战并蕴含重大机遇的新形势下，必须充分发挥党的各级组织对激活、配置和优化整个社会资源的作用，把党的组织优势转化为推动发展的强大动力。

与时书语

　　以建设坚强的领导班子、党的基层组织、党员干部队伍为基础，形成领导发展核心，推动发展。推动发展，关键在各级党组织、各级领导班子和广大党员干部。领导班子强、干部队伍强、各级组织强，人心就能凝聚，发展就有保证。提高学习能力。切实增强党的创新理论学习的自觉性、坚定性，以更加奋发有为的精神状态，团结带领干部群众谋发展、干工作、抓落实。提高驾驭复杂局面的能力。坚持依法依政策解决各种矛盾，及时妥善处置突发公共事件、群体性事件和重大事故，切实维护人民群众的利益和改革发展稳定的大局。提高合作共事能力。干事业一条心，谋发展一股劲，抓工作一盘棋。提高科学决策能力。坚决杜绝"拍脑袋决策、拍胸脯表态、拍屁股走人"现象的发生。提高反腐倡廉的能力。建立思想教育导向机制，坚持不懈抓好优良党风教育，以正面教育指引人；建立工作实践导向机制，以良好的作风引导人；建立制度保障导向机制，整合监督资源，以有效运行机制管人管事。坚持以加强党员干部真抓实干能力建设为重点，建设务实型干部队伍。发展要结果，不要理由；事业要行动，不要空谈；工作要落实，不要作秀。当前，要切实解决好干部队伍中存在的三个问题：担当意识和责任心不强、执行意识和执行能力不强、务实精神和落实能力不强的问题；遇到问题绕道，遇到矛盾上交，遇到困难退缩的问题；看准了的事不敢果断决策，决定了的事不敢强力推进的问题。坚持以加强基层组织服务群众能力建设为重点，建设服务型基层组织。党的执政根基在基层，活力源泉在基层，工作重心也必须落实到基层。基层稳，则全局稳；基层有活力，发展就有活力。

2009 年 4 月 24 日

善用组织优势化危机

一个地方、一个区域，常常发生一些突发事件、群体性事件，及时地依法稳妥处理，关键在于善用一级党委的动员能力和组织优势化危机。

发挥党委领导核心优势，形成一个高效的组织指挥系统。班子沉着冷静，不恐不惧，不避不乱，勇于面对，敢于担当，才能凝聚其共克时艰的强大合力。实践表明，办大事，化危机，关键在领导班子的核心作用，坚持正确统一领导，上下一心，同舟共济，深入群众一线指挥，突发情况若得到及时处理，就会转危为安，化危为机。

发挥党的组织优势，以深入细致的思想工作赢得群众的理解和支持。组织优势在于组织资源整合和动员能力。实行工作组包社区，领导干部包片，党员干部包人，以及一对一责任承包，面对面宣传教育，心换心帮困解难，人盯人属地稳控。做到时刻倾听群众呼声，十分珍惜群众感情，真情关心群众疾苦，竭力维护群众利益，就一定能得到群众的理解和支持。

发挥宣传舆论优势，牢牢把握舆论引导主导权。舆论媒体统一调配，快速反应，公开透明，有序开放，及时引导，先声夺人。抢占制高点，实行舆论统筹，一个口子对外，第一时间发布相关信息，第一时间应对社会传言。构建新机制，舆论引导、信息综合、网络舆控、舆情研判，口径拟定、新闻发布、记者服务、社会宣传等，做到快捷、高效、有序调度。把牌摊开打，政府做了什么发布什么，社会关注什么提供什么，群众疑虑什么解答什么，处置工作开展到哪一步，信息就公开到哪一步。

发挥纪检监察优势，坚持宽严相济导向。把教育干部与监督干部、纪律观念与利益观念、党风廉政建设与思想教育结合起来。通过学习、教育、谈话，使广大干部消除疑虑，丢掉幻想，放下包袱，轻装上阵，共同应对。

发挥政法优势，依法处置。及时掌握信息，处置突发聚集行为；及时打击严重违法犯罪行为，防止扰乱社会秩序；及时抓好大面上的刑事案件，保持震慑态势；及时立案侦查，依法处置。从而，有力地保障大局稳定和秩序，保证专项处置工作有序推进。

2009 年 5 月

先进性靠行动

党的先进性、党组织的先进性、党员的先进性，既要看其章程、宣言，更要看其行动。毛泽东曾说，一个行动胜过一打纲领。行动是对章程和宣言的最好诠释。

把先进性落实到创新创业上，促进科学发展。党组织和党员的先进性，关键是要创新创业。创新创业有两重意义：其一，以创新创业精神彰显先进性的品格。先进性是共产党人的品格，创新创业是先进性题中应有之义，党组织也好，党员个人也好，讲先进性必须要创新创业。共产党之所以伟大，在于一个"新"字，创新创业是先进性的具体实践，或者说是最突出的一个体现。创新创业是走中国特色社会主义道路的实现方式，走前人没有走过的路。创新创业代表了人民的根本利益，是人民根本利益的内在要求。其二，是以创新创业的实践丰富先进性的内涵和外延。开放心灵创新业。先进性首先是思想的解放、心灵的开放和观念的更新、方式的转变、方法的创新，不是守旧，创新创业是共产党先进性性质所决定的。立足本职干事业。每一位党员干部，只有在自己的本职岗位上干出事业来才能体现先进性。科学发展兴产业。兴产业就有经济发展，才能强大物质基础。带领群众立家业。有了家业就有了致富，有了家业就有了小康之路。

把先进性落实到维护社会和谐稳定上，促进民族进步。在保稳定中体现先进性，在促和谐中体现先进性，在文明共建中体现先进性。促进平安和谐，党员干部要到农村、城市、社区，深入细致做好群众思想工作，强化先进性影响，同时提升群众文明素质，解决实际问题，让老百姓得到实惠。

把先进性落实到为民服务上，促进人民共同富裕。发挥党组织和党员的先进性作用，一个重要要求就是服务人民群众。党组织和党员贯彻落实这一要求，就要充分尊重群众，紧紧依靠群众，认真倾听群众呼声，及时反映群众意愿，主动关心群众疾苦，千方百计为群众办实事、做好事。

把先进性落实到活动载体上，促进作用长效。发挥党组织和党员先进性作用，是加强党的基层组织建设的一项经常性工作，是新形势下加强党的建设的有效载体和有力抓手。要努力建设学习型党组织，建设发展型领导班子，建设务实型干部队伍，建设服务型基层组织。在干部队伍管理上，推行绩效考核，把先进性建设与文明建设、党风廉政建设以及经济社会发

占时书语

展全部纳入其中。

2011 年 6 月 12 日

新作为创造新业绩

达到新目标，实现新蓝图，创造新业绩，靠新理念、新作为。

在抢抓机遇中努力作为。新发展战略机遇期，发展黄金期、攻坚关键期，提供了干事创业的良好机遇和广阔舞台。机遇千载难逢，抓住了，一年顶几年；机遇稍纵即逝，错失了，处处被动。能否把握机遇、用好机遇，乘势而上，是对班子领导责任心、事业心的检验，执政能力的考验。以"等不起"的责任感、"慢不得"的紧迫感、"坐不住"的危机感、"误不起"的使命感，抓牢机遇谋发展，千万不可坐失良机。始终保持开拓奋进的精神动力和工作干劲，带领人民群众奋发赶超，赢得发展先机，掌握发展主动权，把思想变为行动，把规划变为现实，把机遇变为成果。

在践行宗旨中实现富民为先。坚持立党为公、以人为本、执政为民，关键要落实到富民为先上来；践行党的宗旨，关键要落实到富民为先上来。始终围绕富民为先发展民生事业，改善农村基础设施、做好就业创业、教育提质、文化惠民、全民社保、医疗卫生等方面工作，不断增进群众福祉，让人民群众更多地享受改革发展成果。以高度负责的态度、"一诺千金"的诚意、高度的政治责任感和深厚的爱民之心，对照每项

90

工程，逐项研究举措，逐条细化任务，逐个抓好落实，逐一兑现，普惠于民。坚持发展为了人民、依靠人民，走党的群众路线，充分尊重群众的首创精神，最大限度地调动人民群众脱贫致富、共同致富的积极性、创造性，依靠群众的力量，改变落后面貌，缩小发展差距。

在务实奋进中带头干事创业。群众关注的不是我们说什么、怎么说，而是我们干什么、怎么干。因此，要振奋精神，在苦干、实干、真干上下功夫。大兴干事创业之举，敢于干事创业、乐于干事创业、善于干事创业，立足本职干事业，转变方式兴产业，带领群众立家业，努力创造出经得起实践、群众和历史检验的业绩。集中精力抓大事。从文山会海和迎来送往中摆脱出来，紧紧抓住事关全局的重大问题、牵动全局的关键问题、影响长远的战略问题，一个一个解决，一件一件办成。在全面推进工作的同时，力争在某一项工作、某一个方面、某一项领域干出特色、取得突破，从而推动整体工作上台阶、开新面。沉下身子抓具体。一具体就深入，一具体就突破，一具体就落实。领导班子每位成员既要当指挥员，又要当战斗员。在一线研究工作、掌握情况、解决问题、推动落实。利用项目抓落实，使工作项目化、项目责任化、责任具体化，推工作、求实效、促发展。要锲而不舍抓落实。我们看准了的，认定了的，已经做规划和决策的事情，就要雷厉风行，抓紧实施，无论困难大小、问题多少，都不松手、不停步，一抓到底、务必见效。

在率先垂范中形成良好作风。班子和领导干部的一举一动、一言一行都是人民群众关注的焦点。务必保持清醒的政治头脑，时时处处高标准严要求，在干部群众中做示范、树形象。做维护大局的表率。在思想上、行动上始终同党中央保持高度一致，确保中央和省委政令畅通，做到对上级负责与对群众负责的有机统一。胸怀大局，自觉把本地、本部门的工作放到工作大局中去统筹谋划，自觉服从和服务于大局。做团结协作的表率。十分珍惜合作共事的缘分，以党的事业为重、以人民利益为重、以发展大局为重，倍加珍视团结，精心维护团结，自觉加强团结；坚持民主集中制，既分工又合作，相互信任、相互支持、相互配合，营造同心同德、群策群力抓发展的浓厚氛围。做勇于担当的表率。团结奋斗、勇于担当，在其位、谋其政、尽其责，敢抓敢管，无私无畏，勇于负责，不回避、不退缩、不推诿，做好各项工作。做廉洁自律的表率。带头执行廉洁自律的各项规定，始终保持为民、务实、清廉的公仆本色。正确行使权力，确保把权力用到推动发展、造福人民上来。正确对待名利，常留一份宁静，多存一份淡泊。任何情况下，都要稳得住心神，抗得住诱惑，不为奢靡所惑，不为积习所蔽，不为人情所扰，不为名利所累。自觉接受监督，自觉置身于法律监督、组织监督、舆论监督和群众监督之下，坦坦荡荡做人，清清白白从政，实实在在干事，以廉政取信于民，以勤政造福于民。

2011 年 9 月 29 日

领导能力是发展的保证

发展，关键在各级领导班子和领导干部的能力。提高领导能力，提高领导发展的能力，是发展的保证。

学习，提高领导发展能力。各级领导班子和领导干部要将学习作为一种责任，健全领导学习调研制度，围绕发展学习新知识，掌握新本领，积累新经验，把领导班子建设成为学习型领导班子，把领导干部培养成学习型领导干部。

团结，提高合作共事能力。有这样一句话，互相补台，好戏连合；互相拆台，一起垮台。这是班子建设中的一个经验教训。班子成员尤其是党政主要负责人要互相尊重，互相支持，相互谅解，互相补台，做到干事业一条心，谋发展一股劲，抓工作一盘棋。

落实，提高真抓实干能力。各级领导班子和领导干部要始终保持一个良好的精神状态，各尽其责，认真履职，脚踏实地、埋头苦干，强力推进、攻坚克难，抓好各项工作的落实。

廉政，提高自律纠错能力。领导干部不仅要在廉政方面带头，而且要带头主抓廉政建设。要以身作则，用实际行动作出榜样，保持领导班子和领导干部清正廉洁的良好形象，以良好的形象推动经济社会健康发展。

2008 年 7 月 11 日

百行以德为首

做官先做人，做人乃为官之基。做人做官德为先。《大戴礼记》曰："行德则兴，倍德则崩。"孔子曰："为政以德，譬如北辰，居其所而众星拱之。"《世说新语》讲："百行以德为首。"我们党一贯高度重视党员特别是党员领导干部做人的道德品行。早在 1939 年，毛泽东同志就在《纪念白求恩》一文中号召全党同志，要做"一个高尚的人，一个纯粹的人，一个有道德的人，一个脱离了低级趣味的人，一个有益于人民的人"。刘少奇同志在《论共产党员修养》一书中指出："除了这种最伟大、最崇高的共产主义道德之外，在阶级社会中没有比这更伟大、更崇高的道德。"邓小平同志对干部的德、才、智提出了"第一是德，看他是否忠实于人民，忠实于党的事业"的明确要求。长期以来，我们党坚持德才兼备、以德为先的用人标准，要求党员干部不断加强个人品德修养。修身立德是每一名共产党人特别是党员领导干部立身做人的根本、成事创业的基础。领导干部如果没有良好的道德修养，就会人品不端、德品不修、官品不正，一旦权力在手，必生邪念、走歪路、办坏事。领导干部只有加强个人品德修养，品行端正，情操高尚，才具有感召力，以德服众，获得干部群众的信任和拥护。

加强党性修养。党性修养是共产党员立身之本。中国共产党是中国工人阶级的先锋队，代表中国先进社会生产力的发展要求，代表中国先进文化的前进方向，代表中国最广大人民的根本利益，是中国特色社会主义事业的领导核心。党的这一性质，决定了共产党员特别是党员领导干部必须按照党性要求加强党性修养。坚定理想信念。共产党人是坚强的无产阶级战士，有忠诚的信仰、崇高的理想信念。多少共产党人为之奋斗，为之献身。理想信念是共产党人纯洁性的支撑、精神的支柱，有了理想信念，就能树立正确的世界观、人生观和价值观。坚守信仰、坚持理想、坚定信念，就能自党追求高尚与纯洁。强化宗旨观念。立党为公、执政为民，是我们党执政的宗旨，也是我们党永远立于不败之地的根本。共产党人高尚的情操，不是脱离群众的清高，而是坚持"立党为公、执政为民"，全心全意为人民服务。各级领导干部一定要强化宗旨观念，始终把党和人民赋予的权力看作一种责任、一种义务，时刻把群众的安危冷暖挂在心上，常怀爱民之心，恪守为民之责，善谋富民之策，多办利民之事，切实做到心里装着群众、凡事想着群众、工作依靠群众、一切为了群众，切实做到民有所呼我有所应、民有所盼我有所给、民有所困我有所解，干出经得起历史和实践检验的实绩。坚守党性原则。党性原则，是共产党人的精神家园，作为共产党人特别是党员领导干部，要保持思想的纯洁性，就要始终坚守原则性，让党性原则的光辉照亮自己，温暖他人，指引前进的方向。

提高道德品质。西汉刘向说："道德不厚者，不可使民。"东汉王符说："德不称其任，其祸必酷。"对于崇高的道德品质，不仅中国人追求，人类亦如此。德国康德说："有两种东西，我对它们的思考越是深沉和持久，它们在我心灵中唤起的赞叹和警畏就会越来越历久弥新，一是我们头顶浩瀚灿烂的星空，一是我们心中崇高的道德法则。"俄国普列汉诺夫说："道德的基础不是对个人幸福的追求，而是对整体的幸福，即对部落、民族、阶级、人类的幸福的追求。"道德是共产党的党性基础。共产党人继承了人民群众的优良道德，不断修养形成了特有的品质，这就是共产党固有党性，区别于其他政党的本质特征。党性告诉我们，一个共产党员首先是一个讲良心、讲职业道德的人。要带头加强职业道德修养，带头遵守职业道德，爱岗敬业、诚实守信、办事公道、服务群众、奉献社会，以先锋模范作用带领和推动广大劳动人民干事创业。要带头加强社会公德修养，带头遵守社会公德、文明礼貌、助人为乐、爱护公物、保护环境、遵纪守法，以模范行动带动和提升全社会的文明程度。共产党人还要带头加强家庭美德修养，带头遵守家庭美德，孝敬老人、教育孩子、关心爱人，建设健康和谐家庭，以良好家风影响和促进全社会文明家庭建设。

培养高尚情操。情操，是人的思想风貌、精神气质、道德品质、生活情趣的综合体现。共产党人也有七情六欲，也有个人爱好，关键在高尚与低俗之分。面对纷繁复杂的客观环境和社会思想、价值观念日益多样化的新形势，领导干部必须注意培养和不断强化自我约束、自我控制的意识和能力。尤其要管好自己的"生活圈""娱乐圈"和"社交圈"，在"生活圈"中严守规矩，在"娱乐圈"中抵得住"灯红酒绿"，在"社交圈"中分清良莠，远离低级趣味和不健康的生活方式，始终保持健康的生活格调和高雅的生活情趣。保持良好精神状态，把理想信念与实际行动有机统一与结合。形成良好的生活方式，以进取向上、健康有益的方式劳动、交往、闲暇、消费。养成终身学习自觉，勤奋学习于工作之中、业余之中，学以立德、学以增智、学以创业。

有人说，人类一切知识的主要目的是德行，德行是一切人间学问的目的所在的终点。德为官之魂，德正风正，德兴业兴。

2012 年 9 月 27 日

围绕主管工作加强学习

随着时代发展和社会进步，新情况、新问题不断出现，新知识、新技术不断更新，新产业、新项目有新要求，提高领导干部发展和驾驭市场经济的能力，尤其显得重要，必须围绕发展学习新知识，掌握新本领，积累新经验。

养成自觉学习的习惯，把学习与做好主管工作结合起来。学习是做好主管工作的基础。以学习提高素质，以学习增强能力，做好所主管工作就能收到事半功倍的效果。许多同志积累很多，经验很丰富，但新任务有新要求，新形势有新要求，我们不熟悉、不了解的东西还很多。结合主管和联系工作急用先学，有针对性地即时学，养成自觉学习的习惯，长期坚持，终身学习。加强所联系工作的专业知识的学习，丰富做好所联系工作的知识，提高指导工作的能力。加强法律、管理、文化、科技和历史等方面知识的学习，提高自己的综合素质，提高推动所主管和联系的重点项目、产业、企业的发展水平。

注重学以致用，把知识转化为推动主管工作的能力。学习在于运用，学习在于增强能力。善于把学习成果与解决所联系工作中的问题结合起来，把学习成果与推动所主管和联系工作结合起来。一句话，把学习成果转化为提高指导所主管和联系工作的本领，转化为推动科学发展的能力。

健全领导学习调研制度，形成定期研究主管工作的机制。注意安排重点产业重点项目专题讲座，定期邀请专家、学者进

与时聚语

行辅导，开展专题讲座，定期举办专题学习交流活动。坚持把
理论学习、调查研究、科学决策有机结合起来。凡研究重大问
题、作出重大决策前，都要深入实际调查研究，形成专题报
告，集中学习研讨相关理论和业务知识，交流调研成果，促进
科学决策、民主决策。

2008 年 7 月 11 日

团结是大智慧

　　一个班子，一个领导干部，要做事必然会面对各种各样的
矛盾，做成事更需要凝聚各个方面的智慧和力量。因此，善于
团结共事，是领导干部不可缺少的一种素质和能力。我们有些
同志很能做事，但不善于与人共事；有些班子成员个人素质很
高、能力很强，但整体捏不到一块儿。想团结是大境界，懂团
结是大智慧，会团结是大本领。各级领导干部要用高尚的人格
增进团结，用坚强的党性保证团结，用共同的事业维护团结，
像爱护自己的眼睛一样爱护团结，像珍惜自己的生命一样珍惜
团结，真正把既能做事又能共事有机地统一起来，既要不断提
高"能做事"的本领，又要努力培育"能共事"的作风，形成
在团结中做事、在做事中团结的良好氛围。

　　讲政治。这是贯穿团结始终的最大道理，也是团结的生命
线。严格遵守党的纪律，政治上、思想上、行动上始终与党中
央保持高度一致，自觉贯彻执行上级的决策部署。光明磊落，
在班子里敢于阐明自己的观点和意见，敢于批评和接受批评，

不当"好好先生"，不求表面和气。对领导班子集体作出的决议，必须一丝不苟、不折不扣地执行，做到令行禁止、政令畅通。

能宽容。这是领导者的胸怀。宽容是领导干部必备的素质和修养。在一个领导班子里，每个人的性格、风格不可能完全相同，大家的意见也不可能完全一致。作为班子的一员，要有容人之短的胸怀，做到大是大非不含糊，细枝末节不纠缠；要有容人之异的肚量，做到求大同、存小异、纳诤言，善于尊重和欣赏别人多姿多彩的个性。

善配合。这是合作共事的基本要求。合心能合力，合力必须合心。坚持多做事、少议论，多参与、少推托，多合作、少内耗，优点互相学习，经验互相借鉴，问题互相提醒，意见互相沟通，切实做到思想上合心、工作上合力、行动上合拍。

会执行。这是纪律和规矩。搞好团结最重要的是按规矩办事，严格执行民主集中制各项规定，重大决策、重大项目、重要人事任免都要经集体讨论决定。会上讨论可以百家争鸣，以增强决策的科学性和民主性，一旦形成决定，就必须坚决贯彻执行，不能各自为政、各行其是。

领导班子能否团结共事，关键在于"一把手"，当然班子成员都要有强烈的合作意识，相互理解，相互支持，相互配合，只有这样，才能营造团结共事的融洽氛围，开创欣欣向荣的大好局面。

2012 年 9 月 29 日

山区产业发展之路

把握产业发展规模化、聚集化、融合化、生态化、高新化的基本趋势，立足资源禀赋和产业基础，建基地、扩园区、壮规模，巩固发展第一产业，转型提升第二产业，整合优化第三产业，努力走出具有山区特色的产业发展之路。

走园区为载体的产业聚集发展之路。山区山多地少，要素保障能力十分有限，建设园区平台促进产业集中发展，尤为必要而迫切。要把握山区特点，统筹规划产业园区建设，合理确定产业定位，提高产业聚集效益。探索"一区多园、一园多点"发展模式，实施捆绑拓展、就近拓展、异地拓展，构架主业突出、特色鲜明、优势互补、分工合理的产业发展格局，建设一批主题园、专业园、特色园，形成对区域经济具有引领性、支撑性和高成长性的产业集群。

走区域统筹的产业整合发展之路。实践证明，握指成拳，聚合力量；资源整合，形成优势；区域统筹，协调发展。积极探索项目整体打捆、产业集团经营、企业抱团发展的区域统筹发展路子，引进和培育具有区域特色的新兴企业，形成具有核心竞争力的产业和产业集群。围绕区域重点特色产业开发，有效整合资金，实施集中投入，确保建一个产业、活一地经济、富一方百姓。积极引导同类企业、上下游配套企业产品整合，加快产业链的前移后延，形成上下连接、梯度分布、互为配套的产业体系。

走合作共赢的产业对接发展之路。以更加开放的思维谋划发展，更加开放的心灵海纳百川，更加开放的措施对接产业。注重加强与央企、省企的对接，主动融入泛珠三角、长三角等经济圈。舍得亮宝，拿出优势资源，集合优惠政策，引进大企业、大集团、大资本，发展大产业。积极引进和支持外地企业来本地建立产业链生产车间、零部件加工基地、区域性总部等，以此为对接切入点，寻求战略合作，实现开放式发展。择优选定产业承接重点，引进市场前景广阔的劳动密集型、精深加工型、环保低碳型等适宜性强和技术装备先进的企业。谋划引进大型流通企业，培育中小流通企业，激励小微流通企业专业化、特色化发展，加快构建现代流通体系。

走产学研结合的产业创新发展之路。许多山区有资源优势，但科技研发和创新的能力不足，导致资源转化利用的水平不高。进一步建立和完善"政府主导、企业主体、高校和科研院所支撑"的区域科技创新体系，推动产业发展向创新驱动、内生增长转变。深化与高校和科研院所的科技对接合作，推动由短期、松散、单项合作向长期、紧密、系统合作转变，形成全面战略联盟。

2012 年 7 月 14 日

产业发展重在项目突破

产业发展重在抓项目，抓重点项目，抓重点项目突破。没有项目，任何产业都是空中楼阁；没有重点项目、大项目，任何产业都是小打小闹，没有重点项目突破，任何产业无法产生效益。

拓展眼界，创新产业发展思维。善于借力，加强合作，实现双赢发展。只要有投资愿望，就要争取实现；只要有合作意向，就要寻找途径；只要有创业能力，就要创造条件。

创新招商引资模式，探索引资方式。寻找产业和项目要主动出击。产业和项目不是等来的，要走出去，找上门，请进来，点对点，面对面。舍得亮宝，把优势资源拿出来寻求合作。善于捆绑，把企业项目聚集起来，把优势资源集中起来，把公共服务集约起来，以大项目引资。提供对接平台。与高校科技对接、与银行对接，还要点对点与企业对接。

坚持一手抓基础设施建设项目，一手抓产业发展项目。基础设施建设要抓紧开工，加快推进。开工就是落实，开工就是机会。不要等资金全部到位，万事俱备了才动。只要动了，争取的机会就有了，各项工作也就逼着跟进了。特别是交通建设，没有路就没有发展，不开工就看不到希望，同样也没有发展；没有项目则没资金，没有大项目则没有大资金。

以经济手段加强同产业同产品的整合，形成大项目。以名牌名产聚合"杂牌军"，形成名牌产品大项目。改变画地为牢的做法，消除区域障碍，尤其是旅游要整合，形成真正的有核心的景点圈。有关改善民生的社会事业项目，也要注意整合。一个地方毕竟注意力有限，财力物力有限，整合起来，办一件事就办大一件事，办一件事就办好一件事。

2008 年 7 月 4 日

欠发达地区产业园区建设

产业园区是区域经济发展的龙头，是对外开放、招商引资的主要载体，是科技创新、产业集群的重要平台。但对于欠发达地区来说，一些因素的影响，产业园区建设还比较滞后，还有较大差距，存在问题诸如规划欠科学、开发层次低，投入不足、基础设施配套不全，产业规模不大、发展水平不高，软环境不优、企业入园难，集聚效应差、辐射带动力弱。因此，必须加强产业园区建设，推动企业向园区集中、产业向园区集中、服务向园区集中。

发展战略性新兴产业，整合提升传统优势资源产业。充分利用传统资源优势、产业整合优化，运用高新技术和先进工艺改造提升，大力培育发展战略性新兴产业，推动新材料、生物、新能源产业发展。按照布局集中、产业集群、土地集约、主业突出的原则，整合、扩容、提升、优化园区企业之间的协作配套体系，创建分工专业化、技术高新化、生产生态化的园区经济新模式，形成一盘棋的产业园区发展格局，实现产业集群发展。

提高综合承载能力，完善园区设施配套。坚持基础设施先行，完善产业园区功能，增强园区综合承载能力。加强路、电、水、通信等基础设施建设，拉开园区骨架，扩大园区规模，改善园区条件。加强园区服务设施建设，加快发展劳动中介、信息咨询、商业、餐饮等服务业，提高园区综合服务功能。加强园区环境建设，抓好园区绿化、美化、亮化，建设园林式、生态型园区。

围绕重大项目落地，创新招商引资方式。始终把招商引资、项目落地作为园区建设和发展的重中之重。明确招商主攻方向，创新招商方式，重点推行驻点招商、小分队招商、借力招商、节会招商、乡情招商、以商招商等方式，多头并进招商。认真研究国家投资政策和投资方向，结合实际制定吸引重大项目的政策措施，重点选择引进一批带动能力强、科技含量高、经济效益好、能扩大财源税源的大企业、大项目、大资本。营造招商氛围，落实招商责任，积极搞好协调和跟踪服务，确保招得进、留得住、能发展。

增强融资能力，壮大园区融资平台。扩大园区土地储备。土地是园区的最大资本，要加大产业园区土地申报工作力度，用好土地储备中心平台，扩大项目储备用地。在园区建设总体规划范围内，冻结审批非园区建设用地，对园区建设用地实行预留、预征；建设用地年度指标优先考虑园区建设需要，尽可能地向园区倾斜，确保工业用地需求。着力提升土地收益，合理确定入园企业占地规模，以投资强度确定供地面积，以单位面积税收确定供地价格，建立土地退出机制，严格执行土地闲置处理措施，防止骗地圈地，提高园区土地使用效益。提升园区经营水平。运用市场手段，把园区当作项目、实体来运作，通过土地拍卖、出租、置换等方式，探索以地生财、滚动发展路子，鼓励和吸引多种投资主体以多种方式参与园区基础设施配套建设。

优质高效服务，完善园区管理体制机制。各级党委、政府要切实加强对产业园区的领导和管理。加强园区管理机构建设。条件成熟的产业园区，要积极向上申报，提高发展档次。

健全园区内部机制。制定引进园区建设专业技术和管理高端人才的优惠政策，逐步实行园区管理机构全员聘用和绩效工资等制度，实现园区由行政型管理向现代型管理转变，做到责、权、利相统一。创新服务园区机制。把园区当作"特区"来看待，充分授权，封闭运作、灵活变通、特事特办，深化行政审批制度改革：推行入园项目全程代办制，提高办事效率和服务水平，放大投资"洼地效应"。

2010 年 11 月 15 日

推进新型工业化不动摇

推进新型工业化是区域经济发展的必然选择。尤其在山区要不要办工业、能不能办好工业？发展给争论作出了回答，答案来自一个地方的地理、资源、人文和远景。作为决策层，抓工业要不动摇、不折腾、不徘徊。没有谁比我们更了解自己。农业产业化没有工业带动怎么发展，新型工业化带动新型城市化和现代农业产业。

加快推进新型工业园区建设，打基础、抓招商引资，搭建融资平台。打基础不是挖山。基础是工业进园、商业进店、休闲上山。不要瞧不起我们的山头，要用好山头，因山就势发展。不要简单地以为我们这地方不好，其实一个地方有一个地方的特点和产业特色。抓招商引资。园区不招商引资，没有企业落地，是一句空话。有了工业园就有了概念，就有了信誉，就有了更广阔的前景。建好融资平台，才能解决发展的资本

105

问题。

着力推进特色产业体系建设，抓整合、调结构、转方式。一些地方提出的百亿、千亿是一个方向、一个目标。不是今天提出来，明天就能实现。特色产业体系要朝着这个目标努力，要围绕这个目标发展。

大力推进产学研结合创新，搞对接，引人才，抓新工艺、新材料和精深加工。讲科技创新，光靠我们自身的条件和资源是不够的，要依靠产学研结合，借外脑，用外力。产学研结合创新是我们自主创新的一条好路子。要引人才，没有人才，自主创新举步维艰。致力于新工艺、新材料，不是简单的量的扩张，而是走精深加工的路子。

切实推进组织优势整合，加强领导，创优环境，确保发展安全。抓工业，要领导重视，领导重视就有好的环境，没有好的环境什么都搞不好。要确保安全不出事。安全问题包括淘汰落后产能、节能减排、污染治理，矿山整治，还有政策环境、制度环境、服务环境，这些都是组织优势的体现，要用好的作风抓工业。

2010 年 3 月 23 日

山区工业发展的路子

山区工业发展难，但在一些地方同样能看到经济转型发展的缩影，走出一条自己的路子。

善理思路。发展战略决定发展方向。一个好的思路是历届班子探索而积累形成的，结合新的发展实际，理清思路，至为重要。思路在观念更心，先干不争论，先试不讨论，先做不评论，抓发展，抓项目，重实干，重环境。

善聚民智。发展不是一己之力，班子是关键，干部是先锋，依靠民智民力。做到干部向群众聚拢，政策向群众倾斜，机会向群众青睐；送服务于民，给位置于民，让机会于民；选拔一批读书回来的文人、打工回来的能人、退休回来的强人，发展一批群众致富的带头人、群众生活的贴心人、上级组织的放心人。

善借外力。人才缺乏，资本匮乏，是山区发展的瓶颈。重要的在于不囿于现状，解放思想找人才，引资本，建起这方面的工作机制，工作围着招商干，干部围着引资转。

善用资源。珍惜本土资源，重视引进资源，做到利用一种资源，形成一条产业链，开发一批项目，做成一个产业群。

善创环境。坐拥山清水秀的自然环境，创造服务优化的发展环境。这就是创建放心的治安环境，创建舒心宜居环境，创建诚心的服务环境。重商亲为，服务企业，政府职能部门做好围墙外的协调服务，让企业安心做好围墙内的生产经营和管理。

2011 年 9 月 1 日

城市化的内涵

城市化是经济社会发展的重要载体和强大支撑，与产业发展、文化发展、人的发展密不可分，是一个地方文明的象征，必须统筹兼顾，协调发展。

与新型工业化同步发展，工业化和城市化是经济现代化的两个车轮。缺少城市化，工业化就没有后续支撑和发展载体；缺少工业化，城市化就没有造血功能和发展动力。一个城市的建设发展，如果新型工业化跟不上，就没有了物质基础。推进新型城市化，必须突出产业支撑，走新型城市化与新型工业化协调发展之路。要立足独特的资源禀赋、地理环境、文化底蕴，利用土地、劳动力、资源等要素成本优势，把优势产业和骨干企业作为产业发展的突破口，因地制宜地发展具有自身特色和比较优势的产业，实现产业发展与城市规模扩大有机结合，形成城市发展新格局。

与新农村建设同步发展，逐步实现城乡一体化。实现城市带农村，加快城乡统筹机制创新，创造更多的就业渠道，促进城乡人口自由有序流动。加快建立农民工养老、工伤、医疗等保险制度，推动城市教育、住房、医疗等资源向农民工开放，多渠道改善进城务工人员的居住条件，降低农民进城的成本，促进农村人口向城镇集中。

与文化产业建设同步发展，以文化提升城市形象。加强对民族文化、历史文物、民俗风情、自然景观和人文景观的挖掘、保护和合理利用，加大对非物质文化遗产的挖掘和保护。精心搞好城市重点地段、重点区域和标志性建筑的建设，塑造既体现时代精神、又彰显地域文化特色的城市形象和独特风格。

与旅游产业同步发展，以旅游激活城市的商业、服务业发展。高度重视人流、物流、中介、服务平台建设，发展现代服务业，聚集城市人气。

与生态文明同步发展，建设绿色城市。绿色也是城市形象，坚持不懈抓好植树造林、植林造景和城市绿化美化工程，建设绿色生态城市。

与管理经营城市同步发展，用活城市建设资源。坚持高起点、高标准规划和建设。特别要注意同质化和动态性反复的问题，防止景点的同质化，防止短视行为和形象工程，避免今天的决策和项目建设成为明天的包袱和问题。推动工业进园、商业进店、休闲上山、住宅入区。树立经营城市理念。用好用活城市建设资源，走市场化路子，整合资源，盘活存量。科学化管理城市。一个脏乱差的城市，带来的是地位贬值，经济贬值；一个守业的班子，不抓城市建设和管理，带来的是班子形象贬值，城市形象贬值。守旧就有折旧，越守越旧，守业难成。

城市化建设是一项系统工程，需要方方面面的支持和推动，必须强化大局意识、责任意识和服务意识，各司其职、找准位置、密切配合、通力协作。打破区域壁垒、部门壁垒、行业壁垒，不观望、不等待、不犹豫、不徘徊、不争论，不推诿扯皮，不自我设限，抓好各项任务的落实，踏石留印，抓铁有痕。

2010 年 4 月 9 日

旅游的价值与增值

旅游产业正在成为发展的大门路，具有大前景。旅游价值只有依托生态文化资源，凸显原生态，展示特色文化，旅游产业才有价值，才有活力，实现增值。价值是本体，是旅游产业的资源和本钱，而增值则是通过对旅游资源的管理、经营、运用而产生的更大效益。旅游产业增值，在于充分利用资源，加强管理，科学经营。

整合资源增值。旅游的资本是绿色，是原生态，是历史文化，是价值所在。原是"本"，是古老，是生命的追寻；文化是灵魂，是生命力；文化旅游，旅游文化，二者是协调的。要改变当前景点各自为政的现象，改变旅游与文化脱节的问题，树立大旅游、大产业、大发展观念，实施"深度开发、串珠成链、培植亮点、放大优势"，综合采用市场手段、行政手段、法律手段，加大旅游资源整合力度，实行抓好自然景观和人文景观的结合，旅游产业开发与文化产业开发的结合，实现要素集聚，形成聚变效应。

合作经营增值。坚持"政府推动、市场运作、企业主体"的合作经营模式，切实加大招商引资力度，积极引进战略投资者开展合作经营，借力发展，把资源变成效益，在互补互利中实现增值发展。要跳出自我封闭的地方保护主义，抓好旅游市场开发，注重加强旅游区域合作与互动，实现优势互补，促进共同发展。

开发商品增值。旅游产业的发展趋势正在由"门票经济"向"产业经济"转变。搞好旅游商品开发是提高旅游产业综合效益的重要环节。必须坚持以市场为导向，从游客消费需求出发，突出发展具有民族性、地域性等鲜明特色旅游商品，并形成产业走出去。

提升文化增值。文化是旅游的灵魂。看山看水看文化，深层次、有厚重感的文化更能吸引和留住游客。必须找准旅游与文化的结合点，打好文化牌。加强民间文化的研究和开发，加强文化遗产的保护和利用，努力挖掘和推介一批特色鲜明、原生态韵味浓郁的旅游文化产品，特别是歌舞表演节目，要推陈出新，既有文化内涵，又吸引游客眼球，形成旅游文化产品品牌。

拓展服务增值。突出抓好旅游景区景点服务设施的完善配套，增强服务功能。进一步理顺旅游行业管理体制，加强对旅游从业人员的培训和管理，提高服务水平。围绕旅游产业发展六要素：吃、住、行、游、购、娱，加快发展传统服务业和现代服务业，拓展服务领域，开辟新兴服务项目，营造良好的旅游服务环境。

注入科技增值。坚持把科技植入旅游产业发展之中，充分利用网络技术、信息技术等现代科学技术，积极探索技术与旅游产业有机结合的方法和途径，使生态文化旅游资源借助现代新兴传媒得到有效的保护、传承和开发、利用，不断提高旅游产业的科技含量，促进产业增值。

2008 年 5 月 6 日

培育新型文化旅游业态

调整文化产业结构，需要培育新型文化旅游业态，推进文化旅游产业规模化、集约化经营，推进优势资源和要素在文化旅游产业以及关联产业合理配置和分配。

在融合中培育新业态。文化旅游、现代传媒产业、民族演艺、文化休闲娱乐、民族民间工艺，以及非物质文化遗产，都可以转化为现实生产力，产生经济效益，关键在融合。推进文化品牌与旅游品牌的融合、文化产业与旅游产业的融合，通过旅游市场来拓展文化市场，通过文化业态来支撑旅游市场。文化是旅游的灵魂。旅游就好比一幅画，画各具意境，给人以想象，有了名，就有了文化内涵，给它题一首诗，它的内涵就丰富了，演绎几个故事，发掘它的历史，这就是一幅很完美的画了。风景随着四季更替，它会有变化，但这只是原生态，如果给它描述、诠释，给予其变化的文化内涵，冬夏怎么变化，早晚怎么变化，雨晴怎么变化，这个内涵就丰富了，看到的就是人文景观，这就是文化的力量和支撑，使之成为文化旅游，把文化旅游与其他产业融合形成新生态，就能产生新的更大效益。

在发挥优势中培育新业态。把历史、民族、时代文化优势发挥好，将历史文明与现代文明、自然风光与人文景观、民族特色与时代特征有机结合起来，就能提升我们文化产业的竞争力。发展文化产业的一个重要方面是培育文化骨干企业，并使之规模化和集约化。比如，在一个地方民族民间工艺品大都是外来的，加工生产没引起重视，缺乏本土特色，体现不了优势。要走市场的路子，将文化产业发展与传统文化的改造结合起来，运用现代科学技术改造传统文化产业，培育新业态。

在继承弘扬中培育新业态。对于民族文化，要坚持在开发中保护、在保护中开发文化资源，使继承与弘扬相结合，保护与开发相结合，凸显本土优势资源，引进现代科技资源，形成新业态。领导干部要懂文化，懂旅游，懂文化事业，懂文化产业，不断提高推动文化旅游科学发展的能力。

2010 年 9 月 6 日

增强生态文明优势

　　坚持走经济社会发展与环境保护"双赢"的生态文明发展路子，必须把建设生态文明放在经济社会发展更加重要的位置，在保护中发展，在发展中保护，不断增强生态文明优势，蓄积后发能量，建设可持续发展的美好家园。

　　推进生态文化体系建设。在漫长的历史发展过程中，许多地方孕育了灿烂多彩的民族文化和奇异神秘的民族风情，保留着各族世代传承、各自独特的语言、习俗、服饰、建筑、音乐、舞蹈等民族民间文化艺术形式，文物保护单位、历史文化名城名镇、非物质文化遗产，文化名人，这是一笔宝贵的无形资产、优势资源，是建设生态文明的重要依托。坚持把文化建设放在经济社会发展大局中来思考、来统筹、来谋划，使之与当代社会相适应、与现代文明相协调、与经济发展相融合，保持民族性，体现时代性，提升竞争力，转化为生产力。保护传承弘扬民族民间文化，守护精神家园；重视保护和培育民族民间文化艺人，培养一支传承民族民间文化艺术的人才队伍；开发经营民族文化产业，将文化资源优势转化为产业优势和经济优势；利用先进手段，注入现代元素，科学开发经营文化遗产；坚持文化产业与旅游产业相融合，把村寨、民俗转化为旅游经济。加大文化基础设施建设力度，构筑文化事业发展平台。坚持弘扬民族文化与把握先进文化前进方向有机结合，大力实施文化产业基地建设，建成一批经济实用、群众能够广泛参与的基层文化基础设施，保障农民群众的基本文化权益和精神需求。

推进生态安全保障体系建设。生态文明的核心是绿色文明。把绿色长留作为生态建设的第一体现和最终体现，把绿色生态作为第一形象，强化绿色理念，在绿色中谋求生命智慧，在绿色中培育生态资源，在绿色中发展生态文明，建设"山在绿中、绿在景中、景在城中、城在山中"的秀美家园。大力实施封山育林、退耕还林、植树造林，突出抓好以城镇周围、公路两旁、河道两岸、民居四周为重点的绿化工程建设。大力实施城市绿化、街景绿化、机关绿化，使城市逐步形成以环城林带为依托，以风景林地为基础，以市道绿化为骨架，公园、广场、河流、社区、庭院各种绿地相互交映，乔、灌、花、草搭配有致，点、线、面、环协调发展的"山、水、园、苑"城市绿色生态系统。抓好综合治理工程。加大小流域污染治理，实现山、林、水、田、路统筹规划，综合整治。依法加强耕地、矿产、水资源管理和调控，推进节约集约用地，保证资源有序开发、环保开发。加大环保执法力度，建立治理污染源的长效机制，坚决关闭破坏资源、污染严重的企业。加快城镇水、垃圾集中处理设施建设，不断提高污染物处理能力。

推进生态经济体系建设。建设资源节约型、环境友好型社会，形成节约资源能源和保护生态环境的生态经济体系。根据生态功能区要求和产业特点合理规划产业布局，重点发展具有生态优势的产业、具有生态与经济双重效益的产业、环保型产业，扩大生态经济规模和效益。发展生态农业。优化生态农业结构，加强科技推广，推进以精品农业、观光农业为主的生态农业示范区建设，大力推广复合生态农业模式，提高资源利用率。发展生态工业。坚持依托资源而不依赖资源，以"生态环保""科技创新"作为工业取向，优化工业产业结构，实现工业园区生态园林化、厂区科技环保化、矿区保护植被化。坚决摒弃工业粗放型增长方式，在招商引资、产业规划、项目审批、产业建设等各个环节，强化资源节约和环境友好意识，以尽可能少的资源消耗和环境成本，谋求工业经济最大限度的发展。发展生态旅游。依托生态文化旅游资源，推动旅游产业集群化、经营市场化、管理社会化、服务信息化、发展国际化，积极创建生态城镇、生态景区、生态旅游走廊，打造生态游、休闲游品牌，把"生态旅游"作为新的经济增长点培育放大。

2009 年 5 月 19 日

舍 得 亮 宝

宝，是珍贵的，因而被珍视、珍惜、珍藏，不轻易示人。然物换星移，科技进步，有些昨天的宝，也许今天不称之为宝了；今天的宝，也许明天又变化了。现在，许多科研难题被攻克，时代进步了；许多专利被应用，新成果更多了；许多资源有了新的替代品，不那么珍贵了。舍得亮宝，才能招财进宝。

一些地方，资源丰富，遍地是宝，但由于地理和区位困境，许多优势资源得不到充分利用，加之或缺技术，或缺资本，养在深闺人未识。随着高铁和高速公路的开通，距离小了，给发展带来了新机遇。那么，承接发达地区的产业转移靠什么？靠舍得亮资源之宝，创新合作双赢模式，以优势资源承接产业转移，以优势资源招商引资。在矿产品、农产品、生物医药、绿色食品方面，合作开发，广泛采用先进技术，转变发展方式，推进产业升级，延伸产业链，提高附加值。在旅游、文化产业方面，深化合作，丰富内涵，提升档次，让特色元素在传遍世界的过程中增值增效，大放光彩！

识宝、亮宝、用宝，宝便是无价之宝。珍惜资源，科学开发资源，围绕资源性产业转型升级，抓承接，谋合作，就能实现双赢多赢。

2008 年 8 月 14 日

盯紧看牢原生态

原生态，是一切在自然状况下未经改变的自然景观和原始性、原生性的民族民间文化。一些地方和区域地理位置独特，奇观异景，神施鬼设，文化深厚，奇风异俗，殊无二致，具有十分丰富的原生态文化资源，这是上天和祖先留下的宝贵财富，也是魅力之所在。

加快发展，开发和利用优势资源是必然选择，盯紧看牢原生态同样是必然选择，二者是辩证统一的。

科学开发优势资源，把经济结构与资源结构统一起来，发展旅游产业、壮大文化产业，做大新材料产业、生物产业、农业产业，是发展的未来。同时，依法保护原生态，则能更好地促进人与自然的和谐、文化传承、经济社会可持续发展。对资源合理开发、科学利用，展现原生态文化价值，振兴经济，是一种能力、一种政绩。同时，对于原生态，对于目前科技水平不能尽其所用的资源，更要保护，盯紧看牢。保护也是一种能力、一种政绩，更是一种责任。保护，就是保护生产力、竞争力和发展潜力。这是功在当代、利在千秋的大事，义不容辞，责无旁贷。

2008 年 8 月 20 日

创新招商引资方式

招商引资是一种极为宝贵的发展资源，对每一个地方都是公平的。发展规律告诉我们，谁抓住了机遇谁就能赢得发展主动权。虽然发展中有许多的不确定因素，给招商引资工作带来了严峻挑战，但是我们要看到不利因素中更蕴含着重大机遇。面对挑战和机遇，更重要的是进一步解放思想，开放心灵，转变观念，审时度势，增强机遇意识，把握新机遇，危中寻机，抢抓先机，创新招商引资方式。

利用优势资源招商。一些地方或有矿产品资源，或有生态文化旅游资源，或有农产品资源，或有生物资源，或有水能资源，有的发展潜力很大，发展前景广阔。要围绕这些优势资源，立足资源创意，紧扣实施特色产业体系振兴进行招商引资，挖掘、整合、开发、策划一批优势项目，必将引起国内外投资商的浓厚兴趣和广泛关注，把资源优势转变为竞争优势、经济优势。

突出产业链招商。比较效益表明，产业链投资关注度越来越高。走产业链招商之路，既有利于降低招商成本，也有利于

117

降低企业生产成本。要紧紧围绕特色优势产业，着眼于加强产业链条薄弱环节和提升产业整体水平，认真分析现有产业的基础、特色和优势，认真研究国内外对应产业发展情况，进行产业配套招商和"链条式"招商，引进投资规模大、有一定科技含量、附加值较高的项目，实现上下游产业的配套跟进，做大做强资源精深加工型产业，提高产品的科技含量和附加值，推动产业集聚和产业结构升级。

引导企业招商。企业是市场竞争的主体，也是招商引资的主体。企业的积极性调动不起来，招商引资工作很难真正取得实效。企业招商既引进了资本、技术、项目、人才和管理经验，又有利于了解市场、开拓市场和占领市场。要突出企业在招商引资中的主体地位，提任务，给政策，引导企业更新观念，从根本上改变过去主要靠政府招商的被动局面，充分发挥企业招商引资用地少、投产快、成本低、成功率高的优势，敢于站到招商引资和对外开放的前沿，拿出好项目、好产品，积极主动地与国内外有实力的大财团、大公司、科研院校和中介咨询机构开展对接合作，扩张企业规模，提升产品档次，增强市场竞争力。

突破重点区域招商。不同的招商区域，决定项目类型的不同。确定招商产业，细化招商任务，派出招商小组赴这些重点区域、重点地区开展招商活动，主动寻求产业对接，及时了解产业发展动态，就能联系和引进一批有投资实力与投资意向的客商。

有的放矢招商。招商引资要不打无准备之仗，少做无效劳动。现在，有的地方和单位还存在着事前无招商引资项目准备，不了解对方投资及项目意向，没有目标，组织一批人出去碰碰运气，除了拿回些资料，搜集一些可望而不可即的数字外，一无所获。有的到一个地方举行个招商引资新闻发布会就了事，月亮走我也走。一定要有的放矢招商，因地、因企、因人有针对性地开展工作，"一对一""点对点"，提高招商引资成功率。

2009 年 3 月 9 日

善用资源优势谋发展

资源是重要的经济要素，是发展的重要依托。一些地方生态文化旅游资源得天独厚，一些地方矿产资源十分丰富，一些地方生物资源种类繁多，随着发展形势深刻变化，资源优势日益凸显。发展实践告诉我们，资源不开发利用只是资源，变不了财富；资源不科学开发利用，必然造成浪费，污染环境，得不偿失。因此，牢固树立"依托资源而不过分依赖资源"的正确资源观，坚持高起点、高水平、高门槛、高科技开发和利用资源，就能切实把资源优势转化为产业优势、经济优势和竞争优势。

推进优势资源战略整合。矿产资源丰富的地方，要加强战略整合。以矿山整合推动矿业冶炼企业的整合，以矿业的整合推动矿业的转型升级，确保企业有效整合形成采选、冶炼、精深加工一条龙的集团化发展新模式。文化旅游资源丰富的地方要加强战略整合。把文化旅游品牌整合好、利用好，形成一盘棋发展大旅游格局。生物资源丰富的地方要加强战略整合，集中发展优势特色产业。通过战略资源的整合，把资源优势发挥出来，壮大经济，使之兴一个产业，活一方经济，富一方百姓。

着眼优势资源精深加工。用好用活资源优势，核心在转化资源，关键在精深加工。我们绝不能满足于、停留在简单地卖资源、卖原料或初级加工上，绝不能"坐吃山空"，既要"点石成金"，又要"变废为宝"。要注重挖掘、策划、整合、开发和引进一批投资规模大、科技含量高、附加值高的资源精深加工项目，实现资源就地加工、就地转化、就地增值，推动产业升级。比如在文化旅游资源丰富的地方，按照规模化、精品化、市场化的要求，利用先进手段，注入现代元素，深度挖掘、科学开发民族民间文化资源，创意文化项目，特别是非物质文化遗产、旅游商品加工、文化演艺产业，实现文化与旅游融合发展，努力使文化资源变现为发展资本，文化软实力转化为现实生产力。

切实保护好优势资源。坚持"在保护中开发""在开发中保护"，对各种自然资源，要严把安全生产关、生态环保关和群众利益关，运用市场化运作方式，使有限的资源、有价值的资源向有实力、有社会责任感的重点骨干企业配置，向工业园区和重点发展区域配置，切实提高资源开发的经济效益和生态效益。对于目前科技水平还不能尽其所用的资源，则要注重于保护、培育和储备，盯紧看牢，留给子孙后代。尤其是对关系一些地方长远可持续发展的优势资源，一定要以战略眼光和过硬措施，保护好、整合好、培育好、储备好，蓄积后发能量，增创后发优势，以在日益激烈的区域经济竞争中赢取市场话语权，抢占发展制高点。

2011 年 7 月 13 日

善用政策优势谋发展

政策是党和国家为实现一定历史条件下的任务和目标，而规定的活动原则和行动准则，有全面的、全方位的，也有一个方面、一个区域的政策。改革开放以来，党和国家为推动经济发展，制定了一系列的方针政策，有适应改革开放和发达地区的，也有适应落后和后发地区的，还有适应少数民族和特别地区的。也正是依赖于国家在发展政策上的倾斜和支持，许多领域和区域才为发展提供了巨大的动力支撑，有力地促进经济社会发展。实践证明，用好用活政策优势，发挥政策优势效能，一本万利，大有可为。

强化政策意识，把握政策机遇。党和国家的政策，是发展的重大战略机遇，要强化"抓政策就是抓机遇，抓机遇就是抓发展"的意识和自觉，把抢抓机遇、争取政策、用好政策作为推动发展的重要抓手，不断提升把握和落实政策的能力和水平，使政策优势转化为投入优势和发展优势，使潜在的发展政策转化成现实的发展成果，实现更好发展。

研究掌握政策，增强针对性。加强政策学习，增强政策把握的针对性。加强政策研究，吃透政策内涵，把握政策导向，找准政策与域情的最佳结合点。加强政策宣传，营造学好政策、争取政策、用活政策的良好环境。对接争取政策，增强实效性。巧打区域发展的政策牌，加强与上级部门的主动衔接，捕捉信息，抢占先机，有的放矢争政策、争项目、争资金。创造性落实政策，增强前瞻性。政策有其原则性和严肃性，也有其丰富的内涵和外延。政策的一般效益在政策内涵之中，政策的最大效益在政策的外延。关键在怎么理解，怎么用好。死搬硬套，越用越窄；用智慧、有创意、多争取，就能用好用活。

敢用善用，用出效益。有了优惠政策，便有了优势，关键在大胆用，善于用，用出效益。为此，要进一步解放思想，开放心灵，改革创新，积极探索，闯出一条运用优势政策谋发展的新路子，收获优势政策带来的发展新成效。

2011 年 7 月 13 日

最具价值的发展是教育

教育涉及千家万户，惠及子孙后代。一些地方欠发达，一些地方落后，还是教育欠发达，落后在教育，无法满足经济社会发展对劳动力素质和各方面专门人才的需求，无法满足人民群众享受更多更好教育的需求。发展教育，就是开发人才和人力资源，人的素质提高了，竞争能力强了，就能支撑发展，保障发展。坚持教育优先发展，是最具价值的发展，应成为可持续发展的首要战略方针。

坚持一手抓教育基础设施建设，一手抓教育统筹协调发展。高水平高质量普及基础教育。坚持教育公平的原则，把普及和巩固九年义务教育的重点和难点放在农村，大力发展农村教育，提高义务教育阶段的入学率和完成率，让广大农村子弟享受教育发展的成果。要加强农村寄宿制学校的配套建设和管理，提高寄宿制学校的办学水平。加大对贫困学生的救助力度，让贫困学生全部入学。满腔热情关爱农村留守儿童，把留守儿童都集中到寄宿制学校读书，实行生活补助制度，使他们健康成长。逐步普及高中教育，提高高中办学质量。整合提升职业技术教育，提高服务经济社会发展的能力。支持发展壮大高等教育，培养高层次人才。紧密结合地方经济社会发展，加强科技创新平台建设，促进产学研结合和高校科技成果转化，为高校学生提高创新能力提供载体和平台。高度重视贫困大学生读书问题，不让一个考上大学的学生因家庭贫困而失学。加强继续教育，提高干部和人才的学历和素质。积极构建学习型社会，构建终身教育体系，满足干部群众多样化学习需求。

加强学校领导班子建设。配强配优学校领导班子，建设政治素质好、业务水平高、开拓创新精神强的学校领导班子，发挥领导班子的整体功能。通过培养一批知名校长，带出一批知名教师，建设一批知名学校。提高教师队伍素质。把师德建设放在教师队伍建设的首位，建立健全师德考核评价机制，大力弘扬勤勉踏实的治学精神，增强创新意识，改进教学方法，不断提高教书育人水平。注重培养骨干教师和学科带头人，特别是要注重青年骨干教师的培养和高校学术梯队的建设。对那些热爱教育事业、教书育人、为人师表的优秀教师，要在全社会广泛宣传他们的先进事迹，让尊师重教蔚然成风。

建立健全对教育的领导机制和工作机制。及时解决教育改革发展中的重大问题，统筹各类教育和区域教育的发展。完善教育投入保障机制。积极争取建设资金，整合捆绑各项资金，扎实推进教育重点工程建设。建立健全贫困学生就读保障体系建设，扩大义务教育阶段贫困寄宿学生的资助比例，加大对贫困高中生的救助力度，拓展贫困大学生的救助工作，让每一个学生都不因贫困失去学习机会。改革和创新教育体制机制，让有利于发展教育的思想活跃起来，把有利于发展教育的资源释放出来，使有利于发展教育的积极性发挥出来，大力解放和发展教育生产力，以造福社会，满足人民。养成全社会都要关心支持教育发展的风尚，优化教育改革与发展环境。

2008 年 7 月 24 日

村级治理之路

农村工作对象的主体是农民，村级治理的主体也是农民，如何发挥好、调动好、保护好农民群众参与基层治理的积极性、主动性和创造性，是根本所在。关键在于健全村党组织领导下的村民自治机制，提高农民群众的政治参与度；加强农民素质培养，提高农民群众脱贫致富能力；发展农村合作组织，提高农民生产经营组织化程度；建立健全为民办事制度，增强人民群众对党委政府的认同信赖度，共享发展成果。

明确基层治理的发展方向，建立健全既保证党的领导又保证村民自治权利，实现的村级民主自治机制，把党的领导、人民当家作主和依法治国的有机统一落实到农村基层。理顺和规范村支部、村委会、村级群团组织、村级经济组织的关系，建立与市场经济体制及城乡一体化发展相适应的农村基层治理机制和制度，把党的路线、方针和政策真正地贯彻落实到农村基层，巩固党在农村的领导地位和执政地位，推动农村的持续健康发展，实现农村长治久安。

找准基层治理的根本目标，抓发展、惠民生、促和谐，实现农村基层治理与经济建设、民生事业保障"三位一体"协同发展。坚持以完善农村基层治理为动力，注重在农村经济建设和农村事业发展中不断建立完善行之有效的农村基层治理方式方法和配套措施，激发农村改革和发展活力，以农村经济的发展、农村民生的改善、农村的社会稳定来检验农村基层治理的实效。

探索基层治理的实现途径，充分发挥村级党组织的核心领导作用、党员干部的模范带头作用、农民群众的主体性作用，走脱贫致富、共同致富之路。始终高度重视农村党的领导班子建设、村级组织建设、党员队伍建设，积极探索建立适合农村基层特点的村干部管理机制和党员发挥作用的机制，在工作上支持鼓励，在经济上改善待遇，在政治上提高地位，在生活上关心照顾，在精神上表彰激励，真正使村干部和党员有干头、有奔头、有靠头，干有所为，退有所安，老有所养，从而激发其干事创业的动力和热情。始终突出农民群众的主体地位，发扬民主，广泛调动农民群众参与村务管理，行使当家作主权利，形成自我发展、自我管理、自我约束的高度自觉；坚守民本理念，急民之急，忧民之忧，尽心竭力帮助农民群众解决热点难点问题，以发展经济、致富奔小康目标来引领农民群众干事业、兴产业、创家业。

2010 年 10 月 13 日

与时共进

民族文化自觉自信自强

　　文化的发展繁荣，离不开文化自觉、文化自信和文化自强。以历史的视角和时代的眼界，传承、弘扬、发展民族文化，对增强民族文化自信、自觉、自强意义重大。

　　在文化自觉中弘扬民族文化。民族文化自觉，就是在中华民族主体文化的大背景下，对本地区独特的民族文化和地域文化的觉醒和重新认识。文化深深熔铸在民族的血脉之中，是民族生存发展与繁荣振兴取之不尽、用之不竭的力量源泉。没有民族文化的发展，就没有民族文化的进步和社会进步。用好用活历史文化资源，使之转化为促进区域发展繁荣的经济要素和生产力，就能成为文化产业、旅游产业及其他相关产业发展的重要支撑和强大推动力。在许多区域或民族地区，文化丰富多彩，历史悠久，源远流长，在漫长的历史进程中创造了独具特色和魅力的民族文化。这种文化特征和特质是值得珍惜的宝贵资源，需要加以认真研究、传承弘扬和开发利用，使之在新的历史条件下焕发新的光彩，创造新的价值。因此，要自觉担当振兴民族文化的历史责任，不仅要让民族文化渗透到本地区经济社会生活的方方面面，而且要对外形成品牌、展现魅力，使之具有知名度、影响力和吸引力。要在保护传承民族文化的同时进行提升，使之与新的时代相适应，与人民群众新的期待和需求相符合。要通过振兴和提升民族文化，进一步提高各族人民精神生活的质量和文化生活的品位，增强一个区域和一个民族地区的发展软实力和综合竞争力。

在文化自信中提振发展信心。文化自信是对文化价值的充分肯定，是对文化生命力的坚定信念。文化是一个地方的优势、资本和竞争力，也是一个地方对外和迈向未来重要名片。许多地方兼具历史文化、民族民间文化、红色文化、生态文化。这种文化的多样性互动互渗，是民族文化的一个突出的特色，具有强大的生命力和吸引力，是增强文化自信的重要源泉。在对待民族文化问题上，我们要自觉以理性、科学的态度弘扬先进文化，摒弃腐朽落后、庸俗狭隘的文化，包容并蓄外来优秀文化，不断增强文化自信心，提振发展信心。

在文化自强中推进区域发展。有高度的自觉，就有坚定的自信，带来自强。大力推进文化改革发展，在推进区域发展的实践中进行文化创造，实现文化事业和文化产业两轮驱动、两翼齐飞，实现文化建设与经济建设、政治建设、社会建设相互促进，让人民共享文化发展成果。把文化优势转化为发展优势，使文化内生到经济社会的方方面面，既为区域发展提供经济支撑，又为区域发展注入强大动力，以文化繁荣促进经济发展、民族大团结和社会大进步。

2011 年 10 月 20 日

坚守一切为了人民

党的一切奋斗目标和工作都是为了造福人民。发展为了人民，发展依靠人民，发展成果由人民共享。党委、政府一切工作的出发点和落脚点都在于实现好、维护好、发展好最广大人民的根本利益。

坚持以人为本，执政为民。党的根基在人民、血脉在人民、力量在人民。自古有言："天地万物，唯人为贵""民为邦本""民为国基"。在我们的生活世界中，人是最重要的，人是最根本的、最值得关注的；在我们执政党的工作中，要坚持权为民所用，情为民所系，利为民所谋。坚持以人为本，就是要坚持立党为公、执政为民，这是我们的执政理念。

实现共同富裕，促进人的全面发展。马克思主义历来把每个人自由而全面的发展当作自己的理想目标。坚持以人为本、执政为民，就要不断满足人的多层面的需求，促进人的全面发展。加快致富致强，是促进人的全面发展的最大任务。走向富裕既是物质的，也是精神的，包括政治、经济、文化、社会、生态方面的建设，只有发展经济才能为人的全面发展创造坚实的物质基础；提高人的思想政治素质，才能为人的全面发展提供可靠的政治保证；提高人的文化素质，才能使人的全面发展健全精神世界；加快社会建设，才能使人的全面发展有和谐生态；建设生态文明，才能为人的全面发展创造良好的生活环境。因此，我们一定要坚持以改善生产生活条件、稳定和增加收入为目标，大力推进产业发展，实现共同富裕，全面发展。

维护人民群众权益，共享发展成果。越是落后和后发地区，越要注意维护广大人民群众的各种权益，有多少改革发展成果，就要保证人民群众享受多少成果，齐心协力谋发展，朝着共同富裕努力。想问题、订计划、作决策、抓工作要想到群众利益，多做得人心、暖人心、稳人心的好事、实事，把维护群众利益作为一种责任和感情，从最基础的工作抓起，从最具体的问题抓起，从最困难的群体抓起，从解决人民群众最关心、最直接、最现实的利益问题入手，维护人民群众利益，共享改革发展成果。

2009 年 4 月 24 日

富 民 为 先

"为官一任，造福一方。"这是解放后毛泽东同志对一位地方党委书记的教诲。中国古代许多政治家都有过此类论述。春秋时期齐国管仲说："凡治国之道，必先富民。"明代朱元璋说："保国之道，藏富于民。"富民为先是一种发展理念，是一种价值追求。我们党历来把民生问题作为一个重大的政治问题，作为直接关系到群众切身利益、关系到党的兴衰成败和国家的生死存亡的大事。一个党员干部当以富民、忧民为己任，践行官德，在践行中修养品质，修养境界，保持纯洁。

爱民亲民敬民。为官者当爱民。爱民是执政为民理念的心理基础，是为官者之感情根本，有了爱民之情怀，也就有了共产党人纯洁性的源泉。官是人民选出来的，是人民的公仆，权力来自人民，官爱民，才会一心一意谋发展、聚精会神搞建设。为官者当亲民。亲民是共产党人与人民群众的联系途径，始终与人民群众保持密切联系，深入他们之中，察民情，解民忧，就能得到他们的拥护和支持，推动事业发展，锤炼能力品质。为官者当敬民。敬民是对权力授予者的尊重和维护，是为

129

官者的职责态度。敬民才能对权力敬畏，为人民用好权，视人民群众的利益高于一切，全心全意为人民谋福。

带领群众走向富裕。以富民为先为己任，就是切实把群众脱贫致富当成自己的事情，把细账算到老百姓腰包里，把产业产品项目送到群众家里，把方式方法交到群众手里。以民忧为己忧，以民难为己难，以民贫为己贫，带领群众致富，让群众看到实实在在的变化，真正感受到党和政府的关怀，体现为官一任的品质和价值。

着力改善民生。积极推进基本公共服务均等化，顺应人民群众的新关切新期待，扎实做好就业创业、教育提质、文化惠民、全民社保、医疗卫生、城乡安居、社会管理等民生实事，让改革发展成果更加广泛地惠及群众，提升群众的生活质量，提高群众的幸福指数。

竭力解难于民。时刻把群众的冷暖、疾苦、安危挂在心上，倾听群众呼声，关心群众疾苦，真正做到想群众之所想，急群众之所急，帮群众之所需，解群众之所难，从群众最关心、最现实、最迫切需要解决的实际问题入手，从一点一滴小事做起，从一家一户帮扶做起，多做一些"雪中送炭"的事情，多办一些基层和群众得实惠的事情，切实把党的温暖和关怀送到群众的心坎上。"群众利益无小事"，群众的小事就是党和政府的大事，就是党员干部的急事，凡是涉及群众切身利益和实际困难的事，事事都要认真对待，再小也要竭尽全力去解决。

2012 年 9 月 27 日

到绿色中寻找发展智慧

大自然和祖先给我们留下了许多生态和人文的宝贵资源。有异峰峻岭，碧流悬溪；有险峡幽谷，大河大库；有山清水秀，老石瘦松；考察地理，感叹沧桑，许多地方人文神秘，有语言文化，民俗风情；有亭台楼阁，古迹胜景。触摸远古，解读历史。丰富的旅游资源、工业资源、农业资源、文化资源，展示了原生态之本色。这是山之色，是水之色，是春之色。这是生命之象征，是活力之象征，是希望之象征。

绿色应成为人们的本原理念、追求理念、先进理念，到绿色中谋求生命的智慧，到绿色中谋求发展的资源，到绿色中谋求精神的寄托，到绿色中谋求生态的文明。创绿色工业、绿色农业、绿色旅游业，让资本在绿色中放大，让财政在绿色中增收，让人民群众在绿色中安居乐业。

保护绿色，保护原生态，激活文化，激活文化自信。把保护作为一种能力，把保护作为政绩，在保护中开发，在保护中发展，让山更青，水更明。

2008 年 3 月 26 日

坚守发展第一要务

发展是社会进步规律的必然，是国情的需要，是人民的愿望。人民群众的利益要求我们只能发展，必须发展。只有发展，才能进一步提高人民物质文化生活水平，造福人民群众；才能解决经济和社会生活中的各种矛盾，维护社会稳定。发展无止境，任何时候必须坚守把发展作为第一要务，坚持以发展为主题，用发展的眼光、发展的思路、发展的办法解决前进中的问题。

把发展作为最大的政治，坚持发展不动摇。只有发展，才能进步。回顾历史，发展使我们振奋；展望未来，又使我们更清醒。之所以进步，是因为发展；之所以落后，因为发展不够。唯有发展是硬道理，不发展则落后，发展慢了同样落后。没有较快的发展速度，就没有经济总量的增长壮大，发展差距就会越拉越大，面临的困难和问题就会越来越多。因此，我们要始终抓牢发展第一要务不松懈，用发展统一思想，用发展凝聚力量，用发展解决问题，一心一意谋发展。

实现科学发展，注重发展质量。发展规律和深刻教训告诉我们，片面发展、盲目发展、无序发展必然造成生态破坏、社会动荡和人民群众损失，科学发展是唯一选择，任何时候都不能偏离这个指导思想。科学发展强调第一要义是发展，是又好又快发展。当然，强调保持较快的发展速度，不是单纯地追求发展速度，而是强调既要速度，又要效益；要的是有效益的速度，而不是不讲成本、不讲质量的盲目高速度。

转变发展方式，提高自主发展能力。现在一些地方经济发展方式粗放的特征十分明显，经济结构不优，工业不强，农业脆弱，服务业比重偏低，经济自主增长能力不强，产品附加值不高，缺乏自主创新能力，资源环境承载能力有限，转变经济发展方式的任务非常艰巨。必须坚持把提高创新能力作为调整产业结构、转变增长方式的中心环节，立足现有基础，大力提高自主创新能力，努力推动经济发展方式从粗放型向集约型转变，从单纯追求经济增长向促进社会全面进步和人的全面发展转变，从过度依赖资本和资源投入向主要依靠结构调整、产业升级、科技创新转变，不断提高经济的自主发展能力。

把握发展新机遇，抢抓新机遇发展。机遇是公平的。机遇因势与时而变，因势与时而出现新的机遇。现在，发展的基础和基本条件正在改善，人民群众的发展愿望更强烈，只要我们把握得好，开放心灵，提振信心，解放思想，更新观念，超前思维，就能抓住机遇，赢得主动，迎来新的发展。

2009 年 4 月 24 日

观念更新与发展创新

解放思想是党的思想路线的本质要求，是我们应对前进道路上各种新情况新问题，不断开创事业发展新局面的一大法宝。时代在发展，实践在发展，思想观念也必须与时俱进，不断更新。当前，不同地区改革发展的差距不仅表现在体制机制活力、创新创业环境、综合经济实力、老百姓富裕程度等经济社会发展上，更主要的是表现在思想观念上。在很多问题上，不是看得不准，也不是能力达不到，而主要是敢闯敢试的胆子还不够大，改革创新的步子还不够快，谋求发展的勇气还不够强，不合时宜的条条框框破得还不够狠。说到底，还是思想观念存在这样那样的束缚，是观念束缚了发展，是思想束缚了发展，是自己束缚了发展。

许多干部群众说，差距并不可怕，落后并不可怕，可怕的是思想的差距、观念的落后。坚持从实际出发，进一步解放思想。思想解放是引领，具有全方位、广泛意义，思想的解放，就能带动观念的更新、实践的创新。解放思想不能停留在口头上，必须渗透到平时的工作中，落实到具体的行动上，体现在解决影响发展的实际问题上，最终体现到推进科学发展上。

让改革、发展、创新的观念深入人心。没有改革、创新，就不可能有新的发展。牢固树立在改革中创新、在创新中发展的观念，推进重点领域和关键环节的改革，构建增强发展的活力和动力，营造保护创新热情、完善创新机制、鼓励创新实践的良好创新氛围，使创造能量充分释放、创新成果不断涌现、创业活动蓬勃开展。

让稳定、安全、和谐的观念深入人心。只有秩序稳定、经济安全、社会和谐，才能稳定发展、安全发展、和谐发展。

让绿色、生态、环保的观念深入人心。生态是我们的资源，绿色是我们的财富，是上天和祖先留给我们发展的本钱。深化绿色理念，遵循生态规律，加强生态建设，发展才更有后劲，才可持续。

让敢于作为、奋发有为、建功立业的观念深入人心。伟大的事业需要团结奋斗，美好的未来需要共同创造。人的精神状态如何，对一个地方和单位的发展，往往有着决定性的影响。越是有差距，越要振奋精神，发奋图强，弘扬迎难而上、坚忍不拔、艰苦奋斗、无私奉献的精神，增强使命感和责任感，做到用心想事、用心谋事、用心做事，敢于作为，奋发有为，干事业、兴产业、创家业。

让重实绩、办实事、求实效的观念深入人心。坚持以发展论英雄，凭实绩用干部，按能力定进退。发扬求实、务实、落实的良好作风，不做表面文章，不搞形式主义，不搞形象工程。把实事办实，把好事做好，用实实在在的付出，求得实实在在的成效。

让服务、效能、廉政的观念深入人心。牢固树立执政为民的施政理念，扎实推进机关效能建设，建设服务型政府，改进工作作风，提高党员干部的履职能力和办事效率，提高服务水平，做到勤政为民，廉洁从政。

让抓当前、打基础、谋长远的观念深入人心。为官一任，造福一方。必须克服短视行为，树立战略思维，具有世界眼光和长远眼光。不管时间长短，都要致力于立足当前，着眼长远，把当前利益和长远利益结合起来，既注重抓好当前，防止出现大起大落；又充分考虑长远，切实打好发展基础。绝不能以牺牲子孙后代的利益、牺牲长远利益来图眼前的繁荣和所谓的政绩，坚决防止和克服沽名钓誉的短期行为。

2008 年 5 月 6 日

开 放 心 灵

古代有位智者提出一个震古烁今的问题：谁能告诉我，一滴水怎样才能不干涸？学生们面面相觑。而智者平静地说出了答案——把它放到大海里。

面对自然和社会，单一个体的力量是有限的，如果自我封闭，不过是一瓶死水；开放心灵，打开封闭的瓶塞，则可聚天地灵气，汇日月精华。心灵是人的智慧宝库，是人的精神家园，是人的思想窗户。雨果说，世界上最宽阔的东西是海洋，比海洋更宽阔的是天空，比天空更宽阔的是人的心灵。

时代进步和社会发展，与心灵开放紧密联系着。一个伟大的时代必然是发展的时代，发展的时代必然是开放的时代，开放的时代首先需要开放的心灵。开放的心灵，心胸更广阔，眼界更宽阔，思想更开阔。

推动发展，需要开放心灵。没有开放的心灵，就好比井底之蛙，思想狭隘，观念陈旧，故步自封，片面盲目。开放的心灵，则如同长空之鸢，活力充盈，高翔远引。开放的心灵，融合新思想，吸纳新观念，宽容新事物，创造新天地。开放的心灵，是科学的心灵，是发展的心灵。

经济繁荣，需要开放心灵。市场经济是开放的经济。经济的突破口，往往取决心灵的开放度。以开放的心灵招商引资，走出去、引进来，必定多收并蓄；以开放的心灵招才引智，必定群贤毕集；以开放的心灵对接合作，谋求资源、资本与技术的整合，必定双赢多赢。

社会的和谐稳定，需要开放的心灵。心灵开放，则心开目明，心正气和，遇事有胸怀，定事讲公正，不积怨，不扯皮，不折腾，在困难面前有信心克服，在危机面前有办法化解，在矛盾面前有措施消除。心灵开放是境界，带来的是更多的关怀、理解和支持，带来的是党内和谐、民族和谐、社会和谐。

社会进步，使我们感受了开放心灵的成果。今天，要实现新发展、谋求新突破，更需要开放的心灵。以开放的心灵发现机遇、抢抓机遇，以开放的心灵凝聚人心、整合力量。

2009 年 5 月 9 日

开放心灵天地宽

发展是干出来的，也是解放思想、转变观念、开放心灵带来的。

与发达地区相比，后发地区的差距还是在思想观念上。解放思想天地宽，转变观念办法多，开放心灵路子活。今天的发展更要开放心灵，解放思想，冲出观念窠臼，清除心灵障碍，突破思维定式，从不适应、不利于发展的认识中解放出来，从陈旧的条条框框桎梏中解放出来，切实转变安于现状的观念，转变因循守旧的观念，转变封闭狭隘的观念，转变片面发展的观念，不为过去的成绩而自满，不为既有的经验所束缚，不为传统的模式所局限。

多点包容心态。包容是中华文化特色和优良传统。要弘扬优良传统，以包容心对待文化，对待自然，对待人与事；以包容心干事业，兴产业，创家业；以包容心谋发展，谋长远，谋未来。

多点开放思维。要开阔眼界，拓宽视野，牢固树立在开放中求发展、在合作中求发展的思想，走出去，请进来，学习借鉴先进经验，用全新的理念、创新的思维来开展工作。

多点合作共赢的精神。现代经济是合作经济，现代发展是共赢发展。要努力营造重商、亲商、安商、富商的人文环境，

舍得亮宝，引进大资本、大集团、大企业，合作开发、互利
共赢。

开放心灵是不断学习的过程。不断学习新思想、新理念、
新方法，以开放的心灵抓发展抓工作，创新发展新路子，创造
工作新业绩。

开放的心灵要以实际行动实现。以强烈的责任感和事业心
抓执行、抓落实，以良好的作风抓执行、抓落实，以严明的纪
律抓执行、抓落实，以创新的方式方法抓执行、抓落实，以一
级对一级负责的层级管理意识抓执行、抓落实，确保政令畅
通，工作落实。要勇于创先争优，奋发作为，干事创业，想干
事，会干事，干成事，不出事。要讲政治、讲大局，讲发展、
讲服务，建设良好的政务环境、法治环境、信用环境、治安环
境，为发展作贡献。

2011 年 1 月 6 日

创新才有发展

发展总是挑战与机遇同在、压力与动力共存，解决问题，
化解压力，唯有把握机遇，敢于创新发展，激活动力，才能走
出困境，谋求发展。

自觉强化创新意识，在思维创新中谋划工作。思维创新是
工作创新的基础。把想问题、做事情唯上是从、唯条条是从的
传统思维方式转变为开拓进取、积极主动的创新思维方式，把
封闭经验型思维转变为开放学习型思维，在思维创新中开阔视

野，谋划工作，与时俱进。

大胆创新方式方法，在方式方法创新中推动工作。在工作谋划中创新，在工作进程中创新，边干边创新。启动内力、借助外力创新，实现双赢多赢发展。抓重点领域和关键环节创新，带动全局工作的发展。

积极探索实现载体，在载体创新中实现工作目标。如在经济发展中，以项目为载体，大胆捆绑项目，积极争取项目，争取合作资金，谋求共赢发展。以政策为载体，用好用活各种优惠政策，把政策转化为发展的动力和效益。

创新自有思路，创新自有方法，创新自有发展。

2008 年 7 月 4 日

机遇与发展

机遇是公平的，给予每一个人和每一个地方。能否抓住机遇，则决定于机遇意识和抢抓能力。

机遇因势与时而变，不同的时期和条件下有着不同的机遇。随着交通的发达，许多地方高速公路、高铁的开通，有着地理困境的山区，有了发展的快车道；发达地区新一轮的产业转移，密集的科技与劳动力产业正在寻找新的发展热土；发展方式的转变，将改变粗放的分散的工业模式；想发展求发展谋发展的愿望蕴藏和喷发着。

新机遇有新的发展着眼点，新机遇带来新的发展空间，新机遇激发着新的发展活力。要以思想的解放增强新机遇意识，以强烈的新机遇意识把握新机遇，以把握新机遇的新举措谋求新发展。

机遇期是短暂的，稍纵即逝。发展规律告诉我们，谁抓住了机遇，谁就能赢得发展主动权。开放心灵，解放思想，更新观念，超前思维，才有主动权；迎接挑战，敢于担当，积极探索，大胆突破，才有主动权。抢抓机遇，利用机遇，加强对接、合作、借力、挖潜、创新，发展的道路将越走越宽。

2008 年 8 月 5 日

信心出机遇

危机是"危"，也是"机"，化危为机，便有了机遇。临危不乱在心，处变不惊在心，这"心"便是信心。

信心是预料事物发展的愿望，机遇是利于事物发展的时机，以好的愿望捕捉好的时机，时机能把握，愿望能实现。毋庸置疑，信心和机遇是一个不可分割的整体。信心孕育机遇，信心创造奇迹。信心好比一把钥匙，能开启发展的机遇之门。电灯的发明者汤姆·爱迪生一生发明了一千多种产品，对人类的进步作出了巨大的贡献。在他上学时，老师以其太笨，而逼其自动退学，是母亲的信心，亲自培养，精心教育，创造了机遇，培养了爱迪生，推动了人类的进步。

信心来源于见多识广、日积月累的智慧，来源于不怕失败、奋起直追的勇气，来源于对主客观形势的科学判断，来源于对事物发展规律的正确把握。我们要像爱护幼苗一样爱护信心，使信心之树经受风吹雨打，成为参天大树。经济社会发展生活中，常常出现一些困难，信心面临着严峻挑战。但危机中有机遇，困难中有机遇。不缺机遇，就差信心，有信心就有机遇。满怀信心抓机遇，抓住了，就会使"危"转"机"，困难变动力，就会让信心出积极性，出生产力。诸葛亮从不丧失信心，城头唱"空城计"成千古美谈，就因为他善于危中识机，敢于险中取胜。反之，如果缺乏信心，机遇也就稍纵即逝，空留遗憾和惆怅。

机遇常在，机遇也公平公正。于人于事业，错失机遇，就会停滞；把握机遇，就会赢得主动。只有倍加珍惜每次机遇，提振信心，才能在抢抓机遇中实现新的突破和发展。

2009 年 5 月 11 日

找准发展的共振点

发展，是一个令人振奋的理论和实践。有发展，社会才有财富，时代才能进步；有发展，才能革故鼎新，走向富裕。发展，要体现时代性，把握规律性，富于创造性，找准共振点。找准了共振点，就能激活发展动力。

共振点，一个物理学概念，运用于经济社会发展，甚合其理。发展依靠人民，发展服务人民。找准发展的共振点，在认识上就能产生思想共振，形成共识，在行动上就能应节合拍，劲往一处使，把共振力量转化为发展成果，由共振效应带来发展效益。

把握民主、民本、民生的共振点。人民是创造历史的根本动力。我们党来自于人民，植根于人民，党的一切工作和奋斗目标都是为了造福人民，实现好、维护好、发展好最广大人民群众的根本利益，权为民所用，情为民所系，利为民所谋。只有深入了解民情，广泛集中民智，切实珍惜民力，不断实现民利，党群干群才会共振，良性互动，人民群众才会拥护我们的决策，支持我们的工作，积极投身发展的伟大事业。

把握资源结构、产业结构、经济结构的共振点。区域经济的可持续发展，必须和人口、资源、环境等相协调，从自身的资源优势、产业布局和经济特点中，找准三者的结合点和切入点，形成有特色的经济体系，并围绕这个共振点，着力招商引资，对接产业转移，引人才、引技术，延伸产业链，引资本、引市场，做大做强经济实体。只有这样，才能实现经济结构的战略升级，形成一种既适合本土又对接开放经济的发展方式和增长模式，走出一条发展新路。

把握稳定、安全、和谐的共振点。秩序稳定是发展的保障，没有大局稳定，发展只是一句空话；经济安全是发展的基础，不安全的经济往往使财富化为乌有；社会和谐稳定是发展的目标，没有人与人、人与社会、人与自然的整体和谐，没有和谐的环境，谁也不敢投资，谁也不敢发展。只有稳定发展、安全发展、和谐发展，才能互动共振，利益共生。

找准发展的共振点，营造上下共振、和谐互动的新局面，干部群众定当同其心，一其力，搞建设，谋发展，协调推进。

2009 年 6 月 12 日

走出心理定式

《列子》中有个典故叫"窃斧之疑"：失斧人怀疑邻人之子是偷斧人，言行神情，越看越像，后来找到了斧头，再看小孩，越看越不像偷斧人。根据固有认知，以自己认定的想法看人看事物看社会，往往出现偏差，这就是心理定式的作用。

心理定式包括认知定式、情感定式和思维定式，往往形成自动化心理，自觉不自觉地按固有路径和常规方法观察、分析、解决问题。心理定式更多的是消极的，束缚创造性思维，往往导致片面、简单、静止、僵化，以点概面，以偏概全。不同事物之间既有相似性，又有差别性。心理定式所强调的是事物之间的相似性和不变性，以不变应万变。世界是一幅变动的景象，发展是一项开拓的事业。经济繁荣与社会进步，需要适应变化的科学心理，需要适应发展的长远眼光，需要走出心理定式，多点创新思维，多点视角转换，多点观念更新。

要从那些不合时宜的观念、做法和体制的束缚中解放出来，从各种不适应、不符合科学发展的思维定式中解放出来；克服安于现状、不思进取的思想，克服因循守旧、封闭狭隘的思想，克服惧怕困难、畏首畏尾的思想；解决工业经济中结构不合理、产业层次低、科技含量低、高能耗高污染、自主创新和抗风险能力不强等问题，解决农业产业化发展水平低、产品品质不高、加工转化能力不强、龙头企业带动功能弱等问题，解决生态文化旅游产业资源整合不力、区域障碍、地方保护、环境不优、旅游商品开发市场化程度不高等问题。

与时言语

世界日新月异，生活每天都在变化，定型化的心理同样需要变化。变化是不变化的规律，是进步的新起点，是克服困难、承受压力、走出困境的最好方法。走出心理定式，打破成规，思维就会更广阔、更深刻、更敏捷，工作就有新局面，发展就有新成效。

2009 年 6 月 1 日

以"和"兴业

孔子说："和也者，天下之达道也。"《礼记》中说："和，故百物不失""和，故百物皆化"。天地之气，莫大于和；天下之业，莫兴于和。天时地利人和，百物兴、百业旺。"和"是立业之本、兴业之基。

一个人、一个家、一个国，要建功立业、兴家创业、共济世业，必先人和。自我和、家庭和、社会和、心境和、观念和、制度和、环境和。一个人，自我和谐，有和谐心境，才能正确对待自己、他人和社会，正确对待困难与挫折，正确对待权与利，以和谐的心态为国家为人民建功立业；一个家庭，成员和谐，有和谐氛围，才能互相尊重、关心和支持，同心协力，兴家创业；一个国家，社会和谐，有和谐环境，人民安居乐业，才能凝聚人心，安邦兴业，生机焕发，共济世业。无数历史事实证明，社会和谐，必有国家繁荣昌盛、人民幸福安康；党内和谐，必能带动和促进社会和谐，推进社会进步，共创丰功伟业；班子和谐，必定组织坚强，带领党员群众创业兴业。

以"和"兴业，在于和声，在于共振。和声共振就能形成正确理念、广泛共识和统一行动。心往一处想、劲往一处使，同谋事业，共兴产业，创功立业。以"和"兴业是科学兴业。要推进转轨转型，转变经济增长方式，推动经济走集约发展之路；坚持创新发展，全力建设创新型城市，提高经济增长的科技含量；统筹推进，增强发展的全面性、协调性和可持续性，确保城乡区域、经济社会、人与自然协调发展；确保普惠，让全体人民共享改革发展成果；稳定发展，确保一方平安。

"和"是经济发展的基石，是社会文明的动力，是国强民富的保证。事业因"和"而生，产业靠"和"而旺，家业依"和"而存。以"和"创业，以"和"立业，以"和"兴业。

2009 年 11 月 11 日

共建和谐家园

芸芸众生，各有所求。建设和谐家园，则是人类共同的追求和理想。这是一个古老的愿望，也是一个时代的创新。共创和谐，就有和顺、和睦、和平环境；共建和谐家园，就有文明、安康、幸福生活。

培育和谐精神。和谐是一种文化，既体现在社会制度、社会生活、社会关系中，也体现在社会精神道德和思想观念中。共建和谐家园，首先要有和谐精神，以社会主义核心价值体系为根本，形成共同的价值取向。始终坚持马克思主义指导思想、中国特色社会主义共同理想，弘扬以爱国主义为核心的民族精神、以改革创新为核心的时代精神，倡导社会主义荣辱观。只有和谐精神深植民心，逐渐内化为全体社会成员的思维方式、价值取向、道德规范、行为准则、生活方式，成为人们的内在素质和自觉习惯，才能塑造积极向上、开拓进取、充满活力、团结和谐的家园环境。

倡导文明行为。建设和谐家园涉及社会生活的各个领域和每个社会成员，需要倡导一种和谐文明新风，引导和谐文明行为，不断调整自己的不和谐情绪，不断纠正自己的不文明行为，多点正义、多点诚信、多点友善，多点心平气和、求同存异，多点克己奉公、舍己为人。用和谐的思维认识事物，用和谐的态度对待问题，用和谐的方式处理矛盾，提高自我和谐素质，塑造自我和谐人格，自觉做崇尚和谐、追求和谐、维护和谐的推动者和实践者。

建设良好生态。和谐是天地人之和谐，是人与自然与社会之和谐。古人云："水泉深则鱼鳖归之，树木盛则飞鸟归之，庶草茂则禽兽归之。"一个地方，山清水秀，自然环境好，生态和谐，是和谐家园的象征。珍爱绿色，保护生态，建设生态文明，就是珍爱和谐家园，建设和谐家园。有绿色生态，就有绿色生活；有生态文明，就有生命活力、和谐家园。

促进经济发展。经济发展是共建和谐家园的基础，经济发展必定推进和谐家园建设。面临发展的战略机遇期和各种矛盾的凸显期，影响和谐、稳定的矛盾和问题仍然突出，唯有发展，打牢和谐家园建设的物质基础，才能不断化解这些发展中的不和谐因素，满足人民群众不断增长的需求，缩小收入差距，促进社会公平，完善保障事业，使人民群众安居乐业、和谐和美。

2009 年 11 月 18 日

和谐之积累

和谐，是理想与实践的统一，思与行的统一，需要全体社会成员不懈追求、共同努力，需要从点滴做起，不断积累。

多点进取。一种理想就是一种力量。一个人的和谐，是自我和谐，全体社会成员和谐，才有社会和谐；一个人的进取，力量单薄，全体社会成员共同进取，才能群策群力，形成人人致力于和谐社会创建的生动局面。

多点宽容。和谐离不开宽容。宽容是和谐人生、和谐社会的重要元素。宽容则思想通达，讲大道理，不认死理，帮助人走出心理定式；宽容则与人为善，成人之美，乐于奉献；宽容则顾大局、识大体，以国家为重、以事业为重、以发展为重，妥善处理各种利益关系。

多点诚信。不和谐的一个重要原因，是不讲诚信，不尚法度，缺乏契约精神，缺乏法制观念。诚信是人际和谐与社会和谐的道德基础。政府有诚信，权力运用公平公正，取信于民，人民群众才信赖才拥护；个人讲诚信，政府开展工作才得心应手。有诚信，就有邻里和睦；有诚信，就有风清气正；有诚信，就有社会秩序；有诚信，就有发展环境。

多点淡泊。作为一个领导、一个党员、一个干部，要始终

147

牢记"责任"二字，常思权力自何来、权力为何用，正确运用手中权力，正确对待权与利，以公仆之心为人民，以清廉之心树形象，多想想老百姓的疾苦，多关心贫困群众的生活，做政治上的明白人、经济上的清白人、作风上的正派人、人民群众的贴心人。作为一个公民，要讲良心、讲道德、讲法律。一个社会，一人富不是富，大家富才是富，多点善良、多点爱心，都做善事、都有爱心，共同富裕，大家幸福，社会才和谐。

多点创造。我们要创造新的生活、幸福生活。和谐要创造，创造就是付出，付出才有收获，创造才有享受。创造越多、付出越多，收获越大、享受越丰。

多点进取、多点宽容、多点诚信、多点淡泊、多点创造，以党内和谐带动社会和谐，以自我和谐增进社会和谐，以组织和谐促进社会和谐，在通向和谐之路上共进，迎来人类文明的不断进步。

2009 年 12 月 14 日

优化经济发展软环境

一些地方的发展，受制于地理因素的硬环境还有个改善过程，但营造良好的软环境、温暖的小气候，则取决于一些地方的观念、制度、人心和努力。因此，必须坚持解放思想，更新观念，以更加开放的心灵、更加过硬的举措，进一步加大政策、制度和服务投入，努力营造让各类经济主体竞相发展的良好软环境。

坚持把执行政策法规的规范性与从实际出发的灵活性结合起来，完善运行保障措施。对于这些行之有效的政策措施，要继续坚持，并立足本地实际，适应形势变化，根据企业需求，不断充实、完善，使之更加行之有效。加强政策的执行力度。做到政策一旦出台，就能畅通无阻执行，迅速贯彻落实，尽快变成实惠，转化为生产力。形成这样一种风气和氛围，凡是定了的事情，就立即去办，雷厉风行，绝不能拖泥带水、敷衍塞责；凡是承诺了的政策，就要坚决兑现到位，不打折扣。

坚持把服务作为第一职责，提升办事服务效能。现代企业要求的服务，不仅仅是降低成本的问题，而是在综合比较各地的效率后提出了更高要求的综合性服务。把营造优质高效的服务环境作为软环境建设的突破口，进一步转变政府职能，更新服务理念，创新服务方式，全面推行服务承诺制、首问责任制、全程代办制、限时办结制、一票收费制等行之有效的工作制度，做到主动服务、热心服务、创造性服务，让企业和投资者深入企业，与企业家交流思想，为他们鼓劲打气，放心投资、安心创业、舒心生活、顺心发展。

坚持以企业家和投资者为本，营造重商氛围。牢固树立培育企业家就是培育生产力、尊重企业家就是尊重人才、服务企业就是服务发展的意识。以服务企业为己任，对企业家真正高看、厚爱、宽容。在干事创业上多扶持，想企业之所想，办企业之所急，解企业之所忧，千方百计为他们提供各方面支持，鼓励他们创业兴业。在政治上多信赖多引导，对那些思想素质好、事业有成、社会责任心强的企业家要鼓励和宣传，为企业家的成长营造一个良好的社会氛围。

2009 年 3 月 18 日

好环境好心境

环境与心境，是一对既相对独立又一脉相承、相得益彰的有机体。就一个国家来说，其政治、经济和文化环境如何，直接关系到社会的文明程度；就一个人来讲，其生存、生活和工作环境如何，具体反映出真实的生命状态。环境常常左右心境。风调雨顺、政通人和时，生活如满涨的风帆，一往无前。心境也柳暗花明，豁然开朗。在催生发展的多种要素中，好环境和好心境，是不可或缺的重要因素，且越来越显现其活力。好的环境和心境，对于旅游产业的发展，尤为重要。

环境，是一个地方周围的生态，有硬环境生态物质要素，也有软环境生态非物质要素，是有形环境和无形环境要素的统一体。大自然的山水和因人造化的基础设施是硬环境，由人创造和积淀的文化艺术、民俗风情、道德修养、制度规则等人文是软环境。古语有云，良禽虽无理性，尚知择木而栖，何况"万物之灵长"呢？环境美，人必趋之；环境恶，人必避之。

心境，是人的感情状态、精神境地，是环境的物质要素和非物质要素的集中反映。环境是阳光雨露，心境是种子幼苗。万物生长靠太阳，雨露滋润禾苗壮。

旅游经济是典型的环境产业经济。有和谐之境，方有和谐之心。哪里环境好，带来好心境，则哪里的人流物流资金流信息流就容易汇集。和谐旅游，需要良好的自然和人文环境，需要舒畅的欣赏和服务心境。环境之优劣，心境之好坏，事关旅游产业的兴衰成败。好环境是旅游产业发展的基础和依托，好心境是旅游产业发展的动力和凝聚力。有丰富的旅游资源，有独特的生态文化，用好环境营造好心境，就能激活发展潜力，增强市场竞争力。破坏环境，破坏心境，必然丧失商机，失去活力，阻碍发展。

环境是共造的，心境是共生的，给他人好环境好心境，也就是给自己好环境好心境。胸怀宽一点，眼界远一点，消除不和谐不稳定因素，纠正不文明不道德行为，让内心的阳光照亮自己，也照亮他人。把机遇给自己，也给他人，让发展富自己，也富他人，强化硬环境，优化软环境，营造好心境。

境由心造，情随境变，寓情于"境"，以"境"悦情，情"境"交融。好心境源于好环境，好环境衍生好心情。以好环境为沃土，以好心境为良种，用时代甘霖浇灌，必是催开美丽的心情之花、事业之花、效益之花！

2009 年 5 月 18 日

让软环境硬起来

一个地方的发展靠硬环境，也靠软环境；一个地方的实力，体现硬实力，也体现软实力。硬环境是物质条件，是硬实力；软环境是人文条件，是软实力。硬环境与软环境的共生，硬实力与软实力的兼容，必定带来更大的发展、更强的实力。

物质条件优越的地方，软环境重要，而基础条件差一点的地方，则更要有良好的软环境，使无形基础优越，以良好的软环境凝聚人心，聚集更多的生产要素，吸引"有形资金"。然而，现实却恰恰不尽如人意，有些相对地理条件、资源状况、基础设施、基本条件等"硬件"不硬的地方，软环境欠佳，其表现为：思想不解放，精神不振奋，服务不优，作风不硬，效率不高，甚至自我设陷，推诿扯皮，"吃拿卡要"，等等。以致投资者失去信心，发展受影响。

软环境与人紧密相关，软环境在于建设，靠人的作为和创造，建设和提供良好的制度环境、政策环境、服务环境、诚信环境、舆论环境，形成和展示开放的心灵、振奋的精神、良好的素质、过硬的作风、较高的效率。有了这些，即使硬环境差一点，也能赢得人气兴旺，拓展招商引资，承接产业转移，带来发展机遇。

落后地区的发展关键在于营造良好的软环境，集合和优化无形环境要素。建设良好的软环境，事在人为，人人可为。许多地方在发展的实践中总结了一句话，叫作"人人都是软环境"，道理深刻。如果人人融入发展，谋求发展，把每个部门每个人所做的每一件事都放到软环境建设中来考量，那么，那些破坏软环境的人就少了，影响软环境的事就少了。风清气正，和谐稳定，软环境将转化为发展资源，形成发展实力，提供发展保证。

2009 年 8 月 22 月

以服务为先优化软环境

在软环境建设的诸多要素中，优化服务环境至关重要。它是一个既反映内部品质又表现外部形象的重要标志。以服务为先的软环境，能够增强综合竞争力和投资吸引力，是区域经济发展软环境中的硬要求。

以服务为先，先在服务理念。把为发展服务作为一种价值、一种文化，融入思想观念和工作之中，从心开始，从每一个人、每一件事做起，以改革的精神服务，以创新的意识服务。发展，一切都是为了人民，营造好的发展环境，代表着人民的利益。只要是有利于发展的事，有利于人民利益的事，就要放开手脚，积极探索，提供优质服务。

以服务为先，先在服务规范。完善工作制度，规范行政权力、司法权力、公共服务权力，遵循权力运行机制，文明执法、文明履职，把有限的岗位投入无限的为人民为发展服务中去，以文明服务创造好环境，带来社会财富。坚持办事公开透明，廉洁公正服务，取信于民，取信于商，共谋发展。

以服务为先，先在服务效率。简化办事程序，切实解决审批事项过多、审批时限过长等问题，降低办事成本，提高工作效率。加强工作责任，进一步完善首问负责制、限时办结制和责任追究制等，形成强有力的约束机制。改进工作作风，整治功利主义、本位主义和不作为、乱作为等问题，改进不冷不热、不推不动的工作态度，克服发展事不关己、麻木不仁的现象，做到政令畅通、令行禁止，服务好、效率高，使群众满意、客商满意。

建设服务型政府和服务型社会，是立党为公、执政为民的本质要求，是改革开放和社会主义市场经济发展的客观需要，是人民群众的迫切愿望。只有坚持为发展服务、为人民服务，做到人人有责、人人尽责，就能以优化服务优化环境，以优化环境促进发展。

2009 年 9 月 1 日

好作风好环境

"好环境得益于好作风。"这是人们在谈及软环境建设时的感叹，更是期待。软环境问题说到底是个干部作风问题。作风是形象，本身就是软环境。

好作风见人文。软环境是一种人文环境，无不打上干部作风的烙印。党风好、干部作风正，就能带动民风和社会风气，形成经济社会发展风清气正的软环境。人人遵纪守法，遵守社会公德、职业道德、家庭美德，处处为改革、发展和稳定服务，成为一种习惯、一种风尚、一种文化，软环境就会越来越优。

好作风聚民心。作风关系民心向背，关系党和政府形象。作风好，则环境优、人气旺。人民群众总是从干部作风看我们党和政府的形象。提倡什么，反对什么，要求群众做到的，干部首先要做到，身先士卒，当好表率。这样，广大群众就会自觉营造和维护软环境，同心同德谋发展。

好作风出效益。任何工作成效和经济社会效益都来自扎实的工作、务实的作风，可谓高一点效率，就多一份效益。能立即办的事，雷厉风行，办了就能立马见效，促进发展。拖着不办，或拖着缓办，影响的是效益，是发展。就招商引资而言，能招来的项目招不来，已招来的项目留不住，留得住的项目难见效。这其中的一个重要原因就是干部作风不实。显然，好作风也是投资环境，集贤才，聚客商，见效益。

好作风催生好环境，风正事业兴。广大党员干部要切实转变不适应科学发展的作风，转变不利于优化软环境的作风，始终坚持为民、务实、清廉的好作风，坚持讲诚信、讲服务、讲实效的好作风，形成肯干事、会干事、干好事的正确导向，形成办好事、好办事、事办好的良好氛围，以好的环境促进经济社会又好又快发展。

2009 年 9 月 8 日

共创和谐发展环境

发展是硬道理，和谐是大环境。社会文明进步、人民安居乐业，发展经济是基础；而发展经济，则有赖于共创和谐的发展环境。

共创和谐发展环境，首要的是树立和谐发展意识。意识是一种精神力量，能够支撑和推动实践。鲁迅曾经说过，要培植大树，得先培育适合大树生长的土壤。这种适合的土壤，就是发展的和谐环境。和谐发展环境是一种协调状态、最佳形态。要认识和谐发展环境就是生产力，就是效益，就是形象，树立和谐发展环境对外是竞争力、对内是亲和力的意识；要认识和谐发展好环境要靠人来创造和维护，树立"人人都是和谐形象、人人都是发展环境"的意识。环境影响发展、决定命运、关系未来，必须共创和谐，为环境增光添彩。

共创和谐发展环境，要化意识为实践。和谐发展环境不是一句空话，不会凭空而来。要把和谐意识转化为共创和谐环境的实际行动，全员参与，个个尽责，从每一个人的和谐，到人与人、人与社会、人与自然的和谐，不断化解各种影响发展的不和谐因素，解决各种不和谐的矛盾和问题，促进和谐发展环境的形成。

环境如水，发展似舟。水阔舟扬，水大舟高。和谐的发展环境，凝人心、聚人力、集人智，必定带来经济社会的快速发展。

2009 年 11 月 5 日

落实之思与行

抓落实，是联系认识与实践、理想与现实的桥梁。古今兴盛皆在于实，天下大事必作于细。工作目标明确，任务和措施要求具体化了，能不能实现目标，关键在于抓落实。为此，必须增强抓落实的意识，提高抓落实的能力，把对党和人民的忠诚体现到抓落实中，把对事业和工作的责任体现到抓落实中，在抓落实中显身手，在抓落实中出政绩。

抓落实是一切工作的关键环节。不抓落实，再好的思路也是空想，再好的措施也是虚招，再理想的目标也难以实现，一切都等于零，一切都无从谈起。广大党员干部特别是领导干部一定要深刻认识抓落实的重要意义，强化抓落实的责任，把抓落实作为一切工作的关键环节，以此检验干部作风、工作能力和工作成绩。

抓落实在于行动。落实的表现只有一种，就是求真务实，踏实干事。不落实的表现却有多种：有的工作像"算盘珠"，不推不动，甚或推而不动；有的搞上有政策下有对策，忽悠领导，蒙骗群众；有的遇事躲着走，躲不过就拖，拖不下去就推；有的当"甩手掌柜"，无所用心。凡此种种，不一而足。抓落实，必须改变上述种种不落实的行为和现象，真正让抓落实成为一种基本职责和工作态度，成为一种习惯和自觉行动，把抓落实贯穿于工作全过程，贯穿于每一个具体环节，做到见事灵敏，反应快捷，闻风而动，迅速果断，从现在做起，从每一个人做起，从每一件事情做起。要让干事者有所得、有所获，让不干事的人有所愧、有所畏；要盯住不落实的事，追究不落实的人。

抓落实要看效果。检验工作是否抓落实，还要看结果看成效、看是否经得起时间和实践的检验。抓工作，抓落实不能求一时之功、图一时之名、贪一时之利，必须立足于抓当前、打基础、谋长远。

抓落实要突出重点。木桶定律告诉我们，水桶的整体容量取决于最短的木板。所有木板一样高，木桶才能盛满水。抓落实，要盯住薄弱环节，敏于发现问题，不回避矛盾，及时化解。发展是为了更好地改善民生。党的一切奋斗目标和工作都是造福人民。抓好工作落实必须突出解决民生问题，抓好人民群众最关心、最直接、最现实的利益问题，实现群众愿望、满足群众需要、维护群众利益。

抓落实在于领导带头。抓落实，领导是关键。各级领导干部不仅是决策的主体，更是抓落实的主体。只抓决策、不抓落实，只做了一半，这样的领导行为是不科学、不全面的，也是不合格的。领导干部要以身作则，率先垂范，带头抓好工作落实。坚决反对主观主义、官僚主义和形式主义的作风；坚决改变得过且过、无所作为的态度；坚决纠正以会议落实会议、以文件落实文件的做法；坚决克服把说当成做、把说过了当作做过了的毛病。努力从文山会海中摆脱出来，从不必要的应酬中摆脱出来。

　　抓落实靠良好作风。抓落实，是一个班子及其成员的作风体现。抓落实，就是抓作风。重行务实，说做的，做说的，形成这样一种风气，凡是研究决定了的事情，就要立即去办，雷厉风行，决不拖泥带水、敷衍塞责；就要紧抓不放，一抓到底、脚踏实地、埋头苦干，锲而不舍、深入细致，一件一件落实。

　　抓落实靠建设制度和机制。抓工作落实，制度和机制是保障。要健全目标责任机制，健全协调配合机制，健全监督检查机制，健全干部绩效考评机制，克服干与不干一个样，干好与干坏一个样的不良现象。

2008 年 5 月 9 日

"抓"的意义

　　发展是紧迫的，关键在抓。抓机遇，抓重点，抓落实，抓成效。

抓，是一种进取精神。它体现事业心、责任感。抓就主动，就积极，能谋划在先，准备在前，运筹帷幄。抓，也是一种领导能力。它是决策、实施、落实能力的综合体现，更是科学执政、民主执政、依法执政能力的综合体现。抓，还是一种工作方法。方法有时比努力更重要。抓发展，抓工作，既要大胆抓，敢于抓，又要善于抓，科学抓。乱抓瞎抓，等于白抓；抓而不紧，抓而不实，抓而无效，等于不抓。

抓是知和行的统一。形成发展共识，要抓思想统一；落实发展措施，要抓行动自觉；确保发展效果，要抓细节到位。只有凝心聚力，抓而又紧，抓住不放，才能谋求更大发展，实现更大发展。

在抓发展中发展，在抓突破中突破。当前，要紧紧抓住经济发展不放松，紧紧抓住社会稳定不放松，紧紧抓住民生保障不放松，紧紧抓住生态文明不放松，紧紧抓住党的建设不放松，常抓不懈，坚定不移，抓出成效，抓出进步，抓出发展。

2008 年 8 月 12 日

抓落实的本质

抓落实是化目标为现实的关键步骤。工作有无成效，成效之大小，都取决于抓落实的程度。

落实是政策的转化，是计划的归宿，是措施的实现。抓落实，是领导干部的基本功，是执政能力的体现。只有抓落实，好政策好措施才能顺利实现，经济社会各项事业才能得以发展，人民群众才能得到实惠。然而，现实工作中却存在许多的不落实，或避实就虚，或舍难取易，既失良机，又失民心。显然，再好的决策、计划和措施如果不落实，就是一句空话；如果落实不好，效果就会大打折扣，达不到预期目的。重视落实，就是重视决策，重视目的，重视效果。

抓落实，是党性，是责任，是作风，是能力。党性观念不强，就没有抓落实的思想动力和敬业精神；责任心不强，就没有抓落实的压力和担当意识；作风不实，抓落实就会浮在表面；方法不当，抓落实往往事与愿违，把好事变成坏事。抓落实需要落实抓，动真格，花大力。要以坚强的党性抓落实，抓有坚强党性的人；以强烈的责任感抓落实，抓有强烈责任感的人；以良好的作风抓落实，抓有良好作风的人；以过硬的本领抓落实，抓有过硬本领的人。抓落实就要敢于抓，善于抓，抓重点，抓关键，抓细节，实心实意，脚踏实地。

滴水穿石，不是力量大，而是功夫深。抓落实是执政之责、为政之要。责随权生，权为民用，贵在尽责，重在落实，非动于一时之议，非囿于一时之功，须持之以恒，抓住不落实的人，追究不落实的事，敢于碰硬，不见成效不撒手。这样，工作才能落实，事业才能发展。

2009 年 6 月 29 日

提高执行力

时下，不少人谈及，工作受到执行力困扰，好的思路难实现，好的决策难实施，费了心思，伤了财力，或落个纸上谈兵，不了了之；或事倍功半，收效甚微。

究其原因，主要是忠诚度、事业心和责任感的问题。一个组织和个人，不能把党和人民的利益高度统一，放在第一位；不能把党和人民的事业高度统一，放在第一位；不能把对党和对人民负责高度统一，放在第一位，就不可能有好的执行力。

执行力，是一个组织和党员干部对党和国家的方针政策贯彻执行和实施的能力，是把一个地方或一个单位的发展战略、工作思路、项目规划转化为工作业绩和实际效果的能力，是执政水平和行政能力的集中体现。执行力是事业成败和工作是否见成效的关键。有没有执行力，是衡量党员领导干部党性和责任心强不强的重要标准，也是衡量领导班子凝聚力和战斗力强不强的重要标准。没有执行力，就不会有坚强的党性，就不会有强大的战斗力。执行力出自忠诚度、出自事业心、出自责任感。对党忠诚、对人民热爱、对事业执着，就能以鲜明的组织观念和强烈的责任感，以奋发进取的意志力和无私奉献的精神，表现执行力，提高执行力。

提高执行力，体现于多层面、全方位，知行合一，上下其理。既有思想认识问题，也有实践能力问题；既是执行层和下级的义务，也是决策层和领导干部的义务。

提升思想高度。加强对党员干部的忠诚度、事业心和责任感的教育，增强执行的自觉性和坚定性。

提高能力。干与不干是态度问题，干得好不好则是能力问题。领导班子和领导干部要不断提高自身的领导能力、工作能力和创新能力，以确保执行过程的能力无障碍。

改进工作作风。执行力也是个作风问题。领导干部要带头改进作风，放下架子，不当"甩手老板"，深入基层，深入群众，务实求是，带头执行，带动执行，在执行中求真，在执行中提效，推进工作，推动发展。

健全制度。严明纪律，健全责任体系，完善绩效考评机制，以纪律约束执行力，问责强化执行力，奖惩激励执行力。

良好的执行力托起事业的成功。发展需要高瞻远瞩的眼光，需要审时度势、切合域情民意的决策，更需要令行禁止、百折不挠的执行力。党组织和广大党员干部以发展为己任，忠信笃敬，爱岗敬业，履职尽责，就能以坚韧的执行力推动各项事业的发展。

2009 年 6 月 20 日

养成责任自觉

每一个人都肩负着责任，或与生俱来，或职予权与。不同的责任心，产生不同的效果。责任自觉者，尽忠职守，责在人先，事业发展，敬业乐群；责任不自觉者，玩忽职守，利居众先，往往半途而废，一事无成。

责任，是应当承担和履行的任务与使命，是人生应有的价值观。有责任，就要有责任心，以敢于负责、主动负责的态度担当责任；有责任，就要有责任自觉，以自觉自愿、责无旁贷的心智，履行一事之任的一事之责，践行一方之任的一方之责。

当前，在我们的党员干部队伍中，特别是有的担任着一定职务的同志责任缺失，存在着担当意识和责任心不强、执行意识和执行力不强、务实精神和落实能力不强等问题。有的干部遇到问题绕道，遇到矛盾上交，遇到困难退缩，抓工作不敢负责，抓执行敷衍塞责，抓落实无能失责；有的班子，看准了的事不敢果断决策，决定了的事不敢强力推进，以致贻误工作，失职于事业，失信于群众。

一位哲人说："责任具有至高无上的价值，它是一种伟大的品格，在所有价值中它处于最高的位置。"责任是义务和使命，是奉献精神和人格品质，是觉悟和境界。一个民族的振兴，一个社会的进步和发展，是由无数人的责任之手托举起来的。一个党员、一个干部、一个班子，权力是党和人民给予的。职务就是责任，权力就是责任，应当以强烈的事业心和高度的责任感，自觉地履行党和人民赋予的责任和使命，自觉地做好各项工作，自觉地完成各项任务。

改革发展是每一个班子每一位党员干部的责任。要养成责任自觉，对事业极端负责，对人民极端负责，增强领导力，提高执行力，以良好的作风抓工作落实，以负责的态度营造环境，以深厚的感情服务群众。在责任自觉中努力作为，在责任自觉中实现一个党员干部、一个领导班子干事创业的价值。

2009 年 7 月 6 日

要结果不要理由

结果是事物发展的最后状态，是事物发展所要达到的预

与时俱进

期，实现的目标。理由是停留在为什么的争论状态中的托词，是不想发展或没有达到预期目标的借口。对结果负责，以结果体现价值，从发展成效看结果，用结果来检验发展，是我们应牢固确立的意识。然而，有的地方的领导班子和领导干部发展不力找借口，成效不显讲理由，出了问题推责任，不敢也不愿正视事业心不强、责任感不强、发展能力不强的问题。有的说，没有功劳有苦劳，没有结果有过程。当然，没有苦劳哪有功劳，没有过程哪有结果。结果是量的积累，是质的飞跃，是过程的终结。为了实现目标，追求结果，要重过程；减少付出过程的代价；要讲方法，努力探索更好的工作方法。但实事告诉我们，事物的发展链，结果最重要。没有结果，事与愿违，苦劳等于白干。靠急功近利，不择手段，违法乱纪带来的结果，也不是好结果，甚至适得其反。结果是终极导向，靠行动，靠实干，靠创造，大发展大结果，小发展小结果，不发展没结果。

要结果，就是要责任，要效果，要事实；不要理由，就是不要推托，不要借口，不要争论。广大的党员干部要以良好的精神状态、高昂的工作热情、坚定的发展信心，要以真诚负责的精神取信于民，以发展的实际成效惠及于民。要带着感情下基层，突出排忧解难办实事，使群众最关心、最直接、最现实的利益问题得到解决，充分享受发展成果。带着责任下基层，突出增产增收保实效，使经济增长、财政增收、农民增收。带着任务下基层，突出环境整治促发展，使作风改进，效率提高，环境优化。要把解决影响和制约发展的突出问题和解决党员干部党性党风党纪方面的群众反映强烈的突出问题紧密结合起来，把解决发展问题和解决民生问题紧密结合起来，把解决当前紧迫问题和谋划长远发展问题紧密结合起来，不开空头支票，不提不切实际的口号，不搞政绩工程，不讲客观理由，让结果说话，任百姓评价。

发展的道路不是一马平川，实现目标，才有结果。市场经济也不相信眼泪，只相信结果，只有扎实苦干，锐意创新，奋起直追，以不争的发展事实赢得人民群众拥护和支持，以发展的实际成果惠及人民群众，才是最佳的结果。

2009 年 7 月 20 日

要行动不要空谈

邓小平曾说，世界上的事情都是干出来的，不干，半点马克思主义都没有。鲁迅也曾说，单是说不行，要紧的是做。这"干"这"做"，就是行动。工作在行动中落实，事业在行动中成功，社会在行动中发展，发展在行动中实现。一分耕耘，一分收获。正如英国前首相本杰明·迪斯瑞利所说，虽说行动不一定能带来令人满意的结果，但不行动就绝无满意的结果可言。

行动是实现目标的关键。"说一尺不如行一寸。"任何希望、计划最终必然要落实到行动上。只有行动才能缩短与目标之间的距离，只有行动才能把理想变为现实。再好的目标、再新的创意、再美的言辞，若是没有行动，无异于纸上谈兵。今天，在改革发展新的历史时期，仍然需要弘扬实干的优良作风和精神。时代要行动不要空谈，发展要行动不要空谈，人民要行动

与时书语

不要空谈。

空谈误国，实干兴邦，被无数历史事实所证明。然而，坐而论道者，惯于空谈者，只说不干者，仍有人在，且久治不愈。有的讲发展头头是道，却不付诸行动；有的讲工作条条是理，却不真抓实干；有的讲服务句句动人，却不深入群众。他们是空谈的巨人、行动的矮子，不敢吃苦和付出，害怕困难和矛盾，优柔寡断，迟疑不动，以致错失良机，影响工作，耽误发展，失信于民。鲁迅曾讲得很透彻，空谈之类，是谈不久的，也谈不出什么来的，它终必被事实的镜子照出原形，拖出尾巴而去。

毛泽东早在1942年延安时期就号召，深入群众，不尚空谈。不尚空谈，崇尚实干，是我们党的优良作风。广大党员干部要做一个弃空谈重实干的人，做一个敢于行动的人，以实干为荣，空谈为戒。紧紧围绕改革开放和社会主义现代化建设实际，用行动解决体制转变中的深层次矛盾和问题，推动改革不断取得新突破；用行动推动发展方式转变，发展难题破解，发展质量提高，发展效益增长；用行动促进和谐，化解矛盾，维护稳定，为人民群众排忧解难，多办实事，多做好事。

一步实际行动胜过一打纲领。不尚空谈，力戒浮躁，脚踏实地，从自己做起，从小事做起，从现在做起，到一线去掌握情况，到一线去解决问题，到一线去化解矛盾，到一线去指导发展。行动决定价值。始终如一，坚守目标，埋头苦干，行动出成效，实干结硕果，科学发展上水平。

2009 年 8 月 4 日

要务实不要作秀

发展，是物质财富的积累，是精神境界的升华，需要积小成大，需要务实去华，从实处做起，从点滴做起。正是这样一种务实不作秀的导向，从一个方面推动着经济社会和人的全面发展。

要务实，不要作秀，是发展中要进一步弘扬的优秀传统文化和现代作风。要务实，就是办实事、重实效、求实绩，自觉当好人民的公仆，为人民群众遮风挡雨，为人民群众鞠躬尽瘁。不要作秀，就是不要做表面文章，搞形式主义，不图虚名，哗众取宠。

应该说，目前绝大多数领导干部的作风是务实的。但确有少数人在认识和实践上依然存在较大差距，不乏作秀之举。有的好大喜功，热衷于搞一些不切实际的"大手笔"；有的急功近利，不惜以牺牲环境为代价换取眼前的虚荣；有的做表面文章，华而不实装模样；等等。诸如此类，以表面功夫糊弄人，以短期行为蛊惑人，以虚假形象欺骗人，终致贻误事业，失信于民。

发展来自实干，政绩来自实干，形象来自实干；作秀一害事业，二害人民，三害自己。发展要务实，不要作秀。要弃作秀，防浮躁，去虚假，在务实中为人民谋利益，为事业求发展，为自己树形象，切切实实谋事，踏踏实实做事，老老实实做人，多做谋长远、利当前的好事实事，多做解民困、化民忧的好事实事，多做见长效、有实效的好事实事。

共产党人是主观与客观的统一论者。政绩，要经得起群众检验，经得起实践检验，经得起历史检验。领导干部要务实不要作秀，要落实不要作秀，要实效不要作秀，思想在务实中升华，物质在务实中积累，人才在务实中作为。

2009 年 8 月 10 日

防范权力失衡

权力是一个永恒的话题，监督也是一个永恒的话题。权力是一种风险，离权力越近，风险越大；监督是一种制约，监督越力，对权力制约越大。苏联部长会议主席在总结苏共失败的教训时说："权力应当成为一种负担，当权力是负担的时候，我们的政权就会稳如泰山；权力一旦变成乐趣，那么一切也就完了。"权力是人民给的。各级领导干部不过是受人民的委托，行使公共权力管理国家和社会事务。对领导干部而言，权力只意味着义务和责任。权力越大，意味着责任越重。权力不是用来谋私的，决不能把权力当作巧取豪夺、中饱私囊的工具。大量事实证明，一个领导干部如果在权力观上出现偏差，就必然把权力视为牟取私利的工具，最终要下地狱。每一个领导干部都要牢记，在任何条件下，都要正确行使权力。

强化公仆意识。强化公仆意识是正确行使权力的前提。有的领导干部处处以"父母官"自居，在群众面前耍威风、摆架子，自我膨胀；有的不能正确对待个人的进退去留，"得一官荣，失一官辱"；有的为了提拔升级，跑路子、托人情，跑官要官；有的热衷于搞劳民伤财的"政绩工程"，搞华而不实的"形象工程"。长此下去，不出问题才怪。

强化责任意识。责任意识是为人民掌好权、用好权的基础。领导干部要强化责任意识，时时刻刻警醒自己，勤勤恳恳服务人民。坚决防止那种"拍脑袋决策、拍胸脯保证、拍屁股走人"的现象，以对人民赋予的权力高度负责的态度做好每一件事。

强化党性意识。强化党性意识是正确行使权力的保证。领导干部有了坚强的党性，才能正确对待和使用权力，自觉地为民尽责、为国竭力、为党分忧。讲党性，首要的是坚定正确的政治方向，这是讲党性的核心。一个领导干部如果在政治上不清醒，是最大的党性不纯，是极其重大的政治原则问题。我国正处在社会转型期，可能产生多种社会矛盾，务必善于从政治上弄清是非、善恶、美丑，把握发展趋势，确定应有的态度和对策。

强化监督意识。自觉接受监督。历史一再告诫我们，任何人都不是神仙圣人，都有认识与道德发展的局限性，没有人能够保证自己在拥有权力和运用权力时永远不出任何差错。法国哲学家孟德斯鸠曾对权力作过一个判断："一切有权力的人都容易滥用权力，这是万古不易的一条经验。"没有监督的权力必然走向腐败，监督的缺失是权力腐败产生和蔓延的温床。作为领导干部，要弄清楚监督是组织和群众对自己的关心和爱护，是防止自己违纪违法的最好方法。监督是一面镜子，经常照一照，可以检点自己的言行，找出自己的不足，及时加以改进。一个人坦坦荡荡，心底无私，还怕别人监督吗？只有心怀不轨、不干不净的人才害怕监督、拒绝监督。每个领导干部都要充分认识到权力来自人民，理应受到人民的监督，自觉接受监督机关的监督，自觉接受同级监督，自觉接受人民群众的监督。

2009 年 11 月 13 日

权力观・群众观・利益观

全心全意为人民服务是党的根本宗旨，是我们党的一切活动的出发点和归宿，是每一个领导干部权力观、群众观、利益观的原生点和落脚点。做人民满意的公仆，就是要爱民、亲民、忧民、助民、富民、安民，与人民群众同呼吸、共命运、心连心，实现好、维护好、发展好最广大人民群众的根本利益。

牢固树立正确的权力观，始终做到权为民所用。共产党员要树立正确的权力观，始终坚持马克思主义权力观。马克思主义权力观概括起来是两句话：权为民所赋，权为民所用。领导干部不论在什么岗位，都只有为人民服务的义务，都要把人民群众利益放在行使权力的最高位置，把人民群众满意作为行使权力的根本标准，做到公道用人、公正处事。权力的行使与责任的担当紧密相连，有权必有责。领导干部工作上要大胆，用权上则要谨慎，常怀敬畏之心、戒惧之意，牢记权力就是责任、权力就是服务的观念，自觉接受纪律和法律的约束，始终做到权为民所用，尽心竭力地为人民掌好权、用好权，保证人民赋予的权力始终用来为人民谋利益，不能用来为个人和小集团谋取利益、搞特权。

牢固树立正确的群众观，始终做到情为民所系。共产党员要树立正确的群众观，始终坚持马克思主义群众观。毛泽东同志说过："我们共产党人好比种子，人民好比土地。我们到了一个地方，就要同那里的人民结合起来，在人民中间生根开花。"人民群众是党的事业取得成功的力量源泉，我们党的最大政治优势是密切联系群众，党执政后的最大危险是脱离群众。当前，新情况、新问题、新矛盾不少，一些群众反映的热点问题之所以成为热点问题，难点问题之所以成为难点问题，一个重要的原因就是一些干部缺乏对群众的真感情，对群众的冷暖漠不关心，对群众的要求熟视无睹。各级党员干部特别是领导干部要深刻认识新形势下群众工作的极端重要性和紧迫性，切实增强对群众的感情，时刻把群众的冷暖安危放在心头；立党为公，执政为民，做到思想上尊重群众，感情上贴近群众，行动上深入群众，决策上为了群众，工作上依靠群众；经常走出机关，深入基层，实地体验群众的生活，体会群众的甘苦，体察群众的忧乐，体谅群众的困难，体味群众的情感；坚持教育群众与服务群众相结合，解决思想认识问题与解决实际困难相结合，用忠诚化民怨、解民忧、帮民富。

牢固树立正确的利益观，始终做到利为民所谋。我们党是中国工人阶级和中国人民利益的忠实代表，除了最广大人民的利益，没有自己的特殊利益。全心全意为人民服务，一切从人民利益出发，一心一意为人民谋利益，这是中国共产党人的利益观。随着市场经济的发展，经济成分、就业方式和分配方式日益多样化，社会利益主体日趋多元化，利益矛盾复杂多样。有的党员干部看到社会上很多人富起来，感到心理失衡，觉得自己吃了亏，总想着攀比仿效，总琢磨着给自己找好出路，个人利益至上，忘记了维护人民的利益。有的党员干部利欲熏心，唯利是图，最终走上了犯罪的道路。党员干部必须牢固确立正确的利益观，把实现好、维护好、发展好最广大人民的根本利益作为全部工作的出发点和落脚点，满腔热情为民帮困，诚心诚意为民解难，真心诚意为民办事。

2010 年 12 月 1 日

用对权力，用好权力

树立正确的权力观，用对权力，用好权力，才能更好地推进科学发展、保障改善民生、维护社会稳定、造福人民群众。

坚持为民用权。权力是人民赋予的，就必须对人民负责，就必须用来为人民谋利益。正确看待手中的权力，是坚持执政为民、正确行使权力的基础。我国宪法明确规定，中华人民共和国的一切权力属于人民。领导干部是受人民委托管理公共事务的公仆，一切权力必须服务于人民。权为民所赋，权为民所用，用人民赋予的权力全心全意为人民服务，维护和实现人民群众的根本利益，是人民的要求，是公仆的责任，是我们党的根本宗旨。摆正"公仆"与"主人"的关系，确保权力姓"公"而不姓"私"、为"民"而不为"己"。摆正权力与责任的关系，始终把使用权力的过程作为履行责任的过程，科学规范地行使权力，严肃负责地承担责任，自觉地为民尽责、为国竭力、为党分忧。始终保持与人民群众的血肉联系。领导干部手中的权力是人民赋予的，一旦离开人民的信任与支持，便成为无源之水、无本之木。因此，无论时代与形势怎样变化，坚持与人民群众同呼吸、共命运的立场不能变，坚持密切联系人民群众的作风不能变。各级党员领导干部要亲民爱民，多深入基层体察民情、倾听民声、尊重民意。想问题、办事情，要把群众呼声作为第一信号，把群众需要作为第一选择，把群众满意作为第一标准，时刻把群众冷暖放在心间，真心实意为老百姓办实事、办好事。始终坚持为人民谋利益。把权力用在贯彻执行党的路线、方针、政策和政治任务上，把实现人民的利益作为一切工作的出发点和落脚点，多思惠民富民之策，多行为民利民之举，认真解决群众生产生活中的困难和问题。切实担负起兴一方经济，富一方百姓，建一方文明，保一方平安的重任，真正做到权为民所用，情为民所系，利为民所谋。

坚持依法用权。依法用权是推进依法治国、发展社会主义民主政治的必然要求。牢固树立"法律至上"理念。社会主义法律是社会主义发展基本规律的反映和党的主张、人民意志的体现，是治国安邦的基本依据和行政机关行使权力的基本准则。法律至上，就是人民的利益和意志至上。各级领导干部作为行政权力的行使者，要尊重法律、崇尚法律、遵守法律，依法用权。带头学法守法用法。带头学习宪法、国家基本法律法规和各项行政政策规定，增强法治观念和依法办事意识，不断提高依法决策、依法行政、依法管理的能力和水平，切实维护社会公平正义，维护人民群众的合法权益。带头守法，自觉遵守各项法律法规，在宪法和法律范围内活动，以领导干部的实际行动引领法律权威的树立、法律信仰的形成。养成按法定程序办事的习惯，作出行政决定要符合法定程序，执法行为要遵守法定程序，不得以任何形式干预行政执法，坚决杜绝违法行使权力侵犯人民群众利益的行为。善于运用法律手段解决本地区本部门的各种问题和人民群众关注的热点难点问题，依法处置突发事件，维护社会和谐稳定，推动经济社会健康有序发展。严格执法。积极支持执法部门严格执法，按照有法必依、执法必严、违法必究的要求，进一步加强和改善行政执法工作，做到严格执法、文明执法、公正执法。

坚持阳光用权。有权就有责，用权受监督，这是共产党人权力运行的铁的纪律。加强监督和自觉接受监督，既是领导干部保持公仆本色的内在要求，也是实现权为民所用的重要保证。自觉接受人民群众的监督。领导干部生活在群众中，其功过是非，群众看得最清楚，也最有发言权。要坚持公开、透明、阳光用权，让人民群众感知党的形象，感知政府的公信力，感知法律的权威。深化党务公开、政务公开、厂务公开、村务公开以及各项办事公开制度，充分保障人民的知情权、参与权、表达权、监督权，让权力在阳光下运行。权力的运作"阳光"了、透明了，各方面的监督到位了，才能消除群众的误会，才能及时听到群众的呼声，才能有效防止决策失误、权力失控、行为失范，真正维护好人民的利益。加强党内监督。认真贯彻民主集中制原则，强化班子内部监督。无论是"班长"还是班子成员，都要树立正确的监督意识，坚决克服班子成员之间不愿监督、不敢监督的现象。特别是"一把手"，位高权重，责任大，更要对其运用权力的行为进行严格的监督。各级领导干部要摆正自己的位置，坚持民主作风，自觉把自己置于党组织和党员的监督之下，拿起批评和自我批评的武器，及时化解矛盾，通过班子全体成员的共同努力，把领导班子建设成为团结战斗、清正廉洁的坚强领导集体。建立健全各项监督制度，促进党政机关和领导干部工作作风的转变，预防和制止腐败现象发生，保证权力在制度化和法制化的轨道上运行。加强自我监督。规范自己，管好自己，廉洁从政，秉公办事，正确行使人民赋予的权力，自觉做到阳光用权。不断加强学习，强责任、正心态、明大义，提升境界、开阔眼界、陶冶情操，重事业、淡得失，重民生、淡自我。牢固树立正确的世界观、人生观、价值观，牢固树立正确的事业观、工作观、政绩观，牢固树立正确的名利观、苦乐观、得失观，永葆共产党员先进性。

2011 年 12 月 12 日

廉洁首当自律

廉洁是一种品格，也是一种生活态度。领导干部搞一次特殊，就少一分威信；破一次规矩，就留一个污点；谋一次私利，就失一片民心。

明得失，做生活清白人。要算清政治账。党风廉政建设和反腐败工作是关系党和国家前途命运的大事，也是关系每个人前途命运的大事。十年树木，百年树人。党培养一个干部不容易，一旦失足，从"座上宾"沦为"阶下囚"，于公于私，代价都是十分惨重的。要算清经济账。党和政府对国家机关工作人员的学习、工作和生活给予了极大的关怀，无论是各级党政领导，还是机关的一般工作人员，工作条件、环境、待遇都不错，我们没有理由不珍惜这样的工作机会和生活待遇。如果想入非非，自甘堕落，去干那些违纪违法的事，最终必然受到法律的制裁。丢了老本甚至生命，代价太大。要算清感情账。人生苦短，生命宝贵。一个人工作进步，事业有成，家人团圆，上贤下孝，既有事业成功的欣慰，又可享朋友之乐、亲情之乐，其心坦坦，其乐融融。违法犯罪，则无法孝敬赡养父母，无法照顾妻子儿女，甚至为此妻离子散，家破人亡。

知荣辱，做廉洁自觉人。拒绝诱惑，淡定自若。广厦万间，夜眠八尺；珍馐百味，无非一餐。追求私欲的满足是腐败行为的原动力。当权者一旦私欲膨胀，不择手段地去追逐权、钱、色，必定丧失德、志、气。如果放纵个人的贪欲，必定费尽心机，劳神伤身，弄不好"机关算尽太聪明，反误了卿卿性命"。一个想为人民有所作为的领导，必须在这个问题上保持高度警惕，摒弃非分之想，自觉拒腐防变。守住底线，不越雷池。世界是公道公正的，容不得醉生梦死，容不得自欺欺人，要时刻牢记党纪国法，警醒自己，千万不能心存侥幸，跨越雷池。慎独慎微，勤扫心地。小错可能酿成大患，量变可以促成质变，点滴的松懈可能导致身陷泥沼而不能自拔。因此，要洁身自好，"勿以恶小而为之"，做到慎独、慎微、慎始、慎初。在公众场合要作表率，维护自身形象；在个人独处、无人监督的情况下，也要做到表里如一，不放纵、不越轨，不做见不得人的事。自己能管住自己至关重要。人们常讲精神自救，不是没道理，救事先救人，救人先救心，救心先救自己的心，勤扫心地，常清心境，狠斗私字一闪念，管住小节，战胜自我，方可立于不败之地。坚定操守，德为人表。为官先立德，德高则望重。孔子曰："为政以德，譬如北辰，居其所而众星拱之。"

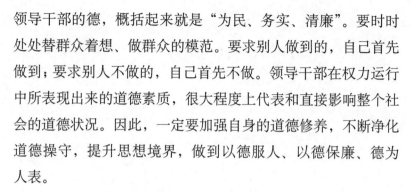

领导干部的德，概括起来就是"为民、务实、清廉"。要时时处处替群众着想、做群众的模范。要求别人做到的，自己首先做到；要求别人不做的，自己首先不做。领导干部在权力运行中所表现出来的道德素质，很大程度上代表和直接影响整个社会的道德状况。因此，一定要加强自身的道德修养，不断净化道德操守，提升思想境界，做到以德服人、以德保廉、德为人表。

忧兴衰，做反腐带头人。从巩固执政地位的高度带头反腐倡廉。不断增强拒腐防变和抵御风险的能力，更好地担负起共产党人执政为民的伟大使命。从科学发展的高度带头反腐倡廉，树立强烈的发展意识，一心一意谋发展，抢抓机遇促发展，用发展统一思想，用发展凝集力量，用发展解决问题，为发展提供纪律保证。从以民为本的高度带头反腐倡廉。着眼于最大多数群众的利益，解决群众关心的热点、难点问题，用真感情去关心人民群众的疾苦，用真感情去维护和实现他们的现实利益，用真感情让他们分享改革发展的成果。从作风建设的高度带头反腐倡廉。坚持党的根本宗旨和群众工作路线，始终保持党同人民群众的血肉联系，正确行使人民赋予的权力，为人民掌好权、用好权。不断改进生活作风，严格遵守党的纪律。

2009 年 11 月 13 日

[第三篇]
职 缘 逸 文

　　职业是选择的偶然，思考是思想的必然。由知而思，以行为言，做一事，思一事，探其因，究其理。历经不同职业，接触不同领域，职缘于心，识成于学，业精于勤。职业是一种缘分，一种责任，尽思行之本分，尽忠诚之良知，留心留得其缘，用心用得其所，自生感悟，自生心得。无谓其忙碌，无谓其名利，自知其苦，自得其乐。

古代信访

一

信访，是人类社会发展的产物，随着语言、文字的出现而产生，随着阶级、国家的产生而发展。

语言是第一性的，文字是第二性的。作为社会必需的交际工具——语言的出现，便产生了访这种社会交际活动；社会发展到一定阶段，出现了文字，信也就作为一种更进步的社会交际活动而出现。然而，这种访和信，是一种广义的访和信，即一个社会里所有成员之间的相互活动。我们今天称谓的信访，即狭义的下级对上级、被统治者对统治者的访和信，则是自有阶级、国家出现才随之出现的。由此，不难看出，语言先于文字，上访先于书信，信访活动先于信访概念。

二

访字较早有询问、咨询的意思。东汉许慎在《说文解字》中说："汎（泛）谋曰访"。至今我们沿用其本义。

访，随着语言的出现、社会的进步而产生和发展。马克思主义认为，语言起源于人类的生产劳动。王振昆在《语言学基础》中说："原始人在社会集体中劳动、生活，就需要交流思想，交流思想就需要交际工具，原始人的口腔发出的声音用作交际工具的物质形式。对人来讲是最方便不过的了，于是人们用一定的声音来代表某种实物、现象或事物，语言就这样地产生出来了。"语言的产生，人们的社交活动领域得以更加扩展，这种社交活动的日益频繁和不断扩大，加速了人们的交往，促进了社会的不断进步。访，作为一种重要的交际活动也就在这时出现。

最早以"访"字记载的访事，大约见于《尚书·洪范》及《左传·僖公三十二年》。《尚书·洪范》载："惟十有祀。王访于箕子。"孔颖达疏："武王访问于箕子，即陈其问辞。"《左传·僖公三十二年》载："穆公访诸蹇叔。"这些记载，一般是广义的访。

事实上，自有了部落首领，有了君王，有了权威，有了等级之分，也就有了上级与下级。有了统治者与被统治者，就有了上访。人们采用上访这种形式，向权力者反映下情，诉述个人苦衷，表达个人意愿，批评权力者的得失。相传，在古老的原始部落社会里就出现了这种原始的民主活动。史载，尧舜很注意部落成员的来访。《淮南子·主术训》和《大戴礼记·保傅》均有记载：尧舜为了便于来访者言事，设有进善之旌。令来访进善的人立于旗下言事；设有敢谏之鼓，来访者随时可击鼓言事；还立有诽谤之木，让来访者站在诽谤木旁言事，并可把朝政之得失书写于木上。

随着生产力的发展，社会不断进步，出现了阶级，产生了国家，这种下对上的来访就更加明确了。《左传》中记载着很多这样的事例。著名的有曹刿访庄公论战；郑国执政者子产不毁乡校。允许人们集中到乡校议论朝政得失。《国语》中载有召穆公谏说周厉王，指出"防民之口，甚于防川"，应该"为川者决之使导，为民者宣之使言"。《战国策》中载有范雎说"秦王庭迎范雎，敬执宾主之礼"。还有触龙劝说赵太后让自己的儿子到齐国做人质，以求救兵，为国立功的事。《资治通鉴》中也记载有：唐时武则天垂拱元年，"朝堂所置登闻鼓及肺石，不须防守，有挝鼓立石者命御史受状以闻"。这种上访主要是下级官吏对上级官吏、对统治者的谏访。在漫长的中国奴隶社会和封建社会里，下层社会成员是没有这种上访权利的，在奴隶社会里只有奴隶主和自由民才享有上访的权力。在封建社会里，偶尔有些平民百姓大胆到衙门击鼓喊冤，半途拦轿告状，申述自己的冤屈，控诉不法官吏，进献治国之言，但大多数是不能如愿以偿的。

三

随着文字的产生和不断丰富，信作为社会生活的交际工具，是运用得最为广泛的交际手段之一。但"信"这个名称却产生得很晚，大约起于唐时。唐以前一直把信称之为书。南北朝时期，梁代刘勰在《文心雕龙·书记》中对书的解释是："书者，舒也。舒布其言而陈之简牍也。"

先秦时信的意思是言语真实，这是信的本义。汉时引申为使者、送信的人，唐时从使者，送信人引申为信息、消息，后来又由此引申为书信。如唐代白居易在《谢寄新茶》诗中说："红纸一封书后信，绿芽十片火前春。"这个"信"就是书信的意思。

古代，用作书信的别称很多。如书牍、书简、书礼、尺素、章、奏、表、疏、驳、议等。书牍、书简、书札、尺素是以使用工具而得名。把字或写或刻在竹片上称之为竹简，把字或写或刻在木片上，称之为木牍。秦汉之际，素帛开始作为书信的工具，因而，书信又叫尺素。章、奏、表、疏、驳、议则是根据上下尊卑及书信的内容而得名。臣民给皇上的书信称为奏或表，送给诸侯的信叫疏，陈述事情的书信称章、奏，发表不同意见的称驳，提建议的称议。

书，作为古代信的代称，它的产生是很早的。在先秦时期史籍中已经有了书信的著录，其内容很广泛，用途很普遍。有臣僚向统治者的建议，有下级官吏向上级官吏表达的意愿，也有僚属间的相互问候。最早的书信产于何时，历来说法不一，但一般都把春秋作为书信产生的时期，认为春秋之际，列国纷争，各国交往频繁，口授辞令远远适应不了新的形势，书信也就在这时应运而生。后来，秦始皇统一文字，汉初隶书得到应用，其后蔡伦又发明了纸，书信的使用则更多更广，慢慢普及开来。

我国最早有所记载的书信大约见于《左传》郑子家与赵宣子书，即春秋时郑国大夫郑子家给晋臣赵宣子的信。信中写道，如果晋国不侵吞郑国，郑就唯晋国之命是从。但这时的书信只是一种单纯的"国书"，是一种公务性的书信。随着阶级斗争、社会生产的发展和社会制度的变革，这种单一公务性的书信就发生了变化，反映个人的利害得失和向统治者进献建言，开始成为书信的内容，这就意味着书信开始作为交流个人思想感情和向统治者反映情况的工具。战国时的乐毅《报燕惠王书》一开头就表明心迹，感情激愤，写道："臣不佞，不能奉承王命，以顺左右之心，恐伤先王之明，有害足下之义，故遁逃走赵。今足下使人数之以罪，臣恐侍御者不察先王之所以畜幸臣之理，又不白臣之所以事先王之心，故敢以书对。"秦代李斯的《谏逐客书》，是李斯写给秦始皇的一封信，信中指责"必秦之所出然后可"的狭隘地方观念，阐明"地无四方，民无异国""王者不却众庶"的道理，建议广开才路，集贤纳士。同时又反映了自己被逐的内心苦衷，表达了写信人的愿望和要求。汉时贾让的《治河议》，是一封建议汉哀帝治理水利的信；三国时诸葛亮写给后主刘禅的《出师表》，是一封批评刘禅错误，建议他"广开言路，励精图治"的意见书；晋时李密的《陈情表》，是写给晋武帝的信，反映其祖母年迈，无人奉养，自己不能应命官职的苦衷；唐时魏征《谏太宗十思疏》，是一封告诫唐太宗勿忘"载舟覆舟"的古训，要居安思危的书信；宋代苏轼一生大部分时间在地方任官，多次上书皇上，为民请命，如他写的《谏买浙灯状》，批评宋神宗压价买老百姓的灯，建议少搞游玩活动，节省开支，在扬州任太守时，写信给皇上请求免老百姓的积欠，等等；清朝还曾发生过"公车上书"，一千三百多名举人上书签名反对《马关条约》，此后康有为又七次上书光绪皇帝，建议变法维新。

信的广泛使用，一些统治者也慢慢意识到了这种重要性，历史上很多皇帝都能亲笔御批书信。然而，在等级森严的封建社会里庶民真正借以书信反映时代生活，受到帝王重视的事例，是屈指可数的。

四

漫长的中国古代史，是一部君主制占统治地位的历史，皇帝是地主阶级的总代表，具有至高无上的权力。在这种制度下，劳动人民无论在政治，还是经济文化上地位低下，即使在統治階級的内部也存在着等級特权，因而人民不可能真正享受民主权力。但是一些较为开明的君王已从前人统治的过程中，慢慢悟出了听取臣民意见的重要。早在《国语·周语》中就记载着卿士召虎劝谏周厉王的话，说："民虑之于心而宣之于口"，这是说人们心里有话是要向你诉说的。宋代的苏轼在《决》壅蔽中说："不能无诉，诉而必见察，不能无谒，谒而必见省。"意思是说对于统治者来说，不可能没有人向你提意见，不可能没有人来访，对于他们反映的事，一定要去调查了解。由于信访这个概念出现较晚，加之古代对书信的称谓不同，在中国古代没有信访这一机构，但是，历代都设有专门处理臣民奏议申诉的人及其机构，这些专人及其机构，大概就是现代所说的信访工作人员及其机构。因此说，信访作为一种社会活动，在中国古代也是有所属的。

相传早在上古时，舜就任命龙为纳言，负有接纳臣民意见的责任。《史记》载："帝曰：龙，朕畏馋说殄伪，震警朕师，命汝作纳言……"孔安国云："纳言，喉舌之官也，听下言纳于上。受上言宣于下……"

进入奴隶社会的周朝时，曾有"采诗""采风"制度，设置了"采诗"官。那时臣民把对君主的劝谏和人民的意愿都编成诗歌说唱，从《诗经》的结集，可见一斑，内容涉及很广，其作品时代绵长。包括上下五六百年，地域广阔，从王都到各诸侯国。当时，交通极为落后，统治者花这么大的气力组织人员"采诗""采风"，固然有搜集民间歌淫乐章供欣赏的一面，但更重要的则是听取民众意见，考察人民的动向。班固在《艺文志》中说，其目的是出于"王者可以观风俗、知得失，自考正也"。当时齐国的孟尝君养士三千，有的就是用于搜集民间意见的。

到了封建社会，逐渐开始设立负责臣民奏议，掌管民众申诉的专人和专门机构了。

秦始皇统一中国后，专司臣管建议和论谏，将臣民的上书取名为"奏"。御史大夫兼管奏章、建言，位仅次于丞相，是丞相之副，又是监察机关首脑。《汉书·百官公卿表》记："有两丞，一曰中丞，在殿中兰台，掌图籍秘书，外督部刺史，内领侍御史员十五人，受公卿奏事。举劾按章。"西汉沿置，但多作丞相缺补，后又改称大司空。西汉初，主要是尚书掌管文书奏章。汉成帝时，置尚书五人，群臣奏章都得通过尚书上达皇帝。到东汉设立尚书台，南朝改为尚书省，隋唐时尚书省成为名副其实的全国最高行政机构。这时尚书虽负责臣民奏章，但随着权位渐高，主要是协助皇帝总揽全国政务。晋始置门下省，长官侍中，后隋称纳言，掌殿内众事如接受章奏，有封驳之权。同时，这几个时期的谏官，如给事中、谏议大夫，左右补阙、左右拾遗也有呈送奏章和反映臣民意见之责。宋初设有通进银台司，掌接受章疏并有封驳之责，是我国首先专设的接受章疏的机关。元时改左右补阙为右侍议奉御，有这方面的责任。明代仿效宋初，设置通政使司，简称通政司，长官为通政使，掌内外章奏、封驳和臣民密封申诉之件。清朝沿置，光绪三十三年（1907 年），清政府又仿欧美的议会制度，在各省设置咨议局，对下收受本省民众陈请建议事宜，对上对咨政院作出咨询。

1985 年 10 月

信访心理

人的一切活动都是在人的心理调节和支配之下实现的。作为一种社会活动形式的来信来访，它的主体——信访者，有着一种独特的心理症状，调节和支配全信访过程。

信访心理，是指信访者在信访前及过程中所表现出来的思想、情感。

需要和希望。信访者的需要，是对一定客观现实的欲望或需求的表现，是生理和社会要求在人脑中的反映。这种需要大致分为两类：一是物质的需要。指个人物质利益发生矛盾时而产生的一种需要。这些问题，有关系一个人或一个家庭利益的，有关系一时或长远利益的，还有的虽关系着群体利益，但实际上与个体利害得失有着直接联系。二是精神的需要。这是要求在社会上具有应得的地位，精神上得到起码的满足。心理学上称为社会需要，要地位，要社会的尊重，如某种历史原因造成的冤假错案，要求平反昭雪，恢复名誉；苦心研究的科技成果、某种好建议设想、经验、思想等，要求社会予以重视和承认等。总的说来，当客观现实的要求反映到人的头脑中时，就会引起人的某种需要，有了某种需要，就希望这种需要能够实现，得到满足。需要的体验愈是深刻，满足需要的希望心理愈是强烈。为了实现需要，往往开动脑筋想尽办法，采取行动，去满足这种需要，因此，需要与人的活动密切地联系着，是激励人们信访的根本原因，是一切动机产生的基础。需要一旦被意识到，便会驱使人去行动，而且，需要和希望心理越强烈、越迫切，由此产生的信访动力作用也越大。

　　动机和目的。需要产生了人的动机，动机激发人去行动以达到一定目的。信访者的动机，就是信访者行动的动力。它是推动信访者从事信访活动的念头，是信访者为达到一定目的进行信访活动的内在原因。目的，则是信访者期望采取行动所要达到的境地，想要得到的结果。信访者的所有信访活动，都是从一定的动机出发，并指向一定的目的。我们知道，信访者的需要是多种多样的，那么，激励他们活动的动机也是多种多样的。从信访活动的意义来看，有为群体和为个体的动机之分，如出自为人民服务的动机，为民请愿，为民解愁，为民抱不平；出自为党和国家分忧的动机，出谋献策，及时将下情上达；出自个人平等需要的动机，使自己和自己所在的集体得到应当的地位和某种成果得到社会的认可；出自狭隘的个人利益，为争一己之利，向党和政府伸手，更有甚者诬告他人。从发起信访活动后的阶段及目的来看，有主要、次要动机之分和短暂、长远动机之分。

　　人的需要围绕着物质和精神两个方面，表现着极其复杂的活动。信访者为了达到某种需要，总是根据客观实际，在头脑中确定行动目的，产生相应的动机，这种动机一旦碰到某种诱因，便发起信访活动。诱因可能是眼前的，能立即得到的东西，也可能是长远的，要相当长一段时间才能得到的东西。信访活动的复杂性，使信访者的动机围绕需要和目的不断地发生变化。一个时期的几个阶段往往有着几种动机，而且有时目的和动机相同，有时目的和动机不同，我们经常说"信访升级""没有止境的信访者"，就是动机变化出现的现象。这种信访者，他们往往把那些容易解决的问题先提出来，使之解决，然后逐步上升，不断提出新问题，以达到需要和目的。还有的是先出于满足个人利益的动机，当个人需要不能满足，又转为发泄动机。了解信访者的动机与目的单凭文字、语言、表象来了解其真实性是不容易的，但还是有着一定内在联系的，只要认真观察分析，去掉那些暂时的、偶然性的表象，就能从中找出他们带有必然性的真正动机和目的。

情感和情绪。信访者的情感和情绪，也就是信访者对待客观事物是否符合本人的需要而产生的一种心理或态度的体验，也可以说是信访者对其信访问题回复的心理反应。如果回复能满足需要，符合心愿，就会使信访者产生一种肯定的或满意的情感；反之，不能满足需要，与心愿相违背，就会使信访者产生一种否定、失望和不满的情感。这种情感，便引起各种情绪的变化，并表露出来。

心理学认为，情感是人对客观事物的态度和体验，是人对外界刺激持肯定或否定的心理反应；情绪是人从事某种活动时产生的兴奋与否的心理状态。情绪与情感相比，情绪是情感的外在表现，情感是情绪的本质内容，情感一般较为稳定，是较弱的情绪，易受理智控制，很少有冲动性；情绪则一般比较不稳定，是较强的情感，常有较大的冲动性。由于情感、情绪的触发原因是客观现实，而客观事物又是纷繁复杂的，因而，信访者的情感、情绪变化是相当大的，其表现形式更是多种多样。

信访者的情感表现主要有两种：满意感；不满意感，即反感。情绪依赖于情感。如信访者提出的问题能得到与需要和目的相适应、相吻合的答复，那种愿望需要和目的的实现的紧张心理顿时解除，就会产生满意感，出现兴奋、愉快、欢乐的情绪。如果信访者提出的问题与其需要和目的相抵触，就会感到自己所追求和热爱的事物已丧失，产生厌烦感、不满感，出现惊讶、悲观、忧闷和愤怒的情绪。由于信访者所受教育、所处社会环境及个体心理差异，不满的情绪还会表现出冷静和激动情绪。问题不能解决时，有的信访者就会冷静地考虑他的要求是否过高，条件是否苛刻，而有的信访者却以一种强烈的、短暂的、爆发性的情绪出现，维持过高要求，激愤、狂热、绝望。

信访者在与受理者直接对话时，其情绪还往往伴随着面部表情、姿态变化和声调变化。面部表情和姿态变化，就是面部和四肢动作变化，如面红耳赤、手舞足蹈、垂头丧气等表现。声调变化，是刺激物的作用，使人在说话时声调高低、大小变化。写信者一般有过激言词的变化。从大量的来信来访分析，初信初访者，一般平心静气，抱着一种对党和政府的敬仰心理，对受理他们信访案件的人十分信赖，希望他们为自己解决问题或者对自己提出的问题引起重视。这时情绪相对稳定，很少出现冲动和过激言论。由于种种原因，或许政策不允许，或许信访者要求过高，或许受理者工作不到位，不秉公处世，往往会引起信访者的情绪变化。他们来信来访次数越多，情绪越不稳定。

思维与语言。信访者的思维与语言，集中表现在要求解决的问题上，这种思维的指向性和思维所借助的武器——语言及其指向性，就成为信访者思维与语言的特征。

指向性思维，是指信访者在思考问题时将思想集中在一点，朝着一个目标，形成单一的、不易变更的以求得到预期答案的现象。语言与思维有着密切的联系，思维借助语言这个武器来进行，语言直接为思维的实现服务，使思维得以表现。这种指向思维就必定带来指向性语言。

一般来说，信访者信访之前，就根据个体体验的客观现实确定了预定目标，在无特殊的情况下，整个信访过程，就围绕这个方向思维寻求解决问题的办法。这是因为，人民群众来信来访反映各种情况，都是为了解决问题，或个人的、或集体的问题，或过去的、或现实的、或将来的问题。提出建议、设想，是为了解决问题；检举不正之风，也是为了解决问题；申诉平反冤假错案、要求排忧解难，更为了解决问题。可以说，信访者是为解决问题而信访，信访者的思维是从解决问题开始，问题得到解决而终止，是一种指向性思维，其语言是一种指向性的语言。

问题性思维过程。认识问题。信访者通过客观现实的触发而认识问题，而产生需要、动机和目的。在现实生活中，人们会碰到错综复杂的事情，先是感性的认识，再是理性的认识，这样形成较为完整的概念，引起人的需要，产生动机目的，发起信访活动。人们在认识客观世界时，不但能对当前作用着的事物进行感知，回忆过去感知过的事物，而且还能根据想象推测过去和将来未感知过的事物。

提出问题。信访者根据自己所认识的问题，确定采取信或访的形式向党和政府的哪一级机关提出问题。提出问题的方式有的是直接的，有的是间接的，有的带有试探性，用试探的方法去了解党的政策和国家的法律。在通常情况下，提出问题是先易后难。但也有一部分信访者则是先提难问题，把问题说得大，说得严重，以引起受理者或单位的重视，让人觉得棘手，不得不用大力去解决。在他们看来，即使打折扣百分之四十、

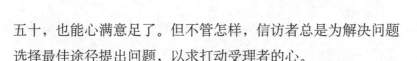

五十，也能心满意足了。但不管怎样，信访者总是为解决问题选择最佳途径提出问题，以求打动受理者的心。

解决问题。信访者一旦根据自己的认识，向有关部门提出问题后，期待着回复，有一种望眼欲穿之感，心理学上有人称为"焦心期待感"，而且这种"焦心期待感"与日俱增。如果能对他们提出的问题及时回复，就能稳定他们的情绪。有人认为，即使答复的是"不能解决"，也胜过难熬的"焦心期待感"。事实上，信访者还会根据或肯定或否定或模棱两可的答复，重新确定解决问题的心理，或偃旗息鼓，息诉罢访，或继续信访，寻求解决问题的新途径。

1985 年 11 月

信访者的特异心理

在信访工作实践中，经常会发出这样的感叹：这个上访者心平气和，那个上访者脾气暴躁；这个上访者知情达理，那个上访者纠缠不休；这个上访者思想境界高，那个上访者思想觉悟低；这个来信者诉求合理，那个来信者言辞过激，要求过高。这里所表现出来的信访者个性特征上的差异，就是信访者的特异心理。信访者的特异心理主要由各自不同的社会实践、生活阅历和物质条件所决定的。它与各自思想、观点、理想信念、世界观有着密切的关系。因此，信访者这些特异心理，总是决定着他们各自对现实的态度，并表现其行为方式。

特异心理主要表现在以下三个方面。

求成性。希望事情成全。来信来访，不论反映的是何种情况，一般都期待党和政府受理部门给予答复和作出相应的处理，希望自己提出的问题能够得到圆满的解决。事实上，人民群众是"无事不登三宝殿"的，他们写信上访，都有一定的原因。应当相信，这些人只要有办法，是绝不会给党和政府添麻烦的，而且他们的"上书"或上访，是经过许多考虑的，希望事情能够成全，这种成全心理又是十分迫切的。

执拗性。固执任性，不听劝告。有些信访者数年坚持写信上访，从这个部门到那个部门，从基层到国家领导机关，问题处理一次又一次，总是不得终结。为什么会出现重复信访？出现老户？其根本原因就是某种因素使信访者出现了一种执拗心理。这些人总是把个体需要作为追求的目标，不达目的不罢休。心理学认为，这种执拗性，是一种不合理的顽强性。具有这种顽强性的人只承认自己的意见，并以此作为自己行动的依据和归宿，尽管多方面做工作，用许多道理和情况来说明他的要求过高、行为不合理，但他们仍然一意孤行，"不到黄河不死心"。

冲突性。大凡信访者都具有一种试探心理。在信访者的试探心理中，以成功的把握占优势，他们总认为自己的要求合理，党和政府机关解决自己的问题是应该的，成功的把握大于失败的可能。由于受挫折和失败的心理准备不完全，加之急于求成，固执己见，答复不满意，因而常常引起强烈的情绪表现以至冲突。而一旦发生冲突，就容易失去理智，发生吵闹，甚至行为越轨，行凶犯罪。

犯罪心理的特点和预防。先看先兆和特点。信访者产生犯罪心理，这是极个别的，但不可不防。过去，曾发生过信访者行凶打伤信访干部的事件。信访者产生犯罪心理大致有这样几种情形：一是信访者要求过高，需要不现实，动机不纯正，目的不当，要求达不到便不满、狂怒，产生犯罪心理，其实质是在一种极端个人主义世界观影响下形成的。二是信访工作人员方法简单，作风粗暴，言辞激怒了信访者，在发生冲突时产生犯罪心理。三是病态心理的信访者。信访者在出现犯罪心理时有一定的先兆：在情绪上，表现为失望、痛苦、不安、不满、愤怒、感情冲动；在语言上，常带有威胁性的过激言论。再看疏导和预防。怎样把握信访者心理，预防极少数信访者的犯罪行为呢？主要是疏导，说服教育，及时处理他们提出的各种问题，防止事态扩大，矛盾激化。

加强同信访者的内在接触。信访者写信上访是寻求社会支持，寻求个人、集体对自己所提问题的相似观点，首先要满腔热情地接待他们，特别是初访者。对来信要及时回复，防止因来信石沉大海而变为来访。一般来说，信访者都是把受理信访的工作人员作为党和国家的代言人看待，作为自己人看待，这就要求我们必须站在党的立场上、人民群众的立场上，设身处地，把自己摆在"当我是个信访者""当我遇到这个问题"的位置上，从信访者的切身利益考虑。不要把自己摆在高高在上的位置，用大道理压人，打"官腔"，板起面孔训人，甚至苛责、讽刺，给信访者当头一棒。在社会主义国家里，干部是"公仆"，人民是主人，信访者和受理者都是平等的同志式关系。因此，要用商量的口气同他们谈话，让他们把心中的话讲完，不管是好话、正确的话，还是坏话、错误的话。这样多了解他们信访的一些内在原因，在感情上有效沟通，让他们感到处处春风拂面。

所答复的观点力争能为信访者接受。在回复信访时，要考虑信访者的社会心理状态，使信访者能够接受所解释的思想和观点，否则，就会出现一种争辩抵制和寻找相反观点的局面。因而先要给信访者答复些他们所能接受的观点，然后再提出根据党和政府现阶段政策处理这类问题的意见。这样，展现在他们面前的就不是一个挑毛病、找问题、跟他们为难、与他们过不去的人，而是一个与他们有许多共同点的人，从而产生亲切感、信任感，进而缓和信访者的矛盾心情。

不厌其烦地解答信访者提出的问题。要多点说服教育，以情动人，以理服人。信访工作者不应只停留在收收发发，为领导挡驾，当和事佬，打发走信访者的水平上，应当不厌其烦地回复信访者提出的问题。即使一时不能解决的问题，我们也要反复宣传党的政策、法律，诚恳地讲清当前解决这个问题面临的困难，讲清解决问题需要一个过程。入情入理，入耳入心，说服人，打动心，使他们了解党的政策，相信党和政府，看到形势发展和未来的希望。实际中，许多处理得好的信访问题，正是由于掌握了信访者心理发展的特点，准确地了解了他们对政策的认识水平，预见了信访者的心理反复，有针对性地采取了处理和教育措施，才收到了好的处理效果，才有效地预防了极少数信访者的犯罪行为。

1985 年 11 月

尧舜之纳言

尧、舜，是中国历史传说三皇五帝中的古帝王，是几千年前父系氏族社会后期部落联盟的首领、军事领袖。

尧的名字叫放勋，史称唐尧。古有"尧射日"，"尧使羿射日"之神话。《史记·五帝本纪》载："其仁如天，其知如神。就之如日，望之如云。富而不骄，贵而不舒。"《尚书·尧典》赞之爱民："克明俊德，以亲九族。九族既睦，平章百姓。百姓昭明，协和万邦。黎民于变时雍。"舜，名重华，史称虞舜。自小受父、弟迫害，历尽磨难，后即帝王，南巡身化，葬于苍梧之野。

尧舜时期，当时的最高权力机关是部落联盟，即部落酋长会议，有四岳十二牧，由各氏族的首领组成议事，并讨论重大问题；由全氏族、部落成年男子组成的人民大会，有权否决议事会的决定；部落首领、军事领袖由人民选举产生。尧舜虽为万民之首，却仍然按古老的民主传统办事，有什么大事都要征询四方首领的意见，同大家一起商量。因此，四方百姓爱戴尧、舜，若父母日月一般。

立谤木，悬谏鼓，广开视听。《淮南子·主术训》载曰："尧立诽谤之木，舜设敢谏之鼓。"《艺文类聚》载曰："尧悬谏鼓，舜立谤木。"《后汉书·杨震传》载曰："臣闻尧舜之时，谏鼓谤木，立于理朝。"《康济录》中曰："虞帝广开视听，求贤自辅，置进善旌，立敢谏鼓，设诽谤木，以访木逮于总章。"尧舜当政时，恐怕个人的见闻有限，政令有了错误，无法纠正，便在朝廷门外置了一个鼓，立了一根木柱。鼓曰"敢谏之鼓"，不管是什么人，只要发现尧的错误，就可击鼓上朝进谏言事。"木柱"曰"诽谤之木"，不管是什么人，只要发现尧的错误，就可在诽谤木旁批评尧的过错。这样就可以随时纠正自己的过失。诽谤木，又称华表木，现今天安门前的华表即是古时诽谤木的遗制，诽谤一词在古代是批评过错、提意见。崔豹《古今注·问答释义》："程雅问曰：'尧设诽谤之木，何也？'答曰：'今之华表木也，以木交柱头，状若花也，形似桔槔，大路交衢悉施焉。或谓之表木，以表王者纳谏也，亦以表识衢路也'。"由于尧虚心听取意见，改正自己的错误，处处替百姓着想，因而部落里的人都能安居乐业。当时曾有一首《康衢谣》赞扬尧："立我烝民，莫匪尔极。不识不知，顺帝之则。"意思是：你让我们有吃有穿，没有人不爱戴你，我们什么也不操心，只有一心跟着你。

谋四岳，设纳言，命十二牧论帝德。尧主盟时，四岳即分掌四岳之诸侯羲仲、羲叔、和仲、和叔，是议事会的重要成员，尧常听取他们的意见，并予以重视和采纳。到舜时，不仅"谋于四岳、辟四门、明通四方耳目"，而且"命十二牧论帝德，行厚德，远佞人"。同时，设龙为纳言，这大概是最早的谏官。《尚书·舜典》载帝曰："龙，朕暨馋说殄行，震惊朕师。命汝作纳言，夙夜出纳朕命，惟允！"舜命龙为纳言官，早晚皆言，每事皆言，还要求真实不虚。《史记·五帝本纪》载，帝命龙为纳言，听下言纳于上，受上言宣于下。这里所说纳言，就是采纳民众意见、纠正自己不当言行的官职和机构，同时，纳言也是喉舌之官，传达帝之言论和活动，即现今的新闻发布。

启贤才，行禅让，用人纳众之荐。当时，曾洪水暴发，泛滥成灾，人们不能安居乐业。尧心里很痛苦。这时，四岳进谏，推荐一个叫鲧的部落首领去治水，尧开始不同意，四岳又谏，尧便采纳他们的意见。随着时间的推移，尧在位七十年，自感年岁已高，精力不济，打算选择一位贤者接替自己的位置。尧把自己的想法告诉部落成员，放齐推荐尧的儿子丹朱继任，而"尧知子丹朱不肖，不足授天下"，说"终不以天下之病而利一人"，毅然拒绝。灌兜推荐共工，尧也不同意。尧又征求四岳的意见，四岳一致拥举一个叫舜的人，并说，舜的父亲是个瞎子，母亲早死，后母生了一弟名象，是个倨傲的人，家庭关系一度十分紧张，舜却能在当中起协调作用，使一家人过得很和睦，他为人谦逊和气，周围的人都喜欢他。尧采纳了四岳的建议，把舜留在身边，进行考验锻炼。尧还把自己的两个女儿娥皇、女英嫁给他，又命他的几个儿子和舜一起居住，观察他的为人。协助尧工作了二十年后，命"摄行天下之政"八年。通过考察，尧发现舜确实德才兼备，于是征得四方首领的同意，把帝位让给了舜。

舜受尧的思想熏陶，也是一心一意为部落联盟里所有的人办事，常到各地巡视，了解民情，后来在南方巡视，病死于苍梧。舜时的联盟议事机构比尧时完善。尧时，禹、皋陶、契、后稷、伯夷、夔、龙、倕、益、彭祖等都得到举用，却没有职务，舜广泛听取四岳和大臣意见，一一起用，明确了职务和分管事项。当时鲧治水九年，舜巡视天下，发现劳而无功，便处死了鲧。但洪水仍在继续危害人民的安全，舜根据四岳建议，让鲧的儿子禹去治水，说他从小跟父亲治水，积累了不少的经验。舜虚心纳谏，不拘一格起用罪臣之子禹治水。禹吸取了父亲以堵治水的教训，采用疏导的办法，"居外十三年，过家门而不入"，终于把洪水降服了。舜当政时还是按照尧的古老民主传统办事，大事情都找首领们商量。后来，舜老了，又把位让给了治水有功的禹。《吕氏春秋·孟春纪》暂曰："尧有子十人，不与其子而授舜；舜有子九人，不与其子而授禹，至公也。"

1986 年 5 月

夏代之谏议

夏代是中国第一个奴隶制王朝，也是拥有中央王朝的早期国家初建时期，从夏禹至夏桀，历经 17 代，约在公元前 21 世纪至前 16 世纪。帝禹崩，以天下授益，后禹之子启杀益而夺取君位，称之为君后。自启后，开始了我国历史上的世袭制。

禹受禅为帝后，仍保留着部落联盟的原始民主特点。注重开言路，让谋臣提意见，给老百姓诉求的机会，有禹闻善言则拜之美誉。《康济录》卷三《命条陈以开言路》载：夏禹悬器以招言者，曰："教寡人以道者以击鼓，告事者铎，……谕以义者钟，有忧欲鸣者磬，每一馈十起，一沐三握以劳民。"汉刘安《淮南子·氾论训》曰："禹之时，以五音听治……当此之时，一馈而十起，一沐而三捉发，以劳天下之民。"为纳言纳贤，吃一顿饭要起来十次，洗一次头要三握其发。

《史记·夏本纪》载，夏代曾设有"敬辅四臣"，凡国君遇有重大事情，都向其请教，纳其言。在政务官中"六卿"地位较高，能对夏君后的决策提出意见和建议，有些夏君后也注意采纳其进言。同时，设有"啬夫"为监察之官，以检束群吏。臣下可以进言，但最后都取决于君后之心境。

夏代还继承尧舜游访民情传统，建立了巡狩制度，了解民情，采纳民言。有夏谚曰："吾君不游，我曷以休？吾君不豫，我曷以助？一游一助，为诸侯度。"这"游""豫"就是到各地听取民意民言。

夏王朝有过中兴稳定时期，凡大局稳、朝政顺，都与夏后是否广开视听、采纳大臣和民众意见、励精图治紧密相关。但夏王朝的君后拥有至高无上的权力，君臣之间缺乏监督制约机制，君后可以否定臣下的进言而为所欲为，加之贵族和平民、奴隶主和奴隶一直处于尖锐的对立之中，这就决定了夏王朝必定内乱而亡国。到夏桀执政时，重用佞臣，排斥忠良，群臣进言，置若罔闻。隐士伊尹"举殇造桀"视为妖言，只得离去，后助汤兴兵伐桀。太史令终古针对桀荒淫暴虐、奢侈无度，"出其图法，执而泣之"劝谏，见其无可救药，投奔商汤而去。大臣关龙逄急言死谏遭杀害。此后无人敢谏，众叛亲离，终至分崩离析。

1986 年 5 月

商代谏议形式与制度

商代自夏建国，至纣灭亡，共传 17 世，31 王，约在公元前 16 世纪至公元前 11 世纪。商代是中国历史上存在时间较长的奴隶制国家。

商代的最高统治者是商王，享有绝对权力。大臣僚对商王的言论行为及其决策，可以提出意见并进行谏议，但采纳与否取决于商王本人。但商代时也具有原始民主的某种气息，只要谏议能打动君王之心、有利于统治者之利益，谏议常常被采纳，同时商王为巩固统治，有一些制度性的谏议形式，并以法律加以规定，这不能不说是商王朝政治制度的进步。

保留原始部落大臣会议和民众会议形式听取意见。商朝王在宫室前设有大厅，用于召集会议或宣旨或征询意见。汤灭夏后，取夏拒谏饰非、暴虐无道之教训，召开大臣会议向诸侯发布"汤诰"，要求关心民众疾苦，听取民众意见，为民办事，把本国治理好。庚迁都前，就曾召集大臣会议和民众会议，当然庚主要不是听取意见，是告之迁都理由及其决心。

以法律形式规定臣下不匡之罪。商朝初期就制定了《汤之官刑》。《墨子·非乐上》曰：汤之官刑有之曰："其恒舞于宫，是谓巫风。其刑，君子出丝二卫。"被视为伪古文的《尚书伊》载：制《官刑》儆于有，曰："敢有恒舞于宫、酣歌于室，时谓巫风。敢于殉于货色、恒于游畋，时谓淫风。敢于毁圣言、逆忠直、远耆德、比顽童，时谓乱风。惟兹三风十愆，卿士有一于身家必丧，帮君有一于身国必亡。臣下不匡，其刑墨，具训于蒙士。"法中对拒绝忠言、拒绝规谏，视为乱风，视为国王的劣迹，而对此不加以规谏和制止的官吏，则以"臣下不匡"论罪。"臣下不匡"，亦即臣下有纠正国王错误的责任，国王有错误和恶习，臣下要给予指出，加以匡正。若臣下不纠正国王的错误，臣下有罪，要处以刺面之墨刑。这是最早把谏议纳入法制的记载。

1986 年 5 月

西周谏议形式与制度

西周是我国历史上奴隶社会的鼎盛时期。从约公元前 11 世纪周武王伐纣灭商，至公元前 771 年周幽王覆灭，历经 12 王。

西周在夏商王朝创立的各种政治制度的基础上，进行了进一步的完善，《周礼》提出，"惟王建国，辨方正位，体国经野，设官分职，以为民极。"所载官制较为详细。西周奴隶制社会的政治统治也决定了周王具有至高无上的权力，但在一些重大问题的决策上，国王听取并允许贵族大臣发表意见。

从"周公东征""成康之治""宣王中兴"等时期，周王的重大决策都注意听大臣们的谏议以及多种形式表达的意见。

师保辅政谏议。《史记·周公纪》载："武王即位，太公望为师，周公旦为辅，召公、毕公之徒左右王，师修文王绪业。"武王伐纣的重大决策，许多都是太公望姜尚和周公旦、召公奭谏议下形成并实施。武王死，成王继位时年仅13岁，周公旦摄政7年后还政，周公为师，召公为保，尽力辅佐，许多重大的政治、军事决策都是在周、召建议和劝说下制定的。成王去世前，又命召公、毕公辅佐继位的康王。召公、毕公请康王到祖庙，以文王、武王创业之艰辛，规谏康王，还上书劝谏康王节俭寡欲，勤理国事。康王听取规谏，发奋图强，使周朝统治进一步巩固，出现了成康之治。当然，师保辅政，无论进谏之言多么重要，关键还是取决于君王是否纳谏。

周穆王时，穆王将征犬戎，大臣祭公谋父进谏规劝不可出兵，建议采取怀柔政策，对天下示以恩德。穆王不听其谏。结果不仅征战收效甚微，反而使统治力量大为削弱。之后，到厉王时期，厉王一意孤行，不听任何谏言，最后导致从"暴虐侈傲、国人谤王"到"国人暴动"。周宣王以父为鉴，不独断专行，有时听取臣下意见。"毛公鼎"上曾记载，凡宣王发出的命令，必须有毛公的签字才有效。在大臣们的辅佐下，励精图治，出现了宣王中兴。

贵族谏政。西周奴隶主贵族对周王的决策可以进行谏议，提出意见和建议。周穆王时，甫侯，即吕国之侯，曾进谏修改完备刑法，以安定四方，穆王纳谏，制定了后来被称为"吕刑"的法律，比以前更严密。周宣王时，虢文公曾进谏不能废弃籍田，规劝宣王带头亲耕，以示重视农业生产。《国语·周语》载虢文公："王事唯农是务，无有求利于其官，以干农功，三时务而一时讲武。"但宣王并未接受其忠谏。《周礼》中曾有询万民三政之说，即"询国危""询国迁""询立君"。当然所谓的民是指奴隶主贵族。

国人诽谤。对周王的决策以及种种失误，国人可以进行评论，发表意见。《史记·周本纪》载："天子听政，使公卿至于列士献诗，瞽献曲、史献书，师箴、瞍赋、矇诵，百工谏、庶人传语，近臣尽规，亲戚补查，瞽史教诲，耆艾修之。"国人可以不同形式进行谏议、评论，提出意见、建议。当时还有采风之说，即君王派出采诗官，收取民间对王朝的种种意见。《毛诗序》曰："上以风化下，下以风刺上，主文而谲谏，言之者无罪，闻之者足以戒，故曰风。"周厉王时，政治日趋腐败，不仅听不进不同意见，而且实行"监谤"，甚至通过巫术和镇压的办法对付"国人诽谤"，国人莫敢言，在路上相遇，只能以眼色传递愤怒，成语"道路以目"便出于此。

以诗讽谏。这是"国人诽谤"的形式之一。我国第一部诗歌总集——《诗经》，就是西周至春秋中叶的诗歌集。里面有很大一部分是西周末年的政治讽谏诗。其中一部分来自民谣讽谏，更多的是西周贵族中地位较高的大臣们用以规劝和针砭君王的政治讽谏诗。主要集中在《大雅》《小雅》之中，如《大雅》中的《民劳》《召旻》，《小雅》中的《正月》《十月之交》

等。周幽王时，生活淫侈，国力衰竭，人民流离失所，一些大臣们写诗歌进谏幽王，民意流传许多谲谏诗。《菀柳》诗，就是借上帝来劝谏幽王，诗曰："有菀者柳，不尚息焉？上帝甚蹈，无自暱焉！俾予靖之，后予极焉！有菀者柳，不尚愒焉？上帝甚蹈，无自瘵焉！俾予靖之，后予迈焉！"劝谏幽王，让人民休养生息，不要使人民受苦受难。

1986 年 5 月

春秋时期谏议形式与决策

公元前 770 年，周平王东迁洛阳，至公元前 476 年，就是中国历史上的东周时代，因鲁史《春秋》记录了这一阶段的历史而称之为春秋时期。春秋时期历时近 300 年，这一时期是我国奴隶社会的瓦解和大变动时代，由一个统一的王朝走向分裂和衰败，孕育着封建制度。

春秋时期诸侯强大而形成的争霸斗争，使得君王与诸侯的政治关系发生许多重大变化，这一时期的谏政谏议形式及其活动也相应发生了一些变化。

"朝议"谏政。"朝议"是春秋时期的一种决策形式。君王通过朝议听取意见，讨论国家大事。朝议有三种方式，即外朝、治朝和内朝。内朝是君王的至亲，议政谏政则主要是外朝和治朝。外朝，国人参政。外朝向国人开放，君臣全部参加。朝议内容《周礼·秋官·小司寇之职》载："掌外朝之政，以致万民而询焉。一曰询国危；二曰询国迁，三曰询立君。"外朝不仅是咨询时政，允许国人参政，而且还包括发布政令、审理诉讼等。西周时期，有着"国""野"之别。国乃国都，"国人"，就是居住于国都之人的通称。"野"亦作"鄙"，四郊以外称"野"，"野人"是指在"野"的农业生产者。春秋时期，"国人"已包括"野人"在内，二者所享有的权利和所承担的义务差别逐渐缩小。国人允许参政基于当时的邦国都建立在国人之上，国人阶层活跃，不少都由贵族阶层降为国人，参政意识强，同时，他们是王朝军队的主要来源，统治者如果得不到"国人"支持，则很难维持其统治。《周礼·秋官·小司寇之职》载曰，在外朝，设有"左嘉石，平罢民焉，右肺石，达穷民焉"。肺石就是设在外朝的赤石，国人可以站在赤石上控诉地方官吏。"凡远近惸独老幼之欲复于上而其长弗达者，立于肺石三日，士听其辞，以告于上而罪其长。"显然，当时的国人都可参与外朝，控诉官吏，对朝政提出意见和建议，对决策进行谏议。至于是否纳谏，则在国君。治朝，臣僚议政。治朝是君臣每日必朝的一种议政制度。国家大事均由治朝决议。西周的灭亡，春秋诸侯争霸，贵族势力勃兴，他们蔑视周王朝权威，企图限制君权，因而形成了君王纳谏和群臣进谏的两种局面：一是虚心纳谏并有所作为的君王，积极听取大臣们的意见并采纳谏议；二是力不胜任并自甘堕落的君王，在强大的贵族势力和执政大臣面前不得不听取建议，采纳谏言。当然，也不是所有大臣都可随意谏议。在春秋时期，有谏议被君王采纳的，也有因谏议而遭杀身之祸的。

乡校议政。春秋继西周学校制度，在王都及其近郊设有小学和大学，称之为"国学"，在郊外设有地方学校，称之为"乡校"。乡校不仅是教书育人的地方，也是议政场所。按照当时

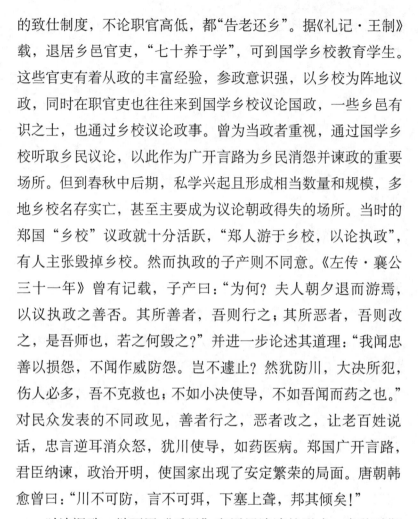

的致仕制度，不论职官高低，都"告老还乡"。据《礼记·王制》载，退居乡邑官吏，"七十养于学"，可到国学乡校教育学生。这些官吏有着从政的丰富经验，参政意识强，以乡校为阵地议政，同时在职官吏也往往来到国学乡校议论国政，一些乡邑有识之士，也通过乡校议论政事。曾为当政者重视，通过国学乡校听取乡民议论，以此作为广开言路为乡民消怨并谏政的重要场所。但到春秋中后期，私学兴起且形成相当数量和规模，多地乡校名存实亡，甚至主要成为议论朝政得失的场所。当时的郑国"乡校"议政就十分活跃，"郑人游于乡校，以论执政"，有人主张毁掉乡校。然而执政的子产则不同意。《左传·襄公三十一年》曾有记载，子产曰："为何？夫人朝夕退而游焉，以议执政之善否。其所善者，吾则行之；其所恶者，吾则改之，是吾师也，若之何毁之？"并进一步论述其道理："我闻忠善以损怨，不闻作威防怨。岂不遽止？然犹防川，大决所犯，伤人必多，吾不克救也；不如小决使导，不如吾闻而药之也。"对民众发表的不同政见，善者行之，恶者改之，让老百姓说话，忠言逆耳消众怨，犹川使导，如药医病。郑国广开言路，君臣纳谏，政治开明，使国家出现了安定繁荣的局面。唐朝韩愈曾曰："川不可防，言不可弭，下塞上聋，邦其倾矣！"

以诗讽政。继西周"采风"和运用诗谏的形式，春秋时期的讽谏诗也是一种谏议形式。见之于《诗集》中的许多讽谏诗是春秋时期收集和保留下来的。这些讽谏规劝朝政的诗，有来自民间歌谣，也有很大一部分是臣僚贵族们所作，用以规谏君王，表达对国衰民怨的忧心、对君王的忠诚，通过这些，促使君王纳谏。如召穆公厉王止谤，规劝爱抚民众，不可暴政，曾作诗让宫女演唱，讽谏厉王，诗曰："民亦劳止，汔可小康。

惠此中国，以绥四方。无从诡随，以谨无良。式遏寇虐，憯不
畏民。柔远能迩，以定我王。"

1986 年 5 月

毛泽东对法治的探究

毛泽东对法治的探究，可谓苦心孤诣。

毛泽东去长沙求学，最早是警察学校，接着是司法学校，再到师范学校。毛泽东 1912 年在湖南全省高等中学校读书时写过一篇题为《商鞅徙木立信论》，465 字。商鞅徙木的历史故事，说的是立法立信、法律实施的故事。毛泽东在文中说："法令者，代谋幸福之具也。法令而善，其幸福吾民也必多，吾民方恐其不布此法令，或布而恐其不生效力，必竭全力以保障之，维持之，务使达到完善之目的而止。"国文老师柳潜看过批了 143 字，大加赞赏："实切社会立论，目光如炬"，"精理名言，古未曾有"，"历观生作，练成一色文字，自是伟大之器"，等等；在文末还有总评："有法律知识，具哲理思想"。毛泽东文中讲到了法与治国之关系、法与民主之关系、立法与立信之关系。

在 1928 年，毛泽东主持制定了我党历史上第一个土地法《井冈山土地法》，1931 年制定了《中华苏维埃共和国土地法》，1947 年 9 月制定了《中国土地法大纲》，1950 年颁布了《中华人民共和国婚姻法》《中华人民共和国工会法》《中华人民共和国土地改革法》。

1953年12月至1954年3月，毛泽东到杭州主持起草中华人民共和国宪法草案，毛泽东在杭州形成一稿，刘少奇在北京组织讨论一次，历经近二十次修改。1954年宪法草案出来后，先有8000多人参加讨论，后有全国1.5亿人民群众讨论了3个月，提出了100多万条意见。当时，有人提议这部宪法是否称"毛泽东宪法"，毛泽东坚决予以拒绝，有人说这是毛泽东"特别谦虚"，毛泽东严肃指出，不能这样解释，这不是谦虚，而是因为那样写不合适、不合理、不科学。中华人民共和国第一部宪法1954年9月诞生。

毋庸置疑，毛泽东自学生时代起就具有法治思维，后来又领导制定了首部土地法和多个历史时期的土地法，新中国成立后形成了一系列法治思想，制定了《土地法》《婚姻法》《工会法》，又亲自主持起草《宪法》。这些为中国法治建设奠定了坚定基础。

2014年11月

研 读 宪 法

一

宪法是国家的总章程，是国家根本法，具有至高无上性。宪法是一个国家政治、经济、社会发展的缩影。在中国共产党领导下，中华人民共和国的一切权力属于人民。党领导人民制定宪法，党在宪法范围内活动，宪法维护党的执政地位，宪法维护国家政权。宪法维护人民基本权利。党的意志、国家意志、人民意志是统一的。

宪法是国家全方位、全面、全局的规范，所揭示概括的含义多、定义多，理解越来越深刻，共识越来越凝聚。诸如，宪法是对国土、国体、国家、国民的规范，是对国家、组织、公民的权利与义务的规范，是对制度、原则、规矩的规范，是对国体、政体、政府、公民关系的规范，是对政治制度、社会制度、经济制度、文化制度、公民关系的规范，是对国家根本制度、根本任务和公民根本权利、根本义务的原则的规范，等等。从性质、内容、地位、作用不同角度，人民对宪法的理解，正在加深。毋庸置疑，宪法是母法，是法之法。

宪法是国家公民的信仰，日益深入人心，走向生活。这是宪法的稳定性和权威性所决定的，也是宪法的权力和力量的显示。在人民心中，宪法是国家的根本法，保障公民的基本权利和义务。国家的尊严，是公民的尊严；国家的统一，是人民的幸福家园；国家的富强，是人民的福祉。信仰宪法，遵守宪法，维护宪法，运用宪法，任重道远。随着时代的发展，社会的进步，宪法知识的普及和权威凸显，宪法的智慧之光必将普照人民心灵，宪法信仰必将成为公民的思维方式和生活方式之要素。

二

宪法的基本价值之一是正义，包含着公平、公正、民主、平等、自由。宪法规定，"中华人民共和国各民族一律平等""中华人民共和国公民在法律面前一律平等""任何公民享有宪法和法律规定的权利""任何组织或个人不得有超越宪法和法律的特权"。宪法本身是正义的象征，称之为良法、善法。

只有良法善法，才有宪制保障正义的实现。

建立于意识形态的正义，公平、公正、民主、平等、自由，是公民的追求。而宪法所确定的制度、原则、规矩是国家和人民意志的统一，代表广大人民根本利益的主张、意志、规定是正义的，公民的权利和义务是平等的。宪法便是正义，成为信仰，化为情感，使宪法的权威和生命力愈强。

宪法是正义，宪法的价值追求是正义，公民追求是宪法及其价值正义，宪法就会在正义的正确轨道上不断完善，在时代发展与社会进步的进程中体现正义的宪法价值和宪法功能。

三

自然界和人类社会的发展、演变与客观进程有其自身的规律和秩序，宪法所制定的制度、原则、规矩，正是以宪法所具有的稳定性、权威性和至高无上性来确保秩序的建立和维护。

我们通常说的天地人和，是人与自然的关系。其天地就是自然界，万物有成理，指的就是自然规律，天行健，就是大自然健康运行。其人就是指的人类社会生活，物质的、精神的生产方式和生活方式，及其发展变化的规律。而宪法的功用是其规定应用和维护自然界的秩序，建立和维护人类社会生活秩序。通过秩序的建立和维护，达到人与自然之和谐、人与社会之和谐、人与人之和谐。

秩序，是宪法的基本价值。宪法追求秩序的价值，就是善用和维护自然规律，用好自然资源，保护好生态环境；建立、调节和维护符合最广大人民根本利益的制度、原则和规矩，确保安全稳定的政治法律秩序、经济运行秩序、社会生活秩序。

上时书语

四

正确认识党的领导和依法治国，有利于我们更好地遵守、贯彻和维护宪法。党中央提出依法治国，建设社会主义法治国家，强调依法治国是党领导人民治理国家的基本方略。

党是中国工人阶级的先锋队，同时是中国人民和中华民族的先锋队，是中国特色社会主义的领导核心。这与宪法总纲指出的是一致的，中华人民共和国是工人阶级领导的，以工农联盟为基础的人民民主专政的社会主义国家。这是国家性质所决定的，也是历史和人民的选择。党的领导与依法治国是一致的。

党代表中国先进生产力的发展要求、代表国家先进文化的前进方向，代表中国最广大人民的根本利益，党的意志和主张是人民意志的集中体现，宪法是党的意志的体现，也是人民意志的体现。

党领导人民制定宪法，把党的主张、人民意志转化为国家意志，建立制度、原则、规矩，维护制度、原则、规矩的实现。党坚持依法执政，在宪法和法律范围内活动，领导各族人民贯彻实施宪法，共同推进法治建设。

五

在中国，宪法是党的主张、人民意志转化为国家意志的产物。宪法规定，中华人民共和国的一切权力属于人民。这是由人民主体地位决定的。人民当家作主，依法管理国家事务，管理经济和文化事业，管理社会事务。这也是由社会主义性质和制度所决定的。

　　宪法明确和维护"一切权力属于人民"和"人民当家作主"的规定。人民主权和国家权力都渊源于全体人民。宪法还规定了公民的基本权利和义务，也是从另一个方面保证人民权利的实现。当然，二者是不同的概念，具有不同含义。公民是从个人权利而言，人民则是从国家管理权而言。公民是一个法律概念，或者说法律责任概念，是具有国籍的自然人；人民则更多是一个政治概念，具有阶级属性，是属于"一切权力属于人民"和"人民当家作主"的具有主人翁地位的公民。

　　人民是历史的主人，是推动历史社会发展的决定力量。从群众中来，到群众中去，一切为了人民，一切依靠人民，全心全意为人民服务，是党的宗旨和群众路线，维护人民主体地位和发挥人民当家作主作用，保障公民基本权利和义务，是宪法所贯穿的精神。理清这些，有利于更好学习、宣传、贯彻宪法，理解宪法精神。

六

　　宪法的制定实施与政策密切相关。政策有政党政策和国家政策之分，政策是党和国家为实现一定历史条件下的任务与目标而规定的活动原则与行动准则。我们党的总路线、总方针、总政策是宪法的灵魂。

　　中国共产党是我国的执政党，党的政策在国家生活中居于重要地位，对宪法的制定与实施起着不可替代的指导作用。政策是宪法制定的依据和先导，有些直接成为法律的基本内容，有些是在总结政策的实施经验基础上，进一步集中群众智慧而确定为法律条文，或成为宪法条文适时修正的依据。对宪法的适时修正、补充完善，能及时地避免宪法在时代发展、社会进步和改革进程中政策调节的矛盾，把政策适时上升为宪法修正内容，能及时避免宪法与政策的矛盾，防止"等同"和"对立"，更好地贯彻落实宪法精神和政策要求。

宪法比政策更具有稳定性和长期性，并具有强制力。政策进入宪法、法律以后，具有国家意志属性和法律属性。由于制定主体的不同，实施方法的不同，调整社会关系的范围不同，能更好地、持久地通过法律发挥政策的作用，推动根本任务的实现和社会的发展。

显然，在中国共产党执政的社会主义国家，宪法与政策是辩证的统一，宪法是实现政策的重要形式，政策是宪法实施的保证，相辅相成，共同促进。

七

民主集中制是党和国家的根本组织制度和活动原则。宪法规定，中华人民共和国的国家机构实行民主集中制的原则。党章规定，党是根据自己的纲领和章程，按照民主集中制组织起来的统一整体，并明确提出了党的民主集中制的六项基本原则。我国国家机构和我们党都是按照民主集中制建立和组织起来的，这是彻底摧毁旧的国家机构后，建立的中华人民共和国应遵循的根本组织制度，这也是1921年诞生的中国共产党的根本组织制度。

马克思、恩格斯早在100多年前创建世界上第一个无产阶级政党"共产主义者同盟"和以后创建第一国际的时候，就是按照民主集中制组织起来并开展活动的。1905年，列宁正式提出，代表会议确认民主集中制原则是不容争论的，后写入俄共（布）党章；1920年又提出，加入共产国际的党，应该是按照民主集中制的原则建立起来的。中国共产党也是按照民主集中制原则组织起来的。1927年6月，《中国共产党第三次修正章程决案》，第一次明确规定党部的指导原则为民主集中制。1937年7月23日，毛泽东在《反对日本进攻的方针、办法和前途》一文中，最早把民主集中制作为国家制度提出；1940年1月，毛泽东又在《新民主主义论》一文中，进一步明确提出了新民主主义共和国的国家制度：国体——各革命阶段的联合专政，政体——民主集中制。

民主集中制，是民主基础上的集中和集中指导下的民主相结合。党的民主集中制，是党内的民主和集中的辩证统一；国家机构实行这一原则，是一切权力属于人民和多数人决定问题的辩证统一。民主集中制是我们党和国家一切政治生活的重要原则，也是党和国家机关组织和活动的基本原则，坚持民主集中制，党内生活、国家政治生活就能健康运行，各族人民就能更紧密地团结在党中央周围，实现我们党和国家的奋斗目标。

八

宪法精神与道德精神密不可分。道德是一种社会现象和人的信仰，宪法是道德信仰的法律硬约束，共同维护社会秩序，规范人们的思想和行为。

道德是法之基础，是更早于法的信仰，是人们在社会生活中按照善恶标准来衡量的心理信念和传统习惯，也是凭良知和良心形成的自觉意识和行为自觉。如我们传统道德中的仁义礼智信，以及以善为本、以诚为本、以信为本、慈悲为本等。这些都为人们的生活提供了心理和行为规范，使人们向善向上。随着法律的出现，这些思想文化、道德精神不仅直接进入法律，而且影响着宪法的制定和修订，以及社会经济、政治制度、原则和规矩等。

宪法是法之法、母法、根本法，上升为宪法的道德内容，是大道大德，更多的道德内容进入更多的法律之中。还有一部分道德内容，不能适用于法律调整，只能以道德内容存在调节人们的思想和行为。进入法律的道德内容，不是抽象的原则精神，而是明确的具体的规定；不是简单的人们指责，内心自责，而是法律强制性的惩处。不能进入法律的道德内容，靠的是正确行为的引领和批评教育，逐渐形成好风气好习惯。当然，我们应逐步走出一条道德法律化、法律道德化相结合和共进的好路子。

法律和道德作为调整人们社会生活的方式，互相联系，互相补充，互相促进。

九

遵守宪法，是对公民普遍的起码的基本要求，这是底线。底线是最低限度，是临界值。底线有不同领域、不同层面的要求。遵纪守法之法和纪是法纪规制的总概念，还有道德的深刻内涵。法律是对所有人而言的，规定、制度也几乎是对所有人而言的。在中国社会，人与社会之关系都在一个区域或一个组织内，都有内部规定和制度，如单位制度、社区制度、乡规民约、村规民约等。一个组织有组织纪律，一个党派有党的纪律。道德，是多于法、高于法的规范，它不是靠权力使之遵守，而是良心、舆论这种非权力力量影响的约束，它应该遵循，但一些人做不到。从这个意义上说，法律是所有人的底线、纪律，是不同领域不同组织的人的底线。道德，是绝大部分人的底线，党性，是共产党人的底线。

宪法规定："任何组织或者个人都不得有超越宪法和法律的特权。""中华人民共和国公民在法律面前一律平等。"这是宪法的明确要求，每一个公民都要遵守宪法和法律，这是公民的底线，也是所有人的底线。按照宪法和法律精神制定的各种规定、制度、纪律，同样是底线，必须共同遵守。遵纪守法的人，也是一个具备道德素养基础的人。法是最低的、具体的道德要求，是道德的最低限，要做一个道德高尚之人，则既要守法律之底线，又要守道德之底线，以道德规则和价值要素来衡量其言其行。

一个共产党人要遵纪守法，就要守法律底线、纪律底线、道德底线、党性底线，都不能逾越。要坚守法律信仰，这是一个党员作为公民的基本要求。法律信仰，是至高无上信仰。党员要坚守共产主义信仰，这是高于宪法规定的社会主义信仰的最高信仰，是党章所规定的共产党人的理想和追求，也是中国特色社会主义事业的领导核心中国共产党的信仰。因此，遵纪守法，要坚持更高要求。一个党员要成为宪法信仰的引领者。党员要以党章规定的党员标准要求自己，切实成为宣传宪法、遵守宪法、维护宪法的带头人。不仅要成为一个模范公民，而且要成为一个合格党员。

法律在心，纪律在心，道德在心，底线在心，一个公民就能遵纪守法，做一个有利于社会的公民。共产党人就应该遵纪守法，成为遵纪守法的模范和带头人。

1999—2000 年

新中国宪法的产生与发展

一、《中国人民政治协商会议共同纲领》

1949 年，中国共产党领导中国人民推翻了三座大山，革命胜利后将要建立一个什么样的国家，如何把革命胜利后的成果用法律形成固定下来，并且规定新中国成立后的大政方针，作为全国人民共同遵循的准则，以便团结全国各族人民把革命和建设事业继续推向前进，迫切需要制定一部具有根本法性质的文件。1949 年 9 月 29 日，中国人民政治协商会议第一届全体会议选举了中央人民政府委员会，宣告了中华人民共和国的成立，同时通过了起临时宪法作用的《中国人民政治协商会议共同纲领》（以下简称《共同纲领》）。

《共同纲领》是一部具有根本法性质的临时宪法，共 7 章 60 条。《共同纲领》规定了新中国的国体："中华人民共和国建国为新民主主义即人民民主主义国家，实行以工人阶级领导的，以工农联盟为基础的，团结各民主阶级和国内各民族的人民民主专政。"《共同纲领》规定了新中国的政体："中华人民共和国的国家政权属于人民。人民行使国家政权的机关为各级人民代表大会和各级人民政府。各级人民代表大会由人民用普选方法产生之，各级人民代表大会选举各级人民政府。"并规定各级政权机关一律实行民主集中制。《共同纲领》规定了人民的权利和义务，还规定了经济制度、文化教育、民族、外交政策的基本原则。

《共同纲领》尽管不是一部正式的宪法，但无论从内容上还是法律效力上看，都具有国家宪法的特征，起到了临时宪法的作用。它是新中国成立初期团结全国人民共同前进的政治基础和共同纲领。对于巩固政权，加强革命法制，维护人民民主权利，以及恢复和发展国民经济等方面起着指导作用。它的许多基本原则都在1954年宪法中得到了确认和进一步发展，在新中国历史上有着重要的意义。

二、1954—1982年的四部宪法

1954年宪法，是我国历史上第一部社会主义类型的宪法。1953年1月，中央人民政府委员会第二十二次会议决定成立以毛泽东为首的宪法起草委员会。1954年3月，毛泽东向宪法起草委员会提交了中共中央拟定的宪法草案初稿，并被接受作为起草宪法的基础。1954年9月，中央人民政府委员会第三十四次会议通过决议，决定把宪法草案提交全国人民代表大会进行审议。第一届全国人民代表大会第一次会议经过认真讨论后，于9月20日一致通过。1954年宪法除序言外，分总纲、国家机构、公民的基本权利和义务，以及国旗、国徽、首都共4章106条。

1978年宪法，是新中国的第三部宪法，于1978年3月5日第五届全国人民代表大会第一次会议通过。这部宪法包括序言和4章共60条。这后，全国人大分别于1979年7月和1980年9月，两次通过决议，修正1978年宪法中部分内容。

1982年宪法，是新中国的第四部宪法，于1982年12月4日第五届全国人民代表大会第五次会议通过。这部宪法以1954年宪法为基础，除序言外，共分总纲、公民的基本权利和义务、国家机构以及国旗、国徽、首都4章138条。

从 1954 年的第一部宪法到 1982 年的第四部宪法，历经近 30 年，也即从第一届到第五届全国人民代表大会，从党的八大到党的十二大后，历经了新中国成立后的 30 多年重大变革、历史事件和人们社会生活历程。第一部社会主义类型的宪法，无论是它的指导思想、基本原则、内容，还是文字表述等都是正确的，是一部很好的宪法。由于种种原因，第二部宪法则是在特定历史条件下的产物，第三部宪法作了较大调整，是一部过渡性宪法，第四部宪法是党的十一届三中全会和党的十二大之后重新制定的，比较全面地反映了整个国家的政治、经济、文化及现实生活的变化、社会发展的要求。

三、1988 年至 2018 年五次对 1982 年宪法的修正案

1982 年宪法颁布至 2018 年，先后五次对宪法序言和部分条文进行了局部的修改和补充，形成了 52 条修正案。1988 年 4 月 12 日，第七届全国人民代表大会第一次会议通过了宪法修正案第 1 条和第 2 条。

1993 年 3 月 29 日，第八届全国人民代表大会第一次会议通过了宪法修正案 9 条。

1999 年 3 月 15 日，第九届全国人民代表大会第二次会议通过了宪法修正案 6 条。

2004 年 3 月 14 日，第十届全国人民代表大会第二次会议通过了宪法修正案 14 条。

2018 年 3 月 11 日，第十三届全国人民代表大会第一次会议通过宪法修正案 21 条。这次修正案内容包括：确立科学发展观、习近平新时代中国特色社会主义思想在国家政治和社会生活中

的指导地位，调整充实中国特色社会主义事业总体布局和第二个百年奋斗目标的内容，完善依法治国和宪法实施举措，充实完善我国改革和建设发展历程的内容，充实和平外交政策方面的内容，充实坚持和加强中国共产党全面领导的内容，增加社会主义核心价值观的内容，修改国家主席任职方面的有关规定，增加设区市制定地方性法规的有关规定，增加有关监察委员会的各项规定，修改全国人大专门委员会的有关规定，等等。

通过 1988 年至 2018 年五次宪法修正案，宪法现有序言，总纲 32 条，公民的基本权利义务 24 条，国家机构 84 条，国旗、国歌、国徽、首都 3 条，共 4 章 143 条。

四、宪法修改与发展

宪法是国家的根本法，是治国安邦的总章程，是党和人民意志的集中体现。宪法稳，是国家稳定的标志。只有宪法相对稳定，才会形成良好有序的宪法秩序。同时，宪法也只有不断适应时代进步和社会发展，不断吸纳新经验新成果，不断作出新规范，不断解决宪法规范与社会现实的矛盾，才具有持久的生命力和权威性，确保宪法规定的制度、道路、方向的坚守和根本任务的实现。

综观人类宪法产生和发展的历史，回首新中国宪法产生和发展的历程，宪法有其自身之演进的规律。从形式方面看，结构更为完善，体系日益扩大，章节更加分明；从内容上来看，涉及面越来越广，条款越来越多，公民权利、义务内容日益增加；从宪法保障制度来看，从开始不太注重保障制度的规范到全面规范宪法保障机制；从宪法与其他法律联系来看，过去宪法只注重与国内法的联系，到现在既注重国内法又注重与国际法的联系，同时注意吸收世界优秀成果和经验。

随着人类社会的演进，经济全球化潮流，人类命运共同体的推进，宪法的发展出现了一些新的趋势。一是宪法在调整经济关系，促进民族经济发展的功用更凸显，经济立宪成为时代主流。二是随着科技进步和生产力的极大提高，资源和生态环境问题日益突出，保障可持续发展成为宪法的新特点。三是随着全球经济化和人类命运共同体的推进，宪法的本土化与国际化紧密结合成为一种客观要求。四是宪法对人权的保障更加完备与完善。五是违宪审查制度正在健全和完善。

2018 年 3 月

依法治国首先是依宪治国

现代文明国家发展进步的历史表明，宪法是人类文明的产物，在国家整个法律体系中居于主导和核心地位，是一切普通法律规范的效力来源和依据，具有最高的法律权威和最大的法律效力。依宪治国，这是我们党在深入探索社会主义法治建设规律的艰辛过程中获得的重要认识成果，标志着我们党对宪法在社会主义法治建设中的重要地位和重要作用的认识达到了全新的历史高度，发展到了全新的历史阶段。

宪法是国家的根本法，规定国家的国体、政体和根本制度、根本任务，规定国家机关的组织与活动的基本原则，规定公民的基本权利、义务，等等。我国宪法是通过科学民主制宪程序形成的，是党和人民意志的根本体现和集中反映，既是我们党治国理政的总章程，也是公民立身行事的总依据。

依宪治国，即把宪法作为国家治理最可靠最有效的方式和依托，这是我国民主政治的集中体现和必然要求。依法治国与依宪治国是相辅相成、辩证统一的：一方面，依法治国之"法"，首先是指宪法，是指以宪法为母法，由法律、法规、规章等多个层级的普通法律规范而构成中国特色社会主义法律体系。因此，依法治国首先必须坚持依宪治国，依宪治国是依法治国的首要内涵。离开了依宪治国，依法治国就是无源之水、无本之木，也缺乏实质内涵和意义。另一方面，依宪治国，即意味着党的执政和国家立法、行政、司法、宪法监督以及公民的尊法、学法、守法、用法等必须以宪法为根本准则和依据，丰富和完善了全面推进依法治国的各种基本内涵。

依法治国首先要依宪治国，是中国共产党自身在领导中国革命、建设、改革的历史与现实中对治国理政方略长期的探索与认识，也是中国共产党对中华文明和世界文明的汲取与借鉴，是时代进步、社会发展、人民幸福安康、党和国家长治久安之必然。

2014 年 11 月

法律权威的意义

当人类健步迈入 21 世纪门槛时，无数事实越来越雄辩地证明，法律与人们的社会生活须臾不可离，越来越显示其权威。法律权威是法律质的显现，即法律权力、威望和力量，是主体对法律公认并接受的程度以及法律对主体支配及影响的力量。

法律权威是法律之力量。法律体现统治阶级的意志，由国家或立法机关制定，国家强制保证执行。法律权威是一种强制力量、支配力量，使人服从和畏惧的力量，是法律权力的显示、法律力量的显示，反映法律之作用、能力和效力。调整社会关系，规范社会行为，法律权威之力量是任何个人的力量所替代不了的，具有至高威力。即使某个人在某些时候其个人权威能发生作用，但长久的起根本性作用的还是法律权威的力量，其威力无比，至高无上。

法律权威是法律之尊严。法律权威是一种地位，在社会生活中处于最尊崇、敬仰的地位，是其他社会规则所无法比拟的，至尊无上。法律权威也是一种程度，严格、严厉、规则公正，赏罚严明，有严禁范围，要求严格遵守，保护守法者，严惩违法者。

法律权威是法律之信仰。信仰，即信赖信奉，有信赖信奉才有权威，才能奉行和遵从。它反映着主体对法律权威的心理状态，也是一种行为崇拜，是主体对法律最高层次的理解、信任和情感，法律之精髓融化于心灵，扎根于心中。只有从心理上接受法律，信仰法律，信仰才有权威，法律才有权威。同时，如果人们普遍感到法律没有权威，在很大程度上不相信法律，法律信仰便无从谈起。因此，可以说，法律权威是法律信仰，也是法律信仰之客观尺度。法律权威的大小取决于法律信仰之程度，法律信仰是法律权威的保证。没有法律信仰，就没有法律权威，法治难以实现；反过来，没有法律权威，法律信仰难以确定，法治更难以实现。只有对法律笃信不移，法律具有至高权威，法治的实现才有坚实的思想基础和理念基础。

法律权威是法律之信用。法律信用，一是法律可信至信，"信者，诚也，专一不移也。"二是法律可用。法律是有用之物、能用之物，调整社会、组织、人与人之间的关系，化解矛盾，解决问题，有实用价值，能收到实际效益。三是法律守信。它体现契约观念和行为，能认同和履行契约，并能做到既自律又他律，这样，才有信用。守信便有法律权威，失信则丧失法律权威。四是法律信用是双向信用，既是法律对主体的信用，也是主体对法律的信用。法律保护人民，保护人民的民主，对人民的敌人实行专政。毛泽东曾指出："我们的法律，是劳动人民自己制定的。它是维护革命秩序，保护劳动人民利益，保护社会主义经济基础，保护生产力的。"因此，人民尊崇和信任法律，热爱和忠诚法律，运用和服从法律，遵守和维护法律。

法律权威是区别法治与人治的根本标志。众所周知，在人治与法治的长久争论中，两者的根本区别一直是理论和实践的交锋，且观点纷呈，答案各异。运用辩证唯物主义的思维方法，舍去各种理论观点形式的差异性，其实质精神的一致性就昭然若揭，即法律权威是法治与人治的根本区别。实质精神一致性的背后蕴含了学者们丰富的表达方式，有些学者用直接方式表达上述观点，有些学者则以独特的思维方式和理论话语隐晦表述。在直接表达方式中，何华辉教授的观点为大众所认同，他在《比较宪法学》一书中指出："划分法治与人治的最根本的标志，应是在法律与个人（或少数统治者）的意志发生矛盾冲突的时候，是法律权威高于个人意志？还是个人意志凌驾于法律之上？凡是法律权威高于个人意志的治国方式都是法治；凡是法律权威屈服于个人意志的治国方式都是人治。"何教授从治国方式角度论述了法律权威是法治与人治的根本区别。我国著名社会学家费孝通以其独特的社会学视角从社会规范效力角度论证了以上观点："所谓人治与法治之别，不在人和法这两个字上，而是在维护秩序时所用的力量，和所依据的规范和性质。"结合费先生在《乡土中国》中的有关论述，不难看出其观点是：当法律成为维系社会秩序，调整人与人的关系使人服从和畏惧的强制力量、支配力量时就是法治，反之社会秩序与社会上人与人的关系根据传统"礼"来维持时即为人治。法治与人治的根本区别即在于调整社会关系和维系社会秩序时法律是否获得社会公众的广泛接受和认同。

邓小平在总结我国法制建设的经验与教训时指出："为了保障人民民主，必须加强法制建设。必须使民主制度化、法律化，使这种制度不因领导人的改变而改变，不因领导人的看法和注意力的改变而改变。"这一论述揭示了一个深刻道理，有别于封建专制社会的人民民主必须以法律形式保障，才会使这种制度不因领导人的改变而改变，不因领导人的看法和注意力的改变而改变。这是邓小平从社会历史实践角度论述法律权威是人治与法治的根本区别所在。

法律权威是法律演进的必然规律。首先，从法律职能演进来看，尽管学术界尚未形成对法律职能演进规律的共识，但一般都从三个阶段来看法律职能演进。这三个阶段是"人的依赖关系"为基础的最初社会形态阶段、商品经济阶段和现代市场经济阶段。在最初社会形态，由于当时经济条件所决定，法律主要行使刑事司法和部分纠纷解决职能，即被西方学者称为主要的社会控制职能。经济制度的维系只需各种社会性的团体，即部落、家族、封建的主从关系及同业公会的强制力（即包括外部的物理的强制力和心理的社会强制力）。封建皇权或神权是政治秩序的支柱，伦理价值及其实现是社会成员安身立命之本。法律在社会生活中发挥非常有限的作用，即使有限使用也常受到皇权和神权的侵犯，法律作用发挥完全取决于统治阶级的意志与好恶，毫无权威可言。17、18 世纪资本主义商品经济获得充分发展，法律职能迅速扩大，由刑事司法职能迅速扩展到社会控制（包括主要社会控制和次要社会控制）、经济保障、政治稳定。这样，旧伦理在国家和公民个人生活中的作用逐步被法律取代，法律在社会生活诸多领域中享有最后表决权。法律权威逐步得以确定。到了现代，随着科学技术的迅猛发展，法律职能进一步扩展，又增添了保障科技发展、维护精神文明、执行公共事务等职能。这时，政治、经济、科技、教育、文化等事业都纳入法治轨道，法律对社会调控范围渗透到社会生活的各个领域，调控能力不断强化。

其次，从法律形式的演进来看，理论界一般认为经历了由习惯法为主到成文法为主或由习惯法为主到判例法为主的变化。从习惯法到成文法必然带来法律适用范围扩大和效力持久，从地域性扩大到全国性、从全国性扩大到国际性。因为"十里不同俗"的习惯在向成文法的演变中国家意志的介入，必然要求舍弃其地域性和调和地域标准冲突。同时，成文法具有优于习惯法的稳定性、普遍性等特点，不仅使法律规范效力扩大，而且在扩大过程中得到强化，习惯法在向成文法或判例法的演变过程中，法律在社会生活中威力逐渐增强。

再次，从法律体系演进来说，其规律是由公法私法合体以及重公法薄私法到公法与私法分离，以及公法私法并重到公法、私法、社会法三元结构的变化。其体系演进表明法律规范越来越周密和精细，调控范围日益广泛，国家行为、社会生活

与时书语

个体活动受法律控制和规范逐渐成为一种普遍现象。法律行为普遍化的过程，一方面使国家生活、公民行为的根本准则法律化；另一方面有助于人们形成用法律方式处理社会关系的格式化心理，进而促使法律在人们内心形成崇高威信，法律为所有社会成员信仰和遵从。

一部法律发展史，实际上记载着法律权威及其发展的轨迹。历史雄辩地证明，什么时候法律有权威，法律就发展，社会就进步，人民安居乐业；什么时候法律没权威，法律就形同虚设，社会就混乱和停滞，人民不安宁。法律越发展和完善，越要求法律有极大权威；而法律越有权威，就越促进法律的完善，法制的健全，法治的实行，社会文明的进步。

法律权威是人类社会的崇高价值追求。法律是人类智慧的结晶，是人们追求真善美内涵的导向，也是人类社会管理智能的体现。它能促进人民意志的实现，满足人们的愿望和政治理想，能促进社会有序的管理，帮助人们按社会客观规律活动。社会的有序化是社会存在和发展的基本条件，是人类的崇高价值追求。有序化离不开权威的支撑，没有权威支撑的社会必然是无组织、无统一目标、无秩序的社会。不同形式和性质的权威如神的权威、人的权威、暴力权威，追求和保障不同性质的秩序。而法律权威则导源于人类的"合意"，导源于法律对权威系统、国家机构的有效控制及人民对法律的认同。它能协调社会成员之间的矛盾和利益，使人类安全平等地在物质生活上得到充分享受和精神生活上得到最大满足，促进人类幸福生活的实现。法律权威价值的体现，是人们对法律权威需要的一种追求，且追求越执着，法律越体现权威，显示价值。

2001 年 6 月

培养、服从和维护法律权威

法律权威在理论上是法治的核心，现实中法律缺乏权威，是法治不昌明的根本症结所在，没有法律权威就不可能有法治，因此实现法治，关键在于树立法律权威。

法律权威在于培养。一项伟大的事业必然有一种无形的精神力量和强烈的意识支配着。树立法律权威，实行依法治国，必须加强法治教育，培养法律权威观念，树立法律权威意识。探索和寻找法律权威实现的途径、方法和有效形式，有了法律权威的实现，就必定会有法治的实现。培养、树立法律观念和意识，既是工作，又是过程，还是结果。没有对法律的全面了解就不可能形成法律权威观念。只有对法律进行深入了解，才能知道法律赞成什么，反对什么，哪些允许做，哪些禁止做，遵纪守法，学会用法律保护自己。这种观念和意识，也是法律权威培养和树立的精神条件和思想基础。具备了精神条件，奠定了思想基础，法律权威的确立就能使感性认识得到升华，变为理性认识，增强自觉性。培养公民对法律的依赖感。通过宣传教育，使公民热爱法律，信赖法律，自觉运用和保护法律，真正做到人心思法。培养公民坚定的法律信念。追求和奉行法律，实现由信念到信仰的升华。一是提高普法教育的针对性，针对不同的普法对象选择不同法律、不同教育形式和方式进行教育，循序渐进，在全社会范围形成法律权威意识。二是加强典型性案例教育，将贴近现实社会生活的典型案例融于普法教育，让公民贴近法律。三是在法治实践中进行普法教育，以各种形式让公民感受审判、侦查、行政执法等司法活动，发挥法律规范自身应有的教育和评价作用。全民族的法律知识水平和法律修养提高了，法律观念深，意识强，法律权威就会得到极大提高，法律的实施和法治的运作就会出现一个崭新的局面。

法律的权威在于服从。管仲说："君臣上下贵贱皆从法，此之谓大治。"法律权威的最大特征在于尊重和服从，全社会普遍遵守和执行。一要尊重法律权威。得不到尊崇、重视和严肃对待的法律，说不上有权威。只有尊重法律，才有法律权威的尊严。维护宪法和法律的尊严，坚持法律面前人人平等，任何人、任何组织都没有超越法律的特权。二要坚持依法办事。法律不是装门面的，而是为了执行，要求服从的。必须有法必依，依法办事，用法律来规范自己的行为，用法律来调整人际关系，用法律来指导经济活动，用法律来治理社会环境。执法者要坚决做到"执法必严，违法必究"。法律权威，也是法律职业者的权威，要靠正义、公正的职业道德来维护。"法不阿贵，绳不挠曲。"不可假公法以报私仇，不可假公法以报私德。如果执法不严，违法者得不到追究，法律权威首先在他们那里就丧失殆尽了。三要做到义务守法。守法是最大的服从。作为执政党的中国共产党在法治建设过程中要总揽全局，协调各方，但是党组织必须在宪法和法律的范围内活动，绝对不能以党代政，以党代法。这是建设社会主义法治国家的关键一环。守法不是哪一级组织、哪一个人的问题，而是所有国家机关、社会组织、公民都无一例外要做到的。要坚持义务守法，服从法律规范，履行各自义务和权利，任何人不能凌驾于法律之上。各级领导干部和共产党员必须模范地带头服从和维护法律权威，做到从政先有法律观，为官先过法律关，维护法律权威，从我做起。要带头起表率作用，要求公民做到的自己先做到。带头履行法律规定的义务，不得违反法律禁止的规范，平等享用法律规定的权利，带头与破坏法律权威的人和事作斗争。

法律权威在于维护。任何组织和个人都有维护法律权威的责任和义务。当前，重在建立良好的环境，为法律权威的发挥创造条件。第一，加速发展社会主义市场经济，驱动公民追求公平、正义和最大效益，为树立法律权威提供物质动因。权利本位、地位平等、契约自由是市场经济发展的基本条件；秩序、效率、公平、机会均等是其永恒追求。市场经济越是发展，市场主体就越能在追求效率基础上寻求公平和正义，而这些基本条件和追求正是市场经济对法律之需求的深厚基础和源泉，市场经济主要靠主体平等、契约自由的法律规范调整，因而它内在地本能地要求法律的至上权威。而且历史上，法律权威本身就是在市场经济发展过程中逐步树立起来的。反过来说，如果没有市场经济体制的确立和不断发展，就不存在对普遍适用并具有国家强制力的最高行为规范的需要，法律权威就不可能真正树立起来。因而，从经济学看，要树立法律权威就必须大力发展市场经济。第二，正确处理好法律与执政党、与领导人意志的关系，形成权力制约秩序和机制，为树立法律权威提供政治基础。要提高执政党现代执政意识和领导人的法律素养，建立和完善以权利制约权力的法律制度，提高对权力监督的力度。第三，完善国家立法，提高立法质量，为树立法律权威提供法治条件。有法律不等于有法律权威，也并不意味就是法治，必须注意立法的质量与法治总体目标的协调，否则，立法越多，执法越难，法律权威也越远离人心。立法时不仅要考虑市场经济的共性，注意吸收人类优秀的文明成果，而且更要立足本国国情，广泛吸纳那些在社会生活中形成并证明普遍有效的通行习惯。立法指导思想上不仅以解决时下问题为目的，而更应该慎重分析法律运行的成本和效益，注重运用法律自身演进的规律和形式，从宏观上、总体上把握立法要求，充分考虑立法与现行法律、法规的衔接与协调，提高法律的实用性和可操作性。加强立法机构、专职队伍建设。不仅要吸收社会各界精英和具有广泛代表性的人物加入立法机构，更要吸收那些有精深的学问和渊博的法律知识的专家参与立法，提高立法者自身素质，同时，加强立法工作的程序化和民主化。建立和健全以监督法为核心的监督法律体系。要健全立法否决权制度和立法备案制度，对立法否决权的行使程序、范围、限制予以具体规范，对立法备案机关的地位和权限、备案性质、备案时限给予详细规定。积极探索有效的监督方式和途径，认真总结经验，形成制度，并纳入法治化、制度化的轨道。用制度来监督法律执行，用制度来巩固法律地位，用制度来维护法律权威。

2001 年 6 月

民族地区的法治建设

民族地区法治建设，是依法治国的重要方面，关系到党在民族地区依法执政能力建设。民族地区必须在宪法统领下贯彻民族区域自治法，推进民族区域自治。

　　以提高法律素质促进依法执政能力增强。牢固树立社会主义法治理念，增强法律意识，着力培养干部学习法律的良好习惯。民族地区干部群众，既要学宪法，又要学民族区域自治法，丰富法律知识，掌握法律武器，不断提高法律素养。广大干部尤其是领导干部必须做遵守法律、执行法律、维护法律的模范，带头依法行政、依法办事、依法管理。

　　在坚持民族区域自治中推进民族地区法治建设。坚持民族区域自治制度，全面贯彻落实民族区域自治法等民族法律法规，大力支持自治机关依法充分行使民族自治权力，努力提高依法行使自治权能力和水平。充分发挥民族区域自治制度的优越性，广泛团结各族干部群众，调动其建设和发展的积极性和主动性，通过制定一系列单行条例来促进民族地区政治、经济、文化等社会各项事业的发展。切实保证各族人民当家作主的权利，充分保障各族群众享受发展的成果，促进各民族共同繁荣与进步。

　　把依法执政能力体现到推进民族地区发展中。以法治保障经济发展，在全面贯彻落实党和国家的方针政策与法律法规的同时，善于运用法律，制定有利于民族自治地方发展的法规和规章，努力为民族地区经济发展提供良好的法治保障。以法治保障社会和谐稳定，更加注重经济发展与政治建设、文化建设、社会建设相协调，充分发挥各族人民维护社会和谐稳定的主体作用，维护和促进社会稳定，巩固和发展平等团结互助和谐的社会主义民族关系，共同繁荣发展。以法治保障民生改善，依法维护少数民族群众在民生领域中最直接、最关心、最现实的利益问题，加强对民族地区与人民群众密切相关的政策法律法规贯彻执行情况的监督检查，使事关民生的权利得到

充分保障和有效行使，依法保障少数民族和民族地区的合法
权益。

2008 年 9 月 2 日

非法集资的本质

　　非法集资问题时不时在一些地方泛起，造成群众损失，企
业倒闭，影响金融秩序，影响局部稳定，教训深刻。唯物辩证
法告诉我们，任何事物都有一个发生、发展的演变过程。非法
集资是从民间借贷到非法集资的过程、从量变到质变的过程。
它犹如一场瘟疫，从萌芽到蔓延再到恶化。非法集资注定断链
自爆，必然扰乱经济秩序、引发社会矛盾、损害群众利益，必
须认清其本质和危害，依法清理整顿。

　　认清非法集资的非法性。《中华人民共和国银行业监督管
理法》第三章第十九条规定："未经国务院银行业监督管理机
构批准，任何单位或个人不得设立银行业金融机构或者从事银
行业金融机构的业务活动。"根据法律法规和相关规定来看，
面向社会公众的集资行为，未得到中国人民银行等国家管理部
门的批准，而且承诺付给集资人员的月息至少在 3%以上（年
息超过 36%），有的月息甚至超过了 10%（年息超过 120%），
远远高于当前中国人民银行的 7.47%的贷款年基准利率。将其
定性为非法集资是合法的、正确的、必要的。

　　认清非法集资的诱惑性。在高额利息的巨大诱惑下，在侥
幸心理的驱使下，在盲目从众心理的支配下，许多人抱着赌

的心态，不计后果参与非法集资，坠入了这些人精心设计的圈套。

认清非法集资的欺骗性。非法集资企业就是以其少许资产制造虚假繁荣景象，并以不切实际的承诺迷惑大家、欺骗大家，又通过亲串亲、邻串邻、朋友串朋友、同事串同事的方式，向社会不特定人群集资。

认清非法集资自爆的必然性。非法集资企业有的以少许优良资产大额集资，有的以远景项目大额集资，有的边集资边找项目，更有甚者，成立个皮包公司，租上几间房，虚拟个项目，就非法大额集资。这些涉嫌非法集资企业无法承受高额利息，但为了不使资金链断裂必须以更高的利息集资，"借新债还旧债""拆东墙补西墙"，以致陷入恶性循环，最终走上了自爆的路子。今天没爆炸，明天也会爆炸，即使明天没爆炸，后天爆炸也是必然的。

认清非法集资的危害性。非法集资企业产生的危害，必然扰乱经济金融秩序、制造社会不稳定因素、损害群众利益、激发党群干群矛盾、破坏招商引资环境、伤害群众感情。非法集资问题已成为严重影响经济社会发展的一颗毒瘤，其危害性、破坏性不可低估，如果不及时妥善化解，刮除毒瘤，将引发一些地方的危机，陷入巨大的阵痛之中。

认清非法集资的本质及其危害，依法清理整治非法集资活动、斩断非法集资行为，是帮助群众不损失、少损失的正确选择，也是从根本上化解企业风险、金融风险，维护社会稳定的正确选择。

2008 年 9 月 24 日

[第四篇]

览 物 纪 事

　　自然万物，世间万事，眼以观之，心以察之。风景之趣，物品之象，时事之妙，寓情于事于物于景，在于想象，在于理解，是生活之参照，是成理之明镜。凡事皆成过往，现象见真诚，从小事开始，把小事做好，思考在行动中，纪事在行动中，行动见真知，行动显真情。万事万物，荷载着特定内涵，传递着不同信息，察事明理，观物取象，事以承理，物以承道，景以承情。

春

　　春回大地，首先使人感受到的是绿色，因绿而春，因绿而艳，因绿而生机勃勃，因绿而始于四季之首和天下。绿山绿水，绿草绿树，绿景绿意，一片绿色世界。

　　今年，又到早春，冰已裂隙，春雷已起，绿芽萌动，大地复苏，绿色开始了旅行和施舍。从一棵棵枯树，到一片片草地，再到一座座山峰，把积存秋日的霜、冬日的雪，人间的幻想和激情，全部释放为绿色，带来了百鸟争鸣。迎春风，披春光，生遐想。

　　抬头见春，多了和畅，多了阳刚。开春牛鞭声响起，开学童歌唱起，开工哨声吹起，为春忙，为绿忙，在眼里，在心里，在手里。

　　绿是春，春是绿，新的一年开始了。

1984 年 2 月 22 日

落　叶

　　秋天来了，阳光柔了，树上翠绿的叶子也黄了、红了……

晓风徐来，陡然泛起一片金光，若黄若红的叶子，依依惜别高耸云天的枝头，像一只飞渡的鸟，寻找了自己的归宿，轻轻地回到了大地的怀抱。

落叶，曾给人们传递过春的信息。那时，青翠欲滴，把大地装扮得千姿百态，那时，绿叶婆娑，保护着无数幼小生命的成长。人们赞美一片绿叶，就是绿色工厂，把太阳的光能转化，奉献给人类；赞美她提供新鲜空气，把美好的享受带给人们。可谓，哪里有绿叶，哪里就有生命，哪里便充满希望。如今，这绿叶黄了、红了……顺应自然规律，又毫不吝啬，离开枝头，回到大地，融入泥土，化作肥料，去滋润、哺育、催发、肥养那绿色、那未来的希望之苗、幸福之花、理想之果。

"落红不是无情物，化作春泥更护花。"落叶之情操、风格、胸怀、品质可敬可羡。落叶归本，本盛末荣。

1985 年 10 月 6 日

秋　菊

一年一度秋风劲，郊外野菊阵阵香。

自小喜爱野菊花，不仅是金黄的圆盘花瓣，而且更重要的是，野菊像太阳的光芒，像喜庆丰收的烛光。花不嫌贫爱富，在禾场边、小路旁、田埂上随处可见。百花凋零，独傲秋菊。本来恬静萧条的田野，似乎多了几分生机。尤其是与重阳结伴而行，更显阳刚之气。

唐末起义军领袖黄巢诗曰："待到秋来九月八，我花开后百花杀。冲天香阵透长安，满城尽带黄金甲。"当此节令，气节惊人，寓意其中。毛泽东的词："人生易老天难老，岁岁重阳。今又重阳，战地黄花分外香。一年一度秋风劲，不似春光。胜似春光，寥廓江天万里霜。"读后扬眉吐气，秋风扫落叶，独野菊分外香。世界万事万物，察其有感，有怕秋风者，有喜秋风者，或在"秋风劲"中衰颓，一蹶不振，或在"秋风劲"中奋起，感受春光，从低潮中看未来，从万里霜天看到希望和生机。

这便是野菊的品格，平凡朴实，历秋风，凌霜寒，独立傲然。

看看遍地的野菊花，闻闻清心的野菊香，更想起了黄土地、穷乡亲，感叹多少像野菊般品格的劳动人民默默无闻而耕种着，孕育绽放并不显眼的小花，在秋风中挺立，在秋风中留香。

1985 年 12 月 22 日

塑料花的艺术

房间桌上摆了一盘桃子，煞是亮眼。四个桃子，分两层叠放在一个浅绿色的塑料圆盘里，下层三个，上层一个，细细观来，或仰或俯，或上或下，或左或右，皆成品字，每个桃子还带了一片绿叶。桃子果形，一个个似婴儿拳头，又如酡颜醉脸。桃子嘴尖上翘，更像睡美人。

古人赏桃花，赞桃花，但写桃子果实的并不多。桃花悦目，而桃子既悦目，又爽口爽心。其形，青里泛白，白里透红；其味皮薄肉嫩，汁甜如蜜，品尝一口满口余香。面对硕果满盘，似生恍惚，情不自禁，欲待伸手，顿时大悟：假的。不禁赞叹，艺术品竟以假乱真。巧妙的仿生，靠的是智慧的心灵、灵巧的双手；唯自然才是艺术，唯发现才有艺术，唯运用才见艺术。

1985 年 9 月 20 日

老鸹的是非

当独自行走荒村僻野，或者在心情不愉快的旅行途中，忽然头顶上"哇——"的一声大叫，立即会毛骨悚然，心情异常，一种害怕袭扰着人，不禁警惕地环顾四周，这种可怕的声音，就是乌鸦的恶作剧。乌鸦，简称乌或鸦，乡里人叫它老鸹，是常见的一种留鸟，在城乡都可见到。

小的时候，常听老人说，老鸹是个不祥之物。记得每次听到老鸹叫，大人总要放下手中的活儿，来到门外张望，还说："老鸹叫得这样凶，只怕要出事，'老鸹叫，死神到'。"这时，大人们总是千叮咛万嘱咐，莫到铁路上、公路上去玩，莫到塘边玩水。

读书时，老师讲，天下最坏的人，就是地主资本家，而所有地主资本家都有"天下乌鸦一般黑"的心肠。乌鸦，简直是太可怕了，就像是索命魔鬼的化身，其叫声就好似要带来黑暗、带来灾难。

随着年龄的增长和知识的增加，对乌鸦带有的迷信色彩的认知逐渐减退。同时，在生活中，除偶尔看到乌鸦在收获季节有点偷吃作物果实外，并无多大害处，因此，对它也不至于像儿时那样可怕、讨厌了。不过，每当看到它那漆黑一团的外貌，听到它那单调难听的叫声，心里总是疙疙瘩瘩的不舒服。

然而，最近偶尔翻到一些介绍乌鸦生活习性的资料，对乌鸦的看法发生了根本性的变化，产生了一种好感。

乌鸦，是一种益鸟，虽然吃点作物果实，但是它主要捕食危害作物的虫类，特别是在繁殖期，"乌合之众"、黑压压的一大片，潮水般涌向虫害严重的作物区，就像打歼灭战一样，把害虫一扫而光，蔚为壮观。乌鸦又是人类净化环境的忠实"清洁工"。这个是它爱吃一些腐肉和废弃物的嗜好决定的，它有时翔集于郊野草丛，啄食死蛇、死鼠等动物的尸体；有时栖息于河滨溪旁，攫取流水中的死虾臭鱼等污秽物；有时行走于断壁残垣中，寻觅虫豸、清除腐物。更可爱的是，乌鸦还有一种连有些人也不及的高尚"美德"，这就是古诗中说的"嗷嗷林乌，受哺于子"。当老鸹"年事已高"，生活"不能自理"了，小鸦就勇敢地担负起"赡养"的责任，直至寿终正寝。

"哇——哇——"，枝头乌鸦又在高叫，我不禁心里涌起一番感慨，乌鸦，为人类作出了不少贡献，有高尚的"品德"，但是，因其逆耳可怕，故凭着这个种老印象，被人冷淡，似有不平。天地间万事万物皆有其所值所用，不断发现其值其用，当能人尽其善，物尽其美。

1984 年 3 月 12 日

乌鸦与麻雀的联想

黄昏，多伦多道路两旁高大的树木枝头尽是麻雀吱喁，鸦飞鸦鸣。这种景象已是多年不见。

记得小时候乡下乌鸦是常见的鸟，一听到乌鸦叫就心生害怕，感到不吉利，因而，在农村乌鸦是不受欢迎的。然而，这些年其在农村中很少见到了，连麻雀也少了。

在多伦多海边，看到海里有多种海鸟，鸽子更是胆大跟着人走，给什么吃什么，还乐于当摄影的背景。在尼亚加拉瀑布景观处，那麻雀胆大得想跳上你的手心啄食。麻雀本是最胆小的，生活中形容人胆小，往往称之为"麻雀大的胆"。麻雀与人相处如此和谐，看来这胆还真不是吓大的，是对人类仁善感知的安全感。

天地之间，花鸟鱼虫、飞禽走兽，皆为世界万物，皆有其灵。莺歌燕舞，鸟语花香，人与万物共生共存共荣，这世界才多姿多彩。

1999 年 11 月 15 日

习惯成素质

世界何其大，又是何等的小，一日一夜万里行，从北京就到了北美洲的北部枫叶国加拿大。

温哥华的天空，城乡皆是分外清新，虽是异国他乡，但也有回归田园之感。城市道路不宽，却干净光亮，就像打了蜡的地板有光泽。更让人惊讶的是，这里行车规矩，行人有礼，车让人，人让车，人车相让，彬彬有礼。一问才知道，原是人们的习惯。

人人守规矩，变成了习惯，习惯成自然，慢慢养成了一种素质，成为一种文化，以至带来性格的谦让、道德的进步。

有位哲人曾说，人生不过是无数习惯的总和。其实，社会如此，社会治理也如此。提倡好习惯，就有了一种力量，改变社会的力量。无疑，好的习惯来自治理。大家尊法守法，循规蹈矩，成为一种好习惯，便养成一种素质。坚持不懈，持之以恒，就形成一种文明。

1999 年 11 月 13 日

道路·宾馆·商场

商业经济是流动经济，在于渠道畅通，道路通达，环境相适。加拿大的商场、旅馆可见一斑。

一是都在交通方便之地，这些地方不是住人，而是用于经商办旅馆，来往方便。二是大多在路边，路边商店，路边旅馆，但空间较大，适应人流物流畅通。三是大多连锁，经营管理规范，覆盖面积大且互补。四是外部环境相适，尤停车场安排宽敞，作为经营要素，车多不见拥挤，大片空间用于停车。当然，这与加拿大土地宽绰有关。我们现在的发展还是人多车少，但终究会人多车多。所有旅馆商店建设，只管房子内，不管房子外，外环境不配套，商店旅馆挤在路边，人走嫌窄，何谈停车。从长远看，这些问题必将制约发展。

随着城市规模扩大，人口的增多，所有建设，尤其宾馆、商场要注意内部外部环境协调。外部环境同样是营商因素、发展因素；道路永远是营商要素、发展要素。道路、宾馆、商场，人聚人散，人兴业兴，人气旺，生意旺，通则达，畅则安。

1999 年 11 月 14 日

大自然公园

参观温哥华两处景观公园，是纯自然景观。在一片冰天雪地，不老青松，常绿乔灌，凋零红枫，构成了一处处色彩斑斓的世界，显得有生机有活力。

这里的公园并无人文景观，这大概与加拿大的历史和文化不长有关，因而多为以山以水以自然为景观公园。

我们的历史不一样，五千多年的文明史，历史积淀深厚，人文故事俯拾即是，因而以史以人以物选景造园。但似乎有的地方造神过多，造景过泛，显得自然属性要弱一点。有的居然还为文化景观而破坏自然景观。这是对自然和人文的不同认识。

人文景观是自然景观的点睛之笔，保护自然景观是第一位的，因为自然景观一旦破坏就无法恢复。现在景观公园慢慢多起来了，人文与自然要结合好，才是我们独有的特色。要多留点自然景观空间，感受自然，思维空间更大，想象空间也更广。大自然是天生的，自然景观是天造地设，鬼斧神工，最美当是大自然。

1999 年 11 月 16 日

留学生的情怀

波士顿是个大学区，有各类大学 50 多所，且大都是私立大学，如著名的一流大学哈佛大学、麻省理工学院等。哈佛出过七名总统、许多的科学家，不得不说，投资者有眼光、有胸怀，教育者有水平、有能力。

这几天在几所大学里接触了不少出国留学生，虽交流不深，但感到他们有自信心，学术研究和学业都很强，希望为祖国强大做贡献。确实感受到出国留学生，留学的目的在提高素质，但也有些留学生出国前或有这样那样的不愉快和恩怨纠结，还有政策执行层面和人才作用发挥方面的问题影响，以致今日依然于事于人或心有余悸或心存芥蒂。

振兴靠制度，靠人才，用好人才，才有事业兴旺。要重视人才，尤其是现有人才。如果有人才不发挥作用而装模作样引进人才，这就是误人误事。要引进的是稀缺的人才。可以说出国留学生是我们的储备人才，这些留学生只要祖国召唤，相信他们一定会从四方八方回国参加建设。关键是我们在用人上要完善制度引领，给予发挥作用的天地，才有引进效应，才能使

247

与时书语

他们施展才华，建功立业，成就伟大。

1999 年 11 月 19 日

好莱坞电影城

好莱坞电影城是文化与旅游结合的规模投资模式效应，经久不衰。这不是计划经济的产物，而是市场经济的产物。

计划经济不是一无是处，即便市场经济也需要计划。计划经济用得好，可集中人力、物力、财力办大事。但是计划如不按经济规律办事，成了人为经济、政策经济，就会被市场淘汰。我们的一些企业是政策企业，企业家是政策企业家。比如过多的同类企业不仅造成资源浪费，而且必死无疑。

现在，拍摄基地开始多了，但从长远看，必然恶性争资金、争资源、争人才、争利益，过多过小，不成规模。产业结合不好，形不成产业链，做不大，也做不强。一个企业，一项投资，要克服短期行为，防止虚假繁荣。只有产业结合，聚集成群，有规模效应，长远利益才能长盛不衰。

1999 年 11 月 25 日

迪士尼乐园

迪士尼乐园是儿童乐园，也是大人乐园，更是人的乐园。

理解儿童，关心儿童，爱护儿童，要从启迪儿童心智开始，让儿童从小就有想象力和创新思维。这里天上地下海陆空各种玩的都有。其建筑构思、施工技巧堪称精到，独具匠心，各显神通。从娃娃的目光中可见其喜悦和兴奋，在玩乐中开启天智，激发思考，适应动感和变化。面对这些游乐，儿童在思考，大人也在思考。

教育，首在儿童，开启天智。幼教理念的改变是一代代人智慧的改变，基础教育亦如是。考试为了升学，不为智慧，不为能力，把一代又一代小孩逼成了呆子。如果总认为一代又一代小孩不如自己，那么，只能是自身一代认知的悲哀，只能造成一代又一代的悲哀。其实，随着科学的发展、信息的广泛、时代的进步，一代比一代有知识有智慧。小孩与自己当下比，小孩有差距，这是成人与儿童的差距；小孩与自己小时候比，自己有差距，这是儿童与儿童的差距，更是时代发展的差距，社会进步的差距，科技发达的差距。自己清醒，才有教育清醒。

1999 年 11 月 26 日

欧洲对人才的评估和选用

在中瑞合作培训班欧洲考察学习，感到这些国家在企业高级人员选用及绩效评估方面的做法有其独特之处，他们突出典型行为和行为的具体化，强调绩与效的统一，反应能力和绩效及其考核标准具有可操作性。

选用评估八步法。第一步，对职位职能进行分析细化，分解职能。第二步分析岗位工作量大小，提出岗位素质要求。第三步，选人标准列表细化。第四步，通过面试了解过去的行为，判断未来行为。第五步，考官讨论面试结果。第六步，分析面试中出现的问题。第七步，到选用对象单位了解面试中反映的问题。第八步，考官取得一致意见，选择确定人选。

360度全方位绩效评估法。欧洲社会组织评估有七个方面：直接上级评估、直接上级的领导评估、外部客户评估、内部客户评估、同级同事评估、员工评估、家庭评估。还有的采用四类人群评估：员工评估、股东评估、客户评估、大众评估。

绩效判断法。强调投入产出结果和影响，突出取得经验、终身学习和社会效益。既看绩效，又看正直作风、团队精神及跨文化交际能力。

评估结果选用法。有职位需要，符合任职条件者任用，绩效评估与加薪及经济上的激励结合；暂不具任用条件的加薪；评估有差距者培训开发提高素质。

这些做法和特点，有的或单项运用或综合适用，值得借鉴的是，考察考核形式和方法多样化，考察考核内容以绩效为核心，考察结论反映个体特点和典型特征，考察考核成果多途径运用。

2004 年 9 月 23 日

胸怀与眼界

职业，就群体而言，是社会分工；就个体而言，是个人选择。档案工作，是历史、现在、未来的统一。一种职业，更是一种心理，不一样的素养，不一样的胸怀和眼界。

档　案

谁说她生活在暗无天日的世界里，不发光，没有亮。她是永恒的明镜，光泽耀人，映现着过去，展示着未来，给人光明，使人启迪。

翻开了一页页纪实的文字，历史便展现在人们的眼前；是进步，还是倒退；是安定，还是动乱；是繁荣，还是衰败。她不是扩大镜，更不是变色镜，她总是那样无情、公正、不失真，还历史的本来面目，人们常照常新，愈照愈明。难怪古人为之发出赞叹："以史为鉴，可以知兴替。"

档　案　馆

在这里，一切的一切，似乎是静止的、凝固的，然而，时间在这里飞快地流过，社会在这里迅猛地向前。乍看来，悄无声息；细闻处，惊天动地，警钟长鸣；不要忘乎所以，不要螳臂当车，不要裹足不前……震动人们的心灵，唤起人们的警觉。

对她，有人肃然起敬，有人不屑一顾，有人恨之入骨。她，"不以物喜，不以己悲"，高高地站立在史籍上，是那样魁伟、威严、刚毅，有着致密的肌理、铁一般的骨骼、钢一般的性格。

档案馆，是历史碑，是警钟楼，历史一往无前，警钟万古长鸣。

档 案 员

历史，开花了，花儿多么清新。谁是育花人？默默无闻的园丁——档案员。

一次次筛选，一遍遍取舍，一道道工序，一片片真情。架起历史的长蔓，连接过去和未来。展开的案卷，映着动人的容颜，留着温暖的指纹，沾着辛勤的汗水。我多想拥抱她，又怕揉碎了她；我多想亲吻她，又怕玷污了她。我好像看到了；经过"园丁"的培育，在一排排案卷架上，蔓条伸展，枝繁叶茂，正引来无数鉴赏者、采询者、开拓者去利用、去发挥、去创新。这一条条历史长蔓，正怒放着多姿多彩的鲜花，死的变成了活的，静态转为动态。这不正是档案员的追求吗？这不正是档案员的欢乐吗？

历史，开花了，花儿多么清新。谁是育花人？默默无闻的园丁——档案员。

1987 年 2 月 1 日

土壤与环境

在一大学办公楼前看见两棵银杏树，一大一小，显得很不对称。问校长，告之，两棵银杏树同日栽，同样大，已经 20 年了。原来，一棵植于填土处，一棵植于掘土处，填土处土壤厚，土肥沃，环境宽松，因此，扎根深，枝繁叶茂，生长速度快，高大挺拔。而另一棵植于掘土处，虽然挖了坑，填了肥，但终究土壤板结，肥力不够，加之环境逼仄，根须伸展不开，因此，树干瘦弱，叶片泛黄，有未老先衰之感。

人，何尝不是如此。人的成长需要土壤，需要肥沃的土壤；需要环境，需要宽松的环境；需要扎根，需要深处扎根。好的土壤，才能使人成长得好；好的环境，才能激励人施展才干。提供肥沃的土壤、宽松的环境，必定人才辈出。

1999 年 5 月 18 日

石 山 地

进入湖南湘西王村，就可以看到一片石山地，不大的一个小山头，有石有松有柑橘，蓝天下，白云间，风轻起，若隐若现，有如仙境。

石山地，可谓怪石丛生，或林立如笋，或纵横参差，或嶙峋怪异。似地里长出来的，天生天化；似天上掉下来的，鬼斧神工；似人工栽培的，巧夺天工，千姿百态，千石竞秀。

石山地上半坡，松树长于石山空地，近看疏朗，远看成林，最高的也不过丈余，普遍矮小盘虬，如老人，如少年，与耸立着的石头交错，松虬石瘦，青白相间，就像一幅松石图。石山地下半坡，坡度平缓，奇石间栽满柑橘，柑橘青翠如绿伞撑开，又如绿蘑菇。正值金秋十月，柑橘或金黄，或由绿转黄，缀满枝头，鲜艳夺目。

山不老，松石奇，柑橘香。

2011 年 10 月 19 日

253

山水人文与情怀

久居湘西，山水相连，人文相牵。解开的是传说，解不开的也是传说；看得到的是神秘，看不到的更是神秘。有老天赐予的，有祖先留下的，有今人造化的。外人说是一个梦，自己日夜在梦中；外人说是一本书，自己日夜在著书；外人说是一幅画，自己日夜在绘画；外人说是一首诗，自己日夜在作诗；外人说是一首歌，自己日夜在唱歌。这大概就是湘西之神秘。

山水风光雄壮秀美。十万山岭，林海莽莽；万千洞窟，光怪陆离；千条溪河，流水清澈。谓之天高地厚，山环水复。日月星辰，阴晴隐显，风霜雪雨，霞雾云烟，气象随四季而动。绿树、山花、碧波，色彩随四季而变。

民族风情浓郁独特。土家的茅古斯、摆手舞、舍巴节，苗家的赶秋节、木鼓节、芦笙，有赶尸、放蛊、马梯、神歌、八部大王祭，有辰河高腔、傩堂戏，有上刀山、下火海、摸油锅，等等。看罢，听罢，玩罢，如梦如幻，如痴如醉。演绎的是民族风情，如诗如歌。

历史文化积淀丰厚。凤凰古城，乾州古城，芙蓉古镇，中国南方古城，八百年土司古都。更有奇者，里耶古城几口小井，发掘了3.8万枚秦简，相当于已见秦简的十倍，细细品味，经久回味。

四省边陲友好相连。与贵州、重庆、湖北接壤，群山苍莽，地势险峻，自古是边陲之地、屯兵之地。交界之地鸡犬之声相闻，往来密切，亲如一家。

随着高速公路、高铁时代的到来，拉近了距离空间，拓宽了生活空间，开阔了眼界视野。身临其境，湘西人的感受也是自己的感受；久居此地，湘西人的生活也成了自己的生活。为政者修身修德修文化，干事创业知深浅，做能做的事，做能做好的事，守好资源，用活优势，留下本钱给子孙后代。这是山水给我们的启迪，也是人文给我们的智慧，更是历史给我们的责任。

2011 年 12 月 8 日

延　安

四月的延安，阳光明媚，遍地绿色，漫山花开。几许清新，几许芬芳，浸染着心灵的向往，更生发出踏上这片土地的激昂。这里，是中华民族的重要发祥地，是中华始祖黄帝陵所在地。1935 年，中共中央和中央红军胜利到达吴起镇，延安成为中国革命的落脚点和出发点。中央和毛主席在这里生活战斗了十三个春秋，领导了抗日战争和解放战争。延安是中国革命的圣地。

万里长征转战，帷幄三军驰骋，日照陕甘边。延安十三年，是我们党由小到大，由弱到强，由局部执政到全国执政的发展时期。明理修身践信，御战兴文屯垦，艰苦动人寰。其经验，其规律，今天明天，过去未来，历史长存，万世不灭，触动着千万共产党人和亿万人民刻骨铭心的感悟。

信念决定人生。信念决定人生方向和轨迹。有坚定的理想

255

信念，就有正确的政治方向，朝着这一方向不懈追求，就不会发生轨迹的偏差，就会在党和人民的事业中有所作为。

忠诚决定人品。忠诚是人品的特质，更是一个共产党人的特质。抗大培养的是一种忠诚，延安锤炼的是一种忠诚。在抗大，在延安，在革命队伍，不仅进一步认识了共产党，明确了政治方向，坚定了理想信念，而且在学习和实践中提升了忠诚度，在革命和斗争中不改初衷。忠诚不是心血来潮的许诺，而是终身的实践和付出。在抗大培养的学员中没有一个叛徒，充分说明了这一点。

宗旨决定作风。好的作风来自实事求是，以人为本，全心全意为人民服务。牢记宗旨，就能实事求是，艰苦奋斗，以好的作风自觉践行宗旨，为人民利益而奉献，为人民利益而牺牲。

表率决定形象。党的形象一靠正确的决策，二靠个人的表率作用。人民群众看共产党，首先看身边的共产党员，每一个共产党人的形象，汇集成共产党的整体形象。一个共产党人在思想和行动上处处模范带头，身先士卒，体现先进性，就影响和带动一个群体跟党走，维护党的形象，把人民的事业统一于党的事业，万众一心为之奋斗。

能力决定作用。共产党能执政，是能力决定了他能领导全国人民推翻帝国主义、封建主义和官僚资本主义，建立新中国。在战争年代共产党人的能力决定于能打胜仗，这是战斗能力。抗大既培养了忠诚，也培养了能力，把理想、信念、忠诚转化为战斗能力。今天，我们建设中国特色社会主义，需要的是建设能力，要化理想、信念、忠诚为建设能力。能力愈强，则作用愈大。

清廉决定成败。中国工农红军经过二万五千里长征到达陕北吴起镇，不可谓不艰辛。但我们队伍在如此困苦的情况下严守纪律，不侵犯群众利益，直到后来在延安十三年始终保持清廉，深得人民拥护和支持。从一个方面讲，落脚延安，革命成功，是共产党的清廉赢来的。始终保持这种清廉，党的执政地位就能坚如磐石，千秋万代。

2011 年 4 月 25 日

井 冈 山

　　巍峨井冈，万岭山峰，层峦叠嶂，曾经云屯席卷，惊雷震撼天地，开创九州新制，是中国革命的摇篮、中华人民共和国的奠基石。1927 年 10 月，毛泽东带领中国工农红军来到井冈山，后来与朱德会师，创建了中国第一个农村革命根据地，开辟了"农村包围城市，武装夺取政权"的中国特色的革命道路。星星之火，由小到大，由弱到强，苦难的中国共产党，在井冈山演绎了无数的可歌可泣的英勇斗争事迹，克服了无数的艰难困苦，靠的是什么？是信念，是理想，是精神。让人知，使人思，催人行。

　　知以强信念。从艰难的革命创始到走出井冈山，从革命战争年代到夺取政权，从建设新中国到建设中国特色社会主义，关键在党，关键在人。党靠党性，人靠党性。党性是精神，党性是力量，党性是根本。党性强，信念坚；党性强，事业兴。领袖和领导带头表率之风范，来自信念，来自党性；党员干部舍生忘死之精神，来自信念，来自党性。艰难困苦，流血牺牲，物质如此匮乏，条件如此艰苦，敌我如此悬殊，信念不移，矢志不渝，坚信革命，坚信胜利，严肃纪律，坚贞不屈，爱护群众，秋毫不犯。我们的领导，我们的干部，我们的党员，带领红军战士和人民群众战胜困难，克敌制胜。党的胜利，革命的胜利，是信念之定力，是党性之定力。今日之环境，今日之条件，来之不易，当倍加珍惜，坚定自信，增强党性，强化责任，奋发工作。

思而知差距。学而思，思而知；比中鉴，鉴中悟。比过去，比先辈，比英雄，差在信念，差在党性。他们没有被困难吓倒，没有被牺牲吓倒，没有被现实吓倒。我们则常常为现实中的不良之风而困惑，为前进道路中的某些阻力而困惑，为发展探索中的迷茫而困惑。有的在学习上缺乏钉钉子精神，钻研理论问题、化解思想困惑欠功夫；有的在纪律上缺乏严格态度，于小处轻描淡写；有的在工作上缺乏创新，求平稳求平衡；有的作风上不深入，解决问题不细致；有的在方法上缺乏讲究，习惯于简单简便。表象的实质在于理念和思想的修养，在于信念和党性。信念和党性失之毫厘，行为差之千里。只有坚定信念，坚守党性，才能思在其宗，行在其宗，万变不离其宗。

行在为人民。知在于用，思在于行。坚定的信念、坚强的党性，要落实在发展事业、推进工作、表率作用上。把信念和党性落实到履行职责上，尽职于工作，尽责于岗位；把信念和党性落实到为民服务上，以人为本，维护人民群众的根本利益；把信念和党性落实到工作作风上，深入基层，深入群众，排忧解难；把信念和党性落实到廉洁自律中，以信念和党性之定力，保持先进性，永葆本色。

信念是定力，党性是本性，在学习中提高，在行动上坚守，知之无涯，用之不竭。

2014 年 9 月 19 日

涉江楼和橘颂塔

"极目骋怀，天开胜景，山川藏瑞气；涉江吟橘，德秉豪情，忧乐立公心。"这是为泸溪县涉江楼所撰楹联。

泸溪，地厚天高，山环水复，钟灵万物俱生。史传，屈原曾流放沅水一带，在泸溪枉渚小住，溯江而上至浦市到辰溪，写下了《涉江》《橘颂》等不朽辞赋诗篇。加上上古时代的盘瓠文化、秦汉时的军旅文化等，构成了泸溪生态文化旅游的丰富内容。

泸溪自古栽种柑橘，千里丘冈叠翠，清风拂，素玉峥嵘，秋寒至，繁星缀碧，鸟戏绿丛鸣。泸溪柑橘色泽鲜美，浓甜脆嫩，尤含硒元素，食之，可提高人的免疫力。为了把产业与文化与旅游更好地结合，泸溪自 2009 年在县城白沙镇修建涉江楼和橘颂塔，耗时一年多而建成。涉江楼，主楼五层，飞檐翘角，古朴大气，雄伟壮观，矗立于沅水河畔。橘颂塔，高 45米，共七层，隔江而峙。

沅水，清流银波，千古不息；丘冈层峦起伏，青山不老。涉江楼、橘颂塔，与壁立高耸的辛女岩，满坡满岭柑橘，层峦叠嶂的茂林，构成了白沙生态和文化风景。采橘于果园，游览于水畔，揽古于楼塔，独有一番情意。历史文化与山水风光、田园风光，与产业、产品有机融合。游览一楼一塔，感怀生态文化旅游，独有意韵。

2010 年 12 月 30 日

矮寨大桥

"断堑峡壑深幽，两峰对峙，谁唤长虹歇？百丈凌空千米架，悬索钢架相接。轮轱追风，乘桥轻驶，心逐霞辉悦。日暝灯起，览崇山共星月。"这是为矮寨大桥所填词，《念奴娇·矮寨大桥》下阙。

矮寨大桥位于长渝高速公路湘西段，长 1176 米，垂直高度 330 米，为钢桁梁悬索桥，自 2007 年底动工，历经四年，修建竣工。大桥创造了四项世界第一，代表了当代中国桥梁建设的杰出成就，是人类利用科技战胜恶劣自然环境的典范之一。昔日的矮寨盘山公路虽只有 3000 米，却修筑在 80 度左右的陡峭山崖上，转折 13 道大弯，前移 500 多米，可谓贴崖附壁，拂膺回首惊绝。许多外地司机经过矮寨，要请本地司机代驾。新大桥开通后，只需一分钟，成为长渝高速上连接东西的交通大动脉。

大桥的开通还成了旅游观光景点。晴空一碧，可仰观大桥两头奇峰峻岭，丹崖翠壁，可俯瞰峒河峡谷，沟壑曲涧；云迷雾锁，崖巅、山峰、悬索，若隐若现，如同仙境一般。大桥设计时曾经只作为高速通道，后来建设中在桥架中间增设了观光通道，上层行车，中层观光。同时在桥头修建升降电梯，形成桥上桥下两条游道，作为旅游新景点。

桥立天地间，横空出世。车在空中飞驰，云中穿梭；人在空中游览，云中漫步。更多了几分山川灵气，几分发展豪迈，几分区域神秘。

2012 年 4 月 1 日

毛坪村

撇开个人利益关系，有时发红包是一种喜庆，也是一种欢乐。今年，省里给了点奖金，于是打了 100 多个红包，每个红包 100 元，以从未有过的兴奋，与同事在毛坪村的一个苗寨里过年，给每个村民都发了红包。

毛坪村，位于湖南省古丈县，大多数人家居住于高坡峭壁之台地。2004 年 7 月 21 日，毛坪村一个苗寨突发火灾，烧毁民房 24 栋，损坏 7 栋，31 户 139 人的物、钱、粮被烧毁一空，变得一无所有。州县两级研究措施，帮助灾民新建和维修了全部房屋，受灾群众住上了新房。春节将至，县里的同事们又一次到村里，与村民同欢。受灾群众心怀感激，并送上锦旗："无私奉献于百姓，排忧解难为人民。"

老百姓的感激更多的是一种期待，我们做了什么，更希望我们要做什么。这是我们要真正思考和付诸实践的。老百姓的感情是最朴素也是最真诚的。尤其是在最困难的时候，得到帮助，感受雪中送炭之情。因天灾人祸而致贫的群体，需要更多的善心、更多的关怀，还需要一种制度安排来解决。

人们能感受到日月无私光，是因为日月普照。各个层面的组织、各个层面的领导干部，就是代表这光，是党之光、政府之光。阳光普照，才有温暖人间。

2010 年 2 月 10 日

太 平 村

这里，曾经的一座荒山，经填挖整理为五个平台，建了35 栋新房，仅 10 个月时间，35 户受灾群众全部搬入新居。"七一"前夕和同事们慰问基层党员和群众，看到他们满脸的喜悦，大家心里也多了几分慰藉。

2010 年 7 月 12 日夜，狂风大作，暴雨如注，湖南吉首市大平乡桐坪组山体大面积滑坡，房屋坍塌，稻田损毁，35 户221 人受灾。原地无法居住和耕种，长时间还有危险，在临时搭建的帐篷里与群众商量，决定整体搬迁，确保太平村居住太平，生活太平。

太平村，位于绵延起伏之山岭，村民大多数居住于山坡、溪边，房子多为吊脚楼、木板屋，很难找到一处平坦之地集中盖房，于是辟山筑室，梯级开发建了 35 栋楼房。安置点建好后，又用一个晚上写了 35 个"福"字，裱好后送到了每一个搬迁家庭。

安居了，还得乐业，无乐业则无安居。这是山里的局限，也是贫困的局限。走上脱贫致富之路还得有致富行为。怎样才能让搬迁的受灾群众的腰包鼓起来，物质多起来，日子好起来。州市共同努力，为他们找到了一些就业途径和生产方式。在大山区，山体滑坡和泥石流多见，既要防御灾害，又要在受灾后及时安置好，让灾民有稳定的居所，更要使之安居乐业，有新的生产方式和就业方式，走向富裕。

同去的一位同事感慨颇多，作诗一首："万木葱茏吟绿水，薰风好酒醉春苔。新楼酿出千盅笑，送福原为送富来。"

2011 年 6 月 30 日

蚩 尤 村

蚩尤村正成为新农村建设示范村。两年前还是一个贫困村，名为拐带村。"拐带"是苗语，意为深山沟。拐带村，位于湖南花垣县，是贫困山区的一个苗寨。

多次听苗族老人说，苗族是蚩尤后代，从中原迁徙至此。但问起有没有遗存史迹，回答却是鲜有人知。一次偶然机会，听群众告之在拐带村有个蚩尤庙，苗家逢年过节都有祭拜。立时感到，这可能就是后人祭祖之遗迹。后来又进一步做了些了解和论证，确实是个历史遗迹。蚩尤，相传是上古时代九黎部落酋长，是苗族和南方少数民族的祖先，中原之战后，蚩尤部落遗裔向南迁徙并安居，蚩尤受苗族世代供奉。这是一个很有历史文化背景的古村落，于是，正式更名为蚩尤村。

之后，几次到村里同县乡村干部一起研究村里的发展，并确定了一个原则，"村为基础，企业帮联，公司运作，成果共享"，利用城郊优势，引进企业联合开发，村民有了新的生产方式，目标是建设社会主义新农村示范点。通过两年的努力，建好了村道，将零散的村民原宅基地置换开发旅游资源，新建和危房改造 138 户，修建了蚩尤文化广场，苗木、大棚蔬菜、柑橘、油茶及养殖场所基本建成，蚩尤牌民族传统特色产品加工如苗绣、织锦也全面开展。有集中加工，也有家庭式加工。

历史是个牵挂，传承是个心愿，善用这些资源，也是发展优势。昔日的拐带村成了旅游景点，如今的蚩尤村处处是新居，新村貌，新气象，收入也在增加，老百姓乐在心头，喜上眉梢。

2012 年 7 月 16 日

桉 树 村

桉树村，位于福建云霄县和平乡西面，属革命老区，9 个村民小组，24 户，1100 多人，皆为"半山人家"。

乍听桉树村，似乎不知桉树，再问，大家也都不懂。查《现代汉语词典》，解释为："古书上说的一种树，果实像奈。"又查《古汉语词典》，解释为木名。《山海经·南山经》："又东三百里曰堂庭之山，多桉木。"虽然知道是桉树木了，但从未见过。于是，对是否有桉存疑。第一次到桉树村，问村民，皆说有桉树，山上有很多。这次来村里，村民在村边栽了不少桉树苗，还说桉树结的果实，可吃。一方水土，养一方植物，行万里路，自有广识。

椋树村属丘陵地带,但后有高山峻岭,老百姓多居于岭之半山腰。此地气候温差明显,土地富硒,宜林宜果。两年来发展枇杷一千多亩,现在又疏小溪、修栈道,正逐步打造枇杷生态观光产业园,除销售鲜果外,还引进了加工技术,建起了企业。目前,还正利用后山自然风光和泉、潭、瀑布景观开发旅游。同时,还改造了村道和村民生产生活用水,整修了学校和村部。特别是加强了村里的班子建设,引进和培养了专业技术人员,为村里发展增添了后劲。

山里四季更替,总是给人色彩之惊喜;山里人家,脱贫致富,总是给人幸福之惊喜。漫山树木葱葱,枇杷金黄,椋实殷红,必将是生态美、村民富。

2017 年 10 月 15 日

状元岭书画院

福建省状元岭书画院,今天正式挂牌了。

福建省检察官学院后面有座山,名状元岭,位于晋安区新店镇。状元岭山高岭峻,漫山葱茏。山有古道,古时为福州北上之通道,相传宋时建有驿站小亭,名曰三山觉语亭,福州学子进京参加科举,至此地并小憩,以领悟自然与人生真谛,觉悟智慧。古道曾荒毁,近年又得重修,成为览胜观景之游道。

状元,是个历史文化之概念,科举考试殿试第一者为状元。我国自隋实行科举制,至清光绪年间止,因试者皆须投状,居首者为状头,故称状元。后广为运用,各种考试或活动

与时书语

第一者，习惯称之为状元。

此山冠名状元岭，或因参加科举者至此地而有好兆头，或因至此地而考上状元，或因有状元在此地留下过历史故事，不得而知。但状元二字有其历史、文化、学识之意蕴，具有优秀、先进、敬仰之内涵，使人联想文化，增加学识。作为检察系统文联的书画院，状元岭书画院挂靠于检察官学院，可以更好地发挥检察文化的引领作用。继承和弘扬中国文化、法治文化、检察文化，促进文化建设，一书一画，亦有其道。书画乃中国文化之独有传承。中国字、中国画，是民族的，是艺术的，也是世界的。练习书画，对于个人而言，可以增加学识，提升素养；对于单位而言，可以增强凝聚力，提升亲和力，从而丰富我们的精神，增加生机与活力，推动工作和事业发展。

2018 年 1 月 9 日

走廊文化

最近，开展精神文明创建活动，利用检察机关大院 22 个楼层兴建文化廊道，展示了 335 幅书画摄影作品，大多为检察系统干警所创作，不仅带动了对文化艺术的爱好，而且促进了干警综合素养的提高。

文化，是一个民族的灵魂、标识和精神追求，由此所生发之凝聚力生生不息。一个单位、一个机关之职业、职能及其指向，有其独特的文化体系，区别于不同领域。用好机关廊道，展示职业文化，将在润物无声中引领职业道德，增强单位凝聚力。

以文化人，以德润心。每一个职业领域，都要贯彻党的路线方针政策和国家法律法规，追求共同理想和目标，践行社会道德和职业道德，加以提炼，予以展示，倡导什么、反对什么，自在心中。每一个所在之集体，不仅是工作单位，而且是精神家园。用好有限空间，用好格言警句，用好职业用语，久而久之，就可以培养职业精神，提升职业素养，塑造职业形象。

陶冶情操，提高素养。廊道文化所展示的，既要有政治要求、职业要求，又要注意历史、文化等内容，还要充分运用文化艺术形式。一幅好的书法作品，一幅好的绘画作品，一幅好的摄影作品，从内容到形式，都会让人感动，激发中华文化自信，增强爱国热情，增强民族凝聚力。充分利用各领域资源，就能鼓励干部职工业余学习创作作品，营造文化建设氛围，提高综合文化素养。

教育是潜移默化的，文化也是潜移默化的。道道走廊，空空廊壁，点缀文化，便显生机，便有精神，集政治性、职业性、文化性于一体，集观赏性、警示性、启迪性于一体，多了教育自觉、文化自觉，必定会有文化自信、发展自信，更能促进文化自强、领域自强。

2015 年 11 月 30 日

第五篇

诗 词 漫 谈

　　诗词联赋，平仄押韵，对称对仗，和谐美妙，是华夏文字之魅力，艺术之瑰宝，文明之财富，乃世界之独一无二，独领风骚。写天地人，吟古今事，言其志，抒其心。谈诗人，品作品，寻美感，觅意境；写诗词，作联赋，怡性情，养身心。赏得一首好诗好词好联好赋，其心也畅，其兴也雅；写出一首好诗好词好联好赋，其心也爽，其兴也高。阅读，赏析，漫谈，创作，不亦快哉，不亦乐乎。

读经典，入门正

《诗人玉屑》已读了几遍，每读一次都有新收获，甚至每读一页都有新感受。

《诗人玉屑》堪称经典诗话，运用诗人的诗讲诗，很独到，更可感悟作诗作文、做事为人之道。书曰"入门须正，立志须高"，又曰"学其上仅得其中，学其中斯为下矣""功夫须从上做下，不可从下做上"。这些都是学诗的方法论。读经典，入门正，是为从上做下。这些规律既是学其他东西的道理，也是做事做人之道理，入正门，走正道。还如，"诗不可强作，不可徒作，不可苟作。强作则无意，徒作则无益，苟作则无功""宁拙无巧，宁朴无华，宁粗无弱，宁僻无俗"。作诗当有感而发，不可无病呻吟；作诗当有真情实感，虚情假意无益；作诗当朴实无华，不可俗气，不可矫揉造作。为人处世何尝不是如此，写任何体裁的文章何尝不是如此。

这些，是开篇的精辟，越读越觉诗话之深入，越悟做事做人做学问之深刻哲理。

1977 年 9 月 26 日

人生与文学

巴人著的《文学论稿》（新文艺出版社 1954 年版）给人们一个深刻的启示，人生不能没有文学，不能没有文学艺术思维。这种思维伴随人的天赋而存在，伴随人的自然成长，不断促进和改造心灵，丰富思想和智慧。

《文学论稿》总结和概括的各种规律，启迪思维。比如描写事物，或从内部，或从外部，都能突出其个性和特征，在现实生活中，观人观事概莫如是。又比如，文学形象的塑造，是作家的修养体现，一个人的形象又何尝不是一个人的品质的外在表现。具有伟大思想家素质的作家，才能塑造高尚的文学形象。具有优良品质的人，才能表现出做人做事的良好形象。还比如，围绕主题，组织素材，主题是灵魂。所有的素材，所有的描写都为了突出主题，为主题谋篇，运用服务主题的语言。文学的一切来源于生活又高于生活。来源于生活才有生活基础，符合生活逻辑，符合事物发展规律，符合心理常理。高于生活是对素材的概括、提炼、精练，才使文学形象更具典型性。就像人是打扮了的，工艺品是精雕细刻了的，而又不失其真实性、可靠性。就像语言来自群众，需要的是生动的群众语言，而不是太过俗气的语言，并形成自己的语言风格。

文学艺术和生活工作也是密切联系着的，观察事物，透过现象看本质，以小见大、见方向。一法通，百法通。在于找到规律，在于找到入口和出口。文学艺术同理，生活和工作亦同理。

1978 年 5 月 28 日

杜牧诗的艺术风格

《樊川诗集》为杜牧诗之全部，共四卷，加补选别集、外集、补录。据注释者清朝冯集梧介绍，外集和补录不一定是杜牧诗了。因为书是借的，所以边读边抄，感受更深刻，似觉全集诗之风格差不多。

中国古今诗词尤古代诗词浩如烟海，虽不同时代不同风格，但掌握技巧后，关键在学与用，多练多习，化为自己的思想，变为自己的方法，形成自己的风格。

杜牧诗有意境有气势，文词清丽，诗韵神韵具备。李白潇洒，杜甫沉稳，白居易则多样化，杜牧与他们的题材稍有不同，语言清新，精练含蓄，各有异同，但都不愧为中华诗魂。

诗言志。杜牧诗贯穿了诗之情、意、忧，从而生出意境。在描述上，多用比兴，比较婉转，但也有一部分是直抒胸臆。在用词炼句上比较讲究，追求清新和灵动的语言。

1979 年 10 月 9 日

诗词平仄之区分

一

格律诗的平仄很严谨，有几种情况不可不防、不可不救。以五言为例。一是不可有句尾三平声、三仄声。即：仄仄平平平，平平仄仄仄。二是不可犯孤平。即指平平仄仄平句式。首先第二个平声绝不能变，若第一个平声变为仄，那么第三个仄声字必须改为平声字，其句式为"仄平平仄平"。以第三字救第一字。三是有的句式必须用某个字，而又不合平仄，可本句拗救。如"平平平仄仄"句式，第三字是仄声，变为了尾三仄，即平平仄仄仄，可把第三字、第四字互换为平平仄平仄。这样处理，称之本句救。四是仄仄平平仄，平平仄仄平句式，上句第四字平为仄时，可将下句第三字改为平，其句式为仄仄平仄仄，平平平仄平，称之对句救。如果上句为仄仄仄平仄，可不救，但下句必须是平平平仄平。

二

词韵源于诗韵，词的平仄亦源于诗之平仄，由诗之平仄化而成之。五言七言句基本上是四种句式即：平平平仄仄，平平仄仄平，仄仄平平仄，仄仄仄平平。七言在五言平前加两仄，仄前加两平。当然这只是讲基本句式，有两种情况当区分，一种是有的词牌是固定的平仄，那么五言七言句稍有不同。另一种是领字句，如五言，有一字领四字。又如七言，有三字领四字。还有九字句是二字领七字。

二字句要简单，或平仄、仄平或平平、仄仄。

三字句是五言七言的三尾即：平平仄、仄仄平、平仄仄、仄平平。个别的也有三平或三仄。

四字句六字句两种形式：平平仄仄、仄仄平平，仄仄平平仄仄，平平仄仄平平。同时，词的平仄除个别词牌，也可一、三、五字可平可仄。

1979 年 5 月

词创作感怀

用古韵写格律词，最大的差别在语言，有时代感之差，亦有用词考究之差。

词比诗口语，但读古人之词，这种口语有韵味，词的味道足。如果说，严格的平仄是炼词，那么韵则是炼句。郭沫若的词有时代感，符合当今口语，反映当代生活，但不能用得乏味。当然，今人填词已不能以个人之忧愁发泄，因为时代不同，人民当家作主，心情已不一样，和平时期与战乱的心情也大不一样，生存线上挣扎的年代已过去了。如何找到一种表达现代生活的生动词语还不容易。

填词要有时代感，反映时代生活，用时代语言，但更要炼字炼句，加强词的味道。毛主席的词大气磅礴，情景交融，革命现实主义和革命浪漫主义有机结合，其词其句很考究，韵味足，其意境更是深刻深远。古词新用，其韵其味耐人寻味。

1979 年 4 月 6 日

诗词之意境

一

写诗词要把现实和自然景象统统压缩到大脑中，成为一种幻影，是一幅完整的画图，有山有水，有远景有近景，有文化背景，左右相衬，上下空阔。这样把真情实景与虚构幻化融合起来，就有总体感，生意境，就能出好诗好词。

二

诗词创作也像其他文体创作一样，想写一事一物，要把古人描写这些事物的文字印象在脑子里搜出来，进行分析、思维、加工、提高，然后用自己的领悟、自己的生活、自己的思想、自己的言语进行创作。这样，才能不拘泥于古人，有点新意。

三

诗词意境，就在一句话，关键的那么几个字，便可成点睛之笔。要看放在诗词中的哪个地方好，往往在于尾局。既一语道破天机而又不致泄露天机，高于各句，给人启迪和无限的想象。

1979 年 11 月

诗词押韵之异同

诗与词押韵有异同。诗有成韵，词为诗余，其无定则，以诗韵为韵。

诗韵颇严，一韵一诗，一韵到底。律诗可长，称之为长律，亦须押韵，中间各联无论多少，两句要对仗，并平仄粘对。古体诗与格律诗不同，古体诗可用宽韵，且可平仄互押，还可换韵，亦可平仄韵交替。

律诗首句可押韵可不押韵，也可押邻韵。

词韵则宽，以诗韵为依据的词韵，将邻韵平上去划为同部通押，或平声同部通押或上去声同部通押。词还可同部平仄通押，或平仄转换押韵，或平仄交替交错押韵。

词依诗韵，严宽有别。诗韵严而简易，词韵宽而多变。词有一般规律，亦有多格，还得依例细辨。

1990 年 6 月 16 日

诗词声韵辨析

诗有成韵，词为诗余，其韵无定则，亦无正律，以诗韵为韵。

词多依诗之《广韵》和清人戈载编纂的《词林正韵》，其中有几个方面要把握好。

一

格律诗词的"今平古仄""今仄古平"音。

古韵平仄分为四声，即平上去入。平又分为上平声、下平声，合为平声。由于古今语音和读声的变化，在四声中分布了今平古仄声，即在平声中有仄声字，在上去入三声中有今平声字，要逐个分辨，理解其字义、字意及韵之分布。除专门研究者外，通常我们掌握一些诗词常用字涉及这方面的平仄即可。这些用于区分的字有单音词、多音词，有单音字双韵，当然多韵词更具双韵，或同为平声韵，或同为仄声韵，或为平仄双韵、多韵。

（一）在平声中有单音双音仄声字，大约常用的有 100 多个字。

1. 平声中的单音单韵仄声字

在上平声中，如筒、讧、撞、萋、禧、祇、裨、储、篦、崽、闽等字。在下平声中，如哮、坳、臊、眶等。

2. 平声中的单音双韵仄声字

在上平声中，如：治、怨等。

在下平声中，如：键、竣、跳、哨、料、桦、咤、忘、望、庆、醒、篓、戮、售、妊、探、颔、嵌等。

3. 平声中的多音双韵仄声字

在上平声中，如芋、帑、反、孱等。

在下平声中，如徽、涝、并、偻、澹等。

（二）在上声中有单音双音平声字，大约常用的有 100 多个字。

1. 上声中的单音单韵平声字，如：拥、捶、抒、缭、颗、茗、趟、殴等。

2. 上声中的单音双韵平声字，如：驰、机、肖、茹、纾、困、蜿、娇、标、挠、拖、茗、浏等。

3. 上声中的双音双韵平声字，如：仔、傀、几、偻、衙、姣、茚、涝、苍、抢、脏等。

（三）在去声中有单音双音平声字，大约常用的有 100 多个字。

1. 去声中的单音单韵平声字，如鼻、瘀、孺、谜、玩、孪、疗、播、暇、诳、帧、勘等。

2.去声中的单音双韵平声字，如封、积、锤、淤、驱、输、裁、娠、谰、澜、摇、敲、操、防、侦、凝、留、谗等。

3.去声中的双音双韵平声字，如澌、迟、污、仆、背、栅、妨、吭、滢等。

（四）在入声中单音双音平声字，入声中的平声字最为多见，常用字约有 600 多字。

1.入声中的单音单韵平声字最为多，如屋、福、烛、俗、吉、七、一、伐、夺、洁、八、博、白、敌、则、十等。

2.入声中的单音双韵平声字，如幅、出、竭、批、昔、劾、楫等。

3.入声中的双音双韵平声字，如觉、较、说、著、度、革、只、叶等。

<h1 style="text-align:center;">二</h1>

格律诗词的单韵双韵。

声韵是按文字的声母组合而成。中国文字的多样化决定了声韵的多样性，一字一音，同义或多义，一字多音多义，决定了一个字是单韵还是双韵。

（一）单音单韵

通常指一字一音一韵。如上平声，东韵中的"东"，冬韵中的"冬"；下平声，先韵中的"田"，萧韵中的"条"；上声，董韵中的"董"，纸韵中的"纸"；去声，送韵中的"送"，未韵中的"未"；入声，屋韵中的"木"，职韵中的"力"；等等。

（二）单音双韵

通常是一个字一音但具双韵。主要有两种情况，一种情况是在归入韵书时同为两韵，以增加韵字数，拓展字义覆盖。

例如，鱼韵中的"如"和"淤"与去声御韵同，且字义一样；咸韵中的"严"与"盐"韵同，其字义同；入声叶韵中的"霎"与洽韵同，其字义同。第二种情况是古代就有两个读音，只不过其中一个是方言，只是现在失传了，今人不知如何用了。

（三）双音双韵

在中国文字里面一字多音多义，以汉字为韵的诗词则多义多韵，称之双韵多韵，有同为平声的双韵，有同为仄声的双韵，有平仄声双韵。

1. 平声双韵：或一字同音多义，或同音同义，或不同音同义，或不同音不同义。如，上平声东韵中的与冬韵中的"冲""丰"，音同字义不同。下平声阳韵中的"行"与庚韵中的"行"字，为同字不同音不同义。

2. 仄声双韵：同字不同音不同义的双韵。如，上声四纸中的"累"，读三声，去声四寘中的"累"读四声，是字同音不同意义不同的仄声韵。

3. 平仄声双韵：有同字不同音不同义的双韵，如平声微韵中的"菲"与上声尾韵中的"菲"，字同音不同义不同而为双韵。又如上平声纸韵中的"只"与在入声陌中的"只"，为不同音不同义的双韵。

还如上平声冬韵中的"重"与声宋韵中的"重"，其音不同义不同而为平仄声双韵。平仄多读意义不变的字如：听、看、过、望、忘等，皆为不同音而同义，为双韵字。

三

格律诗词常用双韵同义字，这一类在《广韵》常用字中不到百个。如：

涯（九佳），与支韵、麻韵同，其字义：水际、天涯、生涯、无涯、涯际。澜（十四寒），与翰韵同，其字义：波澜、微澜、狂澜、安澜、推波助澜。翰（十四寒），与翰韵同，其字义：羽翰、玉翰、翰墨、翰林。看（十四寒），与去声十五翰韵同。过（五歌），与箇韵同。望（七阳），与漾韵同。

常用的还有：治、饥、诽、如、茹、淤、驱、挤、槐、惇、垠、患、挠、磋、峨、咤、妨、忘、庆、障、评、听、醒、留、任、沉、深、眈、澹、探、颔、兼、严等。

四

常用多音字平仄，根据字意而区分，声调不同，则意义不同。如（一东）中，平声意义或中间、山中等，而去声（一送）其意义则为中意、中标等。又如（十四寒）弹为平声意义为评弹、吹弹等，（去十五翰）意义则为子弹、弹丸等。

在韵书中列出的常用字有：笼、哄、重、降、累、思、为、几、鱼、铺、分、论、难、观、冠、钻、间、鲜、燕、扁、溅、传、便、卷、泡、炮、教、号、荷、和、磨、划、长、当、量、藏、横、更、宁、应、乘、称、叟、禁、担、占，等等。

五

格律词韵的通用与半通用。

格律诗韵颇严，一韵一诗。诗韵主要是平声韵，除律诗首句可用邻韵外，上平声和下平声不混用，一韵到底。上声、去声、入声都可看作仄声，没要求哪个句子、哪个字必须用哪一声。但是，古体诗则不同，用韵较宽。既可押平声韵，又可押仄声韵，还可换韵，或两韵一换，或四、六一换，可平仄韵交替互押。

词韵则不同，用韵较宽。词韵分部，用韵的上平、下平、上声、去声皆为同一韵部。入声单分韵部。

诗韵作词韵有通用与半通用之别。通用是诗之一韵的全部，包括平声仄声。半通用是诗之一韵包括平声仄声字的一部分。

分为几种情况：

一是诗之一韵或几韵全部通用。即平声之一韵或几韵与上声、去声之一韵或几韵通用。

二是诗之一韵或几韵半通用。即平声之一韵或几韵的一部分与上声、去声之一韵或几韵的一部分半通用。

三是诗之入声字单列为若干词韵部，在同一部的入声字通用，为入声韵。

四是诗之同部入声字在词的平仄转换格中，入声作仄声字通用。转换格就是转换韵部。如欧阳炯《南乡子》，从第八部平韵转到四部仄韵。李煜《清平乐》上片为第七部仄声韵，下片为第十一部平声韵。韦应物单调《调笑令》，从第七部仄声韵转到第三部平声韵，再转换到第十八部入声韵。在一个韵部或平声，或仄声，或入声可通用。

词韵与诗韵既同又不同。同的是，词韵以诗韵为韵，在词韵同一部的诗韵通用者相同。不同的是，诗韵是独用的，词韵则是几个相邻诗韵合为一部。诗韵不是词之同一部之全部字，有的只有一部分，称之半通用。

六

格律词韵脚格式。

格律词韵脚通过后人的总结，也基本形成了一定的格式。但是，也因不同人填词的句式字数、平仄和用韵不同，韵脚也不尽相同。同一词牌分为二体，有用平韵脚的，也有仄韵脚的。就流传公认分析，大致有六种类型。

（一）平声韵

即平韵格，即一首词，不论上片下片，韵脚都是平声，一韵到底。

（二）仄声韵

即仄韵格，即一首词不论上片下片韵脚都是仄声，一韵到底。

（三）入声韵

入声韵，也即仄声韵。有的词牌多以入声为韵脚，一韵到底。如词牌《忆秦娥》《满江红》《念奴娇》《声声慢》《雨霖铃》等。

（四）平仄韵通押

平仄韵通押脚，一般为同部平仄韵。如柳永《西江月·凤额绣帘高卷》，上片两平韵、一仄韵，下片两平韵一仄韵，平韵仄韵同为第二八部。

（五）平仄韵转换

平仄韵脚的转化，有的单调先平韵、后仄韵，有的先仄韵、后平韵。如欧阳炯的《南乡子·雨舸停桡》，先两平韵、后两仄韵，韵脚不同部；不如李煜《清平乐·别来春半》，上片四仄韵，下片三平韵，韵脚不同部。有的是递转，转两次韵，如韦应物的《调笑令·河汉》，先两仄韵，转两平韵，再转两仄韵，而且都是不同韵部。又如，李白《菩萨蛮·平林漠漠》，上片两仄韵，两平韵，下片两仄韵，两平韵。上下片两仄韵同部，上下片两平韵则不同部。还有李煜《虞美人·春花秋月》，上片两仄两平韵，下片两仄两平韵，皆不同部。

从写作来看，通常要么依词例同部或不同部，要么也可以依词意来确定是否同部不同部，这是因为词韵本身较宽，也无正律定规，可以选择。

（六）平仄韵交错

平仄韵错押也是一种转换，在单调词中以平为主，或以仄为主，在双调词中，通常上片末句与下片末句或同为平、同为仄，或以平为主，或以错为主，词中韵脚交错。如温庭筠的《诉衷情·莺语》，六平韵，五仄韵，三部错押，三仄一平，换部二仄，回到平声部五平。一词平仄三部。又如李煜《相见欢·无言独上西楼》，上片三平，下片先两仄，后两平回到上片平声部。还如交错更多的，如欧阳炯的《定风波·暖日闲窗》，上片两平换两仄再换一平回到平声部；下片二换两仄，与上片不同部，一平，回到上片平声部，三换两仄，均不同部，一平，末句一平，回到平声部。

交错押韵的词牌，以平或仄为主的韵脚韵部不变。但有些词格例外，要根据词例具体分析其词谱。

2017 年 5 月

谈谈六言诗

在格律诗中，除五言七言外，还常见六言，有许多六言诗经典，如，唐王维《幽居》："山下孤烟远村，天边独树高原。一瓢颜回陋巷，五柳先生对门。"又如，毛泽东《给彭德怀同志》："山高路远坑深，大军纵横驰奔。谁敢横刀立马？唯我彭大将军！"读罢，不仅能使人感到诗之意境美，而且更使人感到词语之美，尤见双字词组音节音律音韵之美。六言诗多为四句和八句，有严格的平仄和韵脚。

一、四句六言诗平仄

1.首句平起仄收不入韵：

仄仄平平仄仄，平平仄仄平平。

平平仄仄平仄，仄仄平平仄平。

2.首句平起平收入韵：

仄仄平平仄平，平平仄仄平平。

平平仄仄平仄，仄仄平平仄平。

3.首句仄起仄收不入韵：

平平仄仄平仄，仄仄平平仄平。

仄仄平平仄仄，平平仄仄平平。

4.首句仄起平收入韵：

平平仄仄平平，仄仄平平仄平。

仄仄平平仄仄，平平仄仄平平。

二、八句六言诗平仄

八句六言诗是两个四句相加：

1.首句平起仄收不入韵，即一加一接续即可。

2.首句平起平收入韵，即二加一接续即可。

3.首句仄起仄收不入韵，即三加三接续即可。

4.首句仄起平收入韵，即四加三接续即可。

根据古人作六言诗分析，一般来说，六言仄脚可以一三五论，平脚一三不论，可以出现三仄尾，但不可三平脚。

六言诗也可用仄韵，如：

平平仄仄平仄，仄仄平平仄仄。

仄仄平平仄平，平平仄仄平仄。

仄仄平平仄仄，平平仄仄平仄。

平平仄仄平平，仄仄平平仄仄。

三、六言诗对仗

六言诗惯用对仗，首句一般不入韵，首联和尾联可对仗，但也可不对仗，中间两联惯用对仗，有的全四联皆用对仗。

四、六言诗音调节奏

一般为二二二，虽缺乏单字停顿，但其音调自有韵律。

五、六言诗特点

六言诗从其自身词组、句式、平仄和韵脚特点来看，不同于五言、七言诗。一是多用颜色字词，如：赤橙黄绿青蓝紫，白黑翠碧等。二是多用方位字词，如：上下左右；前后里外；东南西北。三是多叠字，如：处处、时时、叠叠、绵绵、年年、月月等。四是六言诗多展现画面，给人视觉感和空间感。五是六言诗如果四联全对，要注意首尾的呼应。

六言诗区别于五言、七言诗，不是什么题材都可写作一首好的六言诗，选择其适合的事物及情景，则能更好地服务于内容，彰显形式，冲击视觉，震撼心灵，留下美感。

2018 年 10 月

三叠词四叠词的创作

　　格律词有单调、双调，也有三叠、四叠。双调有小令、中调和长调，长调包括三叠、四叠，双调是上下片，或上下段，或上下阕，三叠三片，分前段、中段、末段，四叠四片，分前段、中段、三段、末段。三叠词不多见，四叠尤少见。三叠词如，柳永的《十二时》《夜半乐》，周邦彦的《西河》《瑞龙吟》《兰陵王》，刘辰翁、康与之的《宝鼎现》，等等。四叠词如杨慎、吴文英的《莺啼序》，吴文英《添字莺啼序》等。三叠字皆为百字以上，四叠字皆为 200 字以上。《莺啼序》有 234 字，《添字莺啼序》有 240 字。

　　三叠词、四叠词句法结构大都不尽相同，完全相同的不多，因此每段字数不等。如三叠词《西河》，前段 6 句，33 字，中段 7 句,36 字，后段 5 句,36 字。又如《兰陵王》前段 8 句，中段 7 句，末段 9 句。如四叠词《莺啼序》，前段 8 句，中段 10 句，三段 11 句，末段 14 句。其平仄和韵脚，后人用前人所创词牌，皆依其平仄，用其韵律。从所见三叠词、四叠词之韵脚，多用仄韵。

　　三叠词、四叠词皆为格律词，填词方法皆同。但因词之长调包容量更大，所以，对于大场面、含量大的事、物及场景，则更能充分地反映丰富内容，使词区别于诗和散文的特性彰显。

2018 年 8 月

占时书语

毛泽东的对联艺术

一

中华民族有着悠久的历史和灿烂的文化。对联，便是中国独有的一种雅俗共赏的文学形式。它脱胎于骈文骊句和格律诗词，具有形式整齐、音韵铿锵、历史悠久、应用广泛的特点，历来为人民群众所喜闻乐见，被文人墨客所充分运用，他们在生活中、在文学活动中，创作了浩如烟海的佳联妙句。深受中华传统文化熏陶的毛泽东，吟诗作对是他的一大雅兴。在他一生的一些重要阶段，在我党历史上的一些重要时期，对一些重大事件或重要人物，他都留下了对联。对联创作实践贯穿了他光辉的一生，并为其添色增彩。他的对联和他的诗词一样，是他叱咤人生的风采和回味，是他人格气质的诠释和展示，是他人际世界的勾画和再现。

少年时期的毛泽东就与对联结下了不解之缘，且初露才华之光芒；读私塾时，他曾以"修身"妙对先生"濯足"，免了同学们的鞭笞之苦，又以"马齿苋"对"牛皮菜"，博得先生的赞赏。

青年学生时代，毛泽东常与同学对句，其睿智和才气赢得了同学们的钦佩。1910年，毛泽东找同学萧三借书，萧三给他出了句近乎刁难的联语："目旁是贵，瞆眼不会识贵人。"毛泽东略加思索就应对上了："门内有才，闭门岂能纳才子。"1912年，在湖南长沙读书时，毛泽东利用假期进行社会调查。在同学王熙家留宿受到热情款待，临行时他激动地提笔赠联："爱君东阁能延客；别后西湖赋予谁?"

1919年3月，一些湖南进步青年赴法勤工俭学，毛泽东赠联："苍山辞祖国，弱水望邻封"。既表达送别之情，又抒发所寄予的厚望。同年10月，母亲病故，悲痛之中的毛泽东写下了催人泪下的《祭母文》并两副赞颂和怀念母亲的灵堂联。其中一副曰："疾革尚呼儿，无限关怀，万端遗恨皆须补；长生新学佛，不能住世，一掬慈容何处寻?"

1921年，毛泽东与出国归来的战友李立三喜相逢，信手拈来古诗联句"洞庭有归客，潇湘逢故人"，以表友情。1922年，毛泽东派李立三到江西安源开展工人运动，又为他创建的安源路矿工人俱乐部题联："有团结精神，有阶级觉悟；是劳工保障，是人类福星。"

1930年，第一次反"围剿"即将拉开序幕，毛泽东为誓师大会题联："敌进我退，敌驻我扰，敌疲我打，敌退我进，游击战里操胜券；大步进退，诱敌深入，集中力量，各个击破，运动战中歼敌人。"

1934年，随着第五次反"围剿"的失败，党内外许多人对中国革命前途担忧，有些悲观，群众以对对子的形式探询毛泽东："涓涓溪流，岂能作浪?"毛泽东用对联对革命高潮快要到来的燎原之势作了非常乐观的描述："星星火炬，可以燎原!"

1938年，国民党反动派在日寇诱降下消极抗战。3月，我党在延安举行纪念孙中山先生逝世十三周年暨追悼抗日阵亡将士大会，毛泽东利用这个机会送上纪念联："国共合作的基础如何? 孙先生云：共产主义是三民主义的好朋友；抗日胜利的原因安在? 国人皆曰：侵略阵线是和平阵线的死对头。"以此宣传中国共产党联合抗日的主张。

"奋战守孤城,视死如归,是革命军人本色;决心歼强敌,以身殉国,为中华民族争光。"毛泽东的这副对联,是对台儿庄抗击日本侵略者这一血战的悲壮业绩的反映,也是对国民党在 1938 年同我党合作抗日情况的真实记载。

1939 年 6 月,"平江惨案"发生,延安人民为死难的烈士召开追悼会。毛泽东为追悼大会撰联:"顽固分子,罪不容诛,挟成见,作内奸,专以残害爱国英雄为能事;共产党员,应该警惕,既坚决,又灵活,乃是对付民族败类之方针。"以揭露国民党反动派的阴谋。

"墙上芦苇,头重脚轻根底浅;山间竹笋,嘴尖皮厚腹中空。"这是明代解缙的一副对联。在 1941 年的整风运动中,毛泽东用以为主观主义者画像,形象生动,入木三分。

"天下正多艰,赖斗争前线,坚持民主,驱除反动,不屈不挠,惊听凶音哀砥柱;党中留永痛,念人民事业,惟将悲苦,化成力量,一心一德,誓争胜利慰英灵。"1946 年 4 月 8 日,因飞机失事,叶挺、王若飞、秦邦宪等遇难,毛泽东用对联以沉痛的笔调记下了这个悲惨的日子和事件。同年 7 月,爱国民主人士李公朴、闻一多被国民党特务暗杀,毛泽东悲从中来,撰联记下这桩悲愤事件,号召人民珍惜抗日胜利的成果,反对内战:"继两公精神,再接再厉争民主;汇万众悲愤,一心一德反独裁。"

1950 年,美帝国主义侵略朝鲜,并把战火烧到中国边境。为了保卫国家安全和维护东方与世界和平,毛泽东发出号令:"抗美援朝,保家卫国。"此联正气磅礴,震撼山河,概述了一场正义的战争。

"柔中寓刚，绵里藏针。"这是 1973 年邓小平复出，毛泽东送给他的两句话。这两句话充分反映了毛泽东对邓小平的了解和信任。

毛泽东的对联叙述的是一件件难忘的大事，再现的是一个个精彩的人生镜头，反映的是一段段真实的历史。其内容之博大，立意之高深，成就之巨大，可谓古今独步。

二

对联，类型有别，名目繁多，没有高超的语言能力，难以掌握和运用好。庆贺与题赠、纪念与哀挽、出联与对句，种种形式，毛泽东都运用自如，且各具风姿。在他的对联中有春联、婚联、寿联、挽联、题赠联、应对联、自勉联、评论联、风景名胜地名联、口占联等。

"二月梅香清友，春风桃灼佳人。"这是毛泽东早年赠同学的一副婚联。读罢，一幅春光明媚、燕侣莺俦的景象跃入眼帘。"革命到底，白头偕老。"这是毛泽东写就的一副具有革命战争年代鲜明时代特征的婚联。

"福如东海，寿比南山。"1949 年 12 月，斯大林 70 岁寿辰，毛泽东用中国的传统对联为其祝寿，表达中苏友谊，表达中国人民的祝贺。

毛泽东写过许多题赠联。如题赠周恩来、朱德、邓小平、叶剑英、陈云、周小舟等，又如题赠堂妹毛泽建、儿子毛岸青、儿媳邵华等。

春联，是老百姓用来迎春喜庆、祈祝吉祥的方式。毛泽东多次用春联来凝聚民心，号召人民开展革命斗争。"一年好景随春到，三亿苍生盼日升。"这是 1927 年春毛泽东在进行农民运动调查时为同学刘能诗家题写的春联。"大刀梭镖铲除旧世界，斧头镰刀创造新乾坤。"这是 1928 年毛泽东为井冈山群众挥笔题写的春联。

"苟有恒，何必三更眠五更起；最无益，只怕一日曝十日寒。"这是毛泽东早年在湖南一师就学时的自勉联。

风景名胜联在毛泽东对联中也有所见。1917 年，毛泽东与同学游学，在宁乡河边与同学吟对："云封狮顾楼，桥锁玉潭舟。"在安化梅城北宝塔题联："沵水拖蓝，紫云反照；铜钟滴水，梅岭寒泉。"祖国江河山川之美，中华文物古迹之奇，跃然联中。

在毛泽东的全部对联中，最多的一种是挽联。在毛泽东笔下，挽联是悼念评价死者的重要文学形式，也是表现同志情、战友情的重要手段，还是化悲痛为力量、催人奋进的重要方法。在这些挽联中，有痛挽我党我军领导人、普通共产党员和革命战士的，有悼念国民党将领、进步民主人士的，有哀思亲友、长辈的。在这些人中，有易咏畦、吴竹圃、易白沙、王尔琢、黄公略、王铭章、杨裕民、郭朝沛、蔡元培、徐谦、张淮南、葛健豪、彭雪枫、续范亭、刘胡兰等。这些挽联或概述死者生平，或评价死者功绩，或叙说与死者的交情。它们直抒胸臆，感情真挚，朴素深沉，无半点雕饰之痕。对这些挽联，只要熟悉所挽人物之生平，了解毛泽东与被挽者的关系，就很容易读懂和理解。

王尔琢，毛泽东朝夕相处的战友。对他的牺牲，毛泽东十分惋惜，疾首痛心之余，写了一副挽联："一哭尔琢，再哭尔琢，尔琢今已矣，留却重任谁承受；生为阶级，死为阶级，阶级后如何，得到解放方始休。"

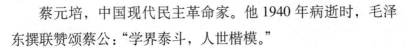

蔡元培，中国现代民主革命家。他 1940 年病逝时，毛泽东撰联赞颂蔡公："学界泰斗，人世楷模。"

蔡和森和蔡畅的母亲葛健豪，世人称之为革命母亲。对她的逝世，毛泽东撰联悼念："老妇人新妇道，儿英烈女英雄。"

续范亭，一位敢以剖腹自杀抗议国民党政府卖国行径的将军，与毛泽东交往甚密。1947 年他病逝时，毛泽东为之痛惜，撰联赞其气节，伤其不寿："为民族解放，为阶级翻身，事业垂成，公胡遽死？有云水襟怀，有松柏气节，典型顿失，人尽含悲！"

应对联自古是文人骚客消闲遣兴的重要形式之一。毛泽东作为一代联家常有触景生情之作。其联语，以小见大，格高意远，非古人的消闲之作可比。他曾与先生邹春培、毛宇居、符定一、夏默庵联对，与同学萧子升、萧三联对，与战友李立三、何长工、周恩来联对。如 1917 年夏，毛泽东游学到安化拜见劝学所所长夏默庵，夏先生出上联："绿杨枝上鸟声声，春到也，春去也？"毛泽东略加思索对出下联："青草池中蛙句句，为公乎，为私乎？"

毛泽东还常常为某一地某一单位的庆祝活动或某一节日、某一事件写联。1928 年 1 月遂川召开公审土豪劣绅大会，1939 年庆祝延安新市场建立，1952 年中华全国体育总会成立大会等，毛泽东都亲自题联。还有，1918 年他为湖南省立第一师范附属小学题联，1922 年为安源路矿工人俱乐部题联，1927 年为秋收起义中国工农革命军军旗题联，1928 年为桂东沙田戏台题联，1931 年为兴国城岗白华山书院题联。每一副题联都刻楷功巧，意义深远。

三

毛泽东首先是一位政治家、思想家、军事家，然后才是诗人、联家。毛泽东常用对联表达政治抱负、抒发革命情怀。因而，他的对联，博大精深，激荡人心，催人奋进，给人以力量和鼓舞。这是他的对联与常人的不同之处，也是他的对联魅力之所在。

利用对联寄壮志。诗言志，对联亦言志。还在学生时代，因某同学病故，他就曾撰联："与其苟且偷生，生无足道；非为奋斗而死，死有余哀。"这是在哀悼死者，也是在表达他自己的人生观。"自信人生二百年，会当水击三千里。"虽只有 14 字，却充分表达了毛泽东青少年时代的伟大志向和抱负。1917 年他在赠同学王熙的对联中说"别后西湖赋予谁"，正好和他的词《沁园春·长沙》中的"问苍茫大地，谁主沉浮"相呼应。1921 年挽易白沙联中的"我为民国前途哭"，1928 年挽王尔琢联中的"得到解放始方休"，1934 年与塾师联对指出的"星星火炬，可以燎原"，1936 年赠周小舟联中的"江河移胯下"，1946 年挽"四·八"烈士联中的"誓争胜利慰英灵"，都是气势磅礴、寓意深刻的佳句。在这些句子中，我们不难看出，毛泽东以伟大的理想和抱负激励自己，鼓舞战友和同志。

利用对联抒情意。诗贵有情，联亦贵有情。有情的对联，才有激动人心的穿透力。毛泽东把满腔的情感倾注在对联中，其思想感情是多方面、多角度的，既有革命豪情，也有故友深情，还有儿女亲情。1916 年同学吴竹圃病逝，毛泽东撰挽联，上联曰："吴夫子英气可穿虹，天阙早知，胡不向边场战死。"1947 年毛泽东惊闻刘胡兰被敌人杀害，为之题联："生的伟大，死的光荣。"这些对联都充分表达了毛泽东对于为人民事业敢于牺牲的战士与友人的无比感佩和深情。

毛泽东对战友的深情，在挽联中表达得感天动地。1931年黄公略牺牲，毛泽东撰联哀悼："广州暴动不死，平江暴动不死，如今竟牺牲……"；1947年挽续范亭说"公胡遽死……典型顿失"；1946年挽"四·八"烈士说"惊听凶音哀砥柱""党中留永痛"，这些情真意切、满怀悲痛的句子，把对战友的无限深情表达得淋漓尽致。毛泽东也常在题赠中真挚诚恳地表达对战友的深情。他题赠朱德，赞其"度量大如海，功劳高过天"。他题赠叶剑英，喻其"诸葛一生唯谨慎，吕端大事不糊涂"。他题赠陈云："国乱思良将，家贫念贤妻。"

1921年李立三从法国勤工俭学返国，回到家乡湖南，毛泽东重逢久别的战友，脱口而出"洞庭有归客"，情从联中生。1959年6月回韶山，给老师毛宇居敬酒，当老师说到"主席敬酒，岂敢岂敢"时，他即席应对："敬老尊贤，应该应该"，情发肺腑。

1944年朱德总司令的母亲病故，毛泽东撰联："为母当学民族英雄贤母，斯人无愧劳动阶级完人。"盛赞之下见真情。

无情未必真豪杰。毛泽东的感情世界是十分丰富的。可以说，在他的对联中无论表现哪一种情、哪一种爱，都是情发于衷，爱出于心，犹如火山般迸发而出，热烫烫，坦荡荡。

利用对联发号令。毛泽东的对联的一个重要作用是宣传鼓动。他的对联常常有如声声号角，能起到唤起民众、鼓舞民众、教育民众的作用。1918年，毛泽东在任湖南省立第一师范学校附属小学主事时，写有一副通俗晓畅的对联："世界是我们的，做事要大家来。"其教育意义和号召作用十分明显。

1927年秋收起义前夕，毛泽东欣然为中国工农革命军军旗题联："旗开得胜，马到成功。"其宣传鼓动作用不言而喻。"生的伟大，死的光荣。"这副悼挽刘胡兰的对联犹如一面旗帜，指引和激励了无数有志之士踏着烈士的血迹前进。"发展体育运动，增强人民体质。"是动员人民甩掉"东亚病夫"帽子的号角。应该说，中国能跻身世界体育强国行列，这副题联功不可没。

毛泽东的对联，有时又如匕首和投枪，无情地揭露敌人，嘲讽敌人，打击敌人。1928年1月，革命根据地江西遂川召开公审土豪劣绅大会，毛泽东为大会撰联："你当年剥削工农，好就好，利中生利；我今日宰杀土劣，怕不怕，刀上加刀。"这样的对联贴出去，必定使人民的志气大长，敌人的威风大灭。

他的对联，有如政治宣言书，包含马列主义的基本原理，反映党的主张、方针、政策，启发人们去学习、掌握和运用。1930年，我军在江西宁都小布召开第一次反"围剿"军民誓师大会，毛泽东为大会题联："敌进我退，敌驻我扰，敌疲我打，敌退我进，游击战里操胜券；大步进退，诱敌深入，集中力量，各个击破，运动战中歼敌人。"这副对联，实际上是毛泽东概述的我党独立领导革命战争的战略思想和战术原则。1931年7月，毛泽东查看江西兴国作战地形后，为白华山书院题联："主义遵马列，政权归工农。"其意在宣传我党的指导思想和我们要建立一个什么样的政权。1939年6月，中国共产党正顽强抗击着日本帝国主义，国民党反动派竟在国难当头之时，挑起内讧，惨杀抗日将士，制造了"平江惨案"。延安人民为此集会抗议，毛泽东愤而走笔："日寇凭陵，国难方殷，枪口应当向外；吾人主战，民气可用，意志必须集中。"在中华民族面临生死存亡的关头，毛泽东代表整个民族发出了这样的强音："枪口应当向外"，"意志必须集中"。这是对国民党反动派反动行径的谴责，是在号召人民振奋精神团结抗日。作为一名中国人，读罢这样的悼念联，能不痛恨国民党反动派吗？能不热血沸腾吗？能不勇敢战斗吗？1939 年，延安新市场建立，毛泽东为之题联："坚持抗战，坚持团结，坚持进步，边区是民主的抗日根据地；反对投降，反对分裂，反对倒退，人民有充分的救国自由权。"这副对联的内容，正是我党针对国民党反动派掀起的抗日战争时期的第一次反共高潮而提出的三大政治口号，是我党的抗日方针。在这个主张下，我党在极端复杂的环境中，驾驭全局，赢得了抗战胜利。

在毛泽东笔下，旧的对联形式被注入了崭新的政治思想内容，因而显示出勃勃生机。对此，他自己有过精辟的论述：对于过去时代的文艺形式，我们也并不拒绝利用，但这些旧形式，到了我们手里，给了改造加进了新内容，也就变成革命的为人民服务的东西，所谓"古为今用""推陈出新"，其意就在于此。细心读读这些对联，我们可以看出毛泽东在利用旧形式表达新内容方面的匠心。

著名作家姚雪垠曾对毛泽东的诗篇有过论述："毛泽东同志一身兼伟大的政治家和伟大的马克思主义思想家，伟大的军事家，伟大的诗人，这几个特点是统一的。如果没有前几个伟大作为条件，他不可能写出光辉夺目的革命诗篇。他不是为写诗而写诗，而是由于他在长期革命斗争的大风大浪中培养成的革命乐观主义与革命英雄主义的伟大人格，以及蓄积于胸中的革命激情，喷发而为诗，加上他对诗词艺术的深厚修养兼加天赋的过人才华，所以能写出光辉夺目的诗词。"以此来论述和评价毛泽东对联为何有如此博大精深的政治思想内容，不正恰到好处吗？毛泽东是政治巨擘，又笔力扛鼎；毛泽东是政治家联圣，又是联圣政治家。

四

毛泽东的对联不但有博大精深的政治思想内容，而且极力追求艺术形式上的尽可能完美。这也正是他自己所遵循的文学艺术原则：政治和艺术的统一，内容和形式的统一，革命的政治内容和尽可能完美的艺术形式的统一。

毛泽东的对联讲究对仗的严谨。对联是一种不仅要求上下联字数相等，而且在词性、结构、节奏、平仄、对仗等方面也提出了一定要求的文学形式。如"濯足，修身"。出句前一字是动词，后一字是名词，组成动宾结构，对句与出句完全吻合，且双平对双仄。"二月梅香清友，春风桃灼佳人。"从片语结构、节奏上都对得很好。"为民族解放，为阶级翻身，事业垂成，公胡遽死？有云水襟怀，有松柏气节，典型顿失，人尽含悲。"对仗工整，平仄相谐。有联家云："非毛泽东不能撰此联，非续范亭不能当此挽。"此语精妙得当。

毛泽东的对联力求声韵和谐。"江河移胯下，蚂蚁做波臣。"《赠周小舟》这是一副五言联，上联："平平平仄仄"，下联："仄仄仄平平"。"春风南岸留晖远，秋雨韶山洒泪多。"《挽母》这是一副七言联，上联："平平仄仄平平仄"，下联："仄仄平平仄仄平"。"大计赖支持，内联共，外联苏，奔走不辞劳，七载辛勤如一日；斯人独憔悴，始病热，继病疟，深沉竟莫起，数声哭泣已千秋。"《挽张淮南》是一副长联，联中有三言、五言、七言，平仄排列有节奏感，上联仄收，下联平收，声律协调而优美。

毛泽东是联家，而他首先是政治家和思想家、革命家，为了政治、思想和革命的需要，他的对联常有变格，不以死板的平仄害意，不以词害意。在他的对联中，有全仄全平联，有双平脚联，有下联仄字收尾联。如："云封狮顾楼，桥锁玉潭舟。"《应对萧子升》便是副变格应对联，上下联皆为平声收尾。又如："发展体育运动，增强人民体质。"（《题中华全国体育总会成立大会》）严格说，属对偶句，但被人们广泛用作对联。毛泽东的对联语言表现力强，语言运用精当得体，笔调丰富。毛泽东在青少年时期就爱好古典诗、词、文、赋、曲，熟悉民间语言。其对联文字表现生动，笔调丰富，形式多样。毛泽东的一些对联像诗一样美。如："侯季多肝胆，刘卢自苦辛。"（《赠周世钊》）"二月梅香清友，春风桃灼佳人。"（《贺廖廷璇、皮述莲新婚》）

毛泽东的一些对联像词一样朗朗上口。如："大计赖支持，内联共，外联苏，奔走不辞劳，七载辛勤如一日；斯人独憔悴，始病热，继病疟，深沉竟莫起，数声哭泣已千秋。"（《挽张淮南》）毛泽东的一些对联像散文一样流畅。如："二十年艰难事业，即将彻底完成，忍看功绩辉煌，英名永垂，一世忠贞，是共产党人好榜样；千万里破碎河山，正待从头收拾，孰料血花飞溅，为国牺牲，满腔悲愤，为中华民族悼英雄。"（《挽彭雪枫》）毛泽东的一些对联像白话一样晓畅。如："世界是我们的，做事要大家来。"（《题湖南省立第一师范附属小学礼堂》）"生的伟大，死的光荣。"（《挽刘胡兰》）毛泽东的一些对联像俗谚一样朴质。如："国乱思良将，家贫念贤妻。"（《赠陈云》）

毛泽东博学多才，思若涌泉，其驾驭语言的能力，令人拍案叫绝。他的对联十分重视语言的锤炼和修辞手法的运用，常常妙语迭出，形象生动，趣味横生，令人叹为观止。毛泽东在对联中运用了多种修辞手法。如"二月梅香清友，春风桃灼佳人"（《贺廖廷璇、皮述莲新婚》）巧用比喻。如"吴夫子英气可穿虹"（《挽吴竹圃》）巧用夸张。如"敌进我退，敌驻我扰，敌疲我打，敌退我进"（《题第一次反"围剿"军民誓师大会》），"坚持抗战，坚持团结，坚持进步……反对投降，反对分裂，反对倒退……"（《题延安新市场》巧用排比。如"努力努力齐努力""无情无情太无情"（《挽杨昌济》）巧用反复。如"为何死了七个同学？只因不习十分间操"（《挽七同学》）巧用设问。如"别后西湖赋予谁？"（《赠王熙》）巧用反问。如"无用之人不死，有用之人愤死"（《挽易白沙》巧用对比。如"与其苟且偷生，生无足道；非为奋斗而死，死有余哀"（《挽某同学》）巧用顶针。如"大刀梭镖铲除旧世道，斧头镰刀开创新乾坤"（《为井冈山群众题写春联》）巧用借代。如"黄虎出洞吠白犬，陂水长流镇蛟龙"（《题黄陂》）巧用嵌名。如"门内有才，闭门岂能纳才子？"（《应对萧三》）巧用拆字。

不论何种修辞手法，只要表情达意需要，毛泽东都可运用自如，使对联表现得更为精彩。有时他在对联中同时使用几种修辞手法。如："门锁锁门，门由锁开，锁开门敞迎故人。"（《应对何长工》）这里运用了叠字、顶针、反复、连锁、摹状等多种修辞手法。

毛泽东的对联用典精当。毛泽东胸藏万卷，对联犹如他的诗文，借典颇多。采英撷华，妙用众长，不但运用典故随意而生，而且浑成无迹，自然贴切。早在1913年10月至12月的

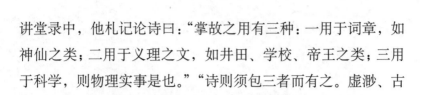

讲堂录中，他札记论诗曰："掌故之用有三种：一用于词章，如神仙之类；二用于义理之文，如井田、学校、帝王之类；三用于科学，则物理实事是也。""诗则须包三者而有之。虚渺、古事、实理，随其时地而著之可也。"这里列举几例，皆有典故：

"贾长沙胜俦堪慰梦。"（《挽吴竹圃》）

"侯季多肝胆，刘卢自苦辛。"（《赠周世钊》）

"青草池中蛙句句，为公乎，为私乎？"（《应对夏默庵》

"蚂蚁做波臣。"（《赠周小舟》）

"燕赵多慷慨悲歌之士。"（《挽杨裕民》）

"斯人独憔悴。"（《挽张淮南》）

毛泽东的对联常有移借、摘句、集句，可谓妙中见巧。毛泽东博闻强识，对许多诗文，能背诵如流，因而每到用时，如万斛泉源，可以信手拈来。在他的对联中运用的成语、诗文不仅准确无误，而且古中寓今，意境升华，别具洞天，焕然一新。如，"墙上芦苇，头重脚轻根底浅；山间竹笋，嘴尖皮厚腹中空。"（《为主观主义者画像》）巧用移借。如，"海内存知己，天涯若比邻。"（《题中阿友好关系》）"出师未捷身先死，长使英雄泪满襟。"（《挽陈子博》）"横眉冷对千夫指，俯首甘为孺子牛。"（《赠红线女》）巧用诗摘句。如，"落霞与孤鹜齐飞，秋水共长天一色。"（《赠毛岸青、邵华》）巧用赋摘句。毛泽东在对联中运用集句的手法多种多样。有全联集句。如成语集联："绳锯木断，水滴石穿。"（《赠毛泽建》）"旗开得胜，马到成功。"（《题秋收起义中国工农革命军军旗》）有诗集联：如，"池塘生青草，空梁落燕泥。"（《题柳亚子〈羿楼纪念册〉》）有半集联。如，"爱君东阁能延客，别后西湖赋予谁？"（《赠王熙》）下联便是集句。还有上下联半截或集诗、集词、集文的。

毛泽东对联的艺术性和其政治性、思想性一样，给人们的影响和启迪很大。

五

毛泽东是中国这块土地上产生的伟大人物，他的诗词植根于这块土地，他的对联同样植根于这块土地。他的对联属于他自己，也属于人民。他一生著述极丰，数以千万字。在这些著述中，许多优美句子，摘来即是一副副妙句佳联。

在文章中，如：早在湖南省立第一师范读书时，毛泽东就曾著文《体育之研究》。文中有句："喑呜颓山岳，叱咤变风云。"1936年3月1日发表的《中国人民红军抗日先锋军布告》一文中有："皮之不存，毛将安附；国既丧亡，身于何有？"

在讲话中，如：1936年12月在陕北红军大学讲演《中国革命战争的战略问题》中："养精蓄锐，以逸待劳。"1942年2月1日在中共中央党校开学典礼上发表题为《整顿党的作风》的演说中，形象地提出："惩前毖后，治病救人。"1955年10月29日在资本主义工商业社会主义改造问题座谈会的讲话中说："瓜熟蒂落，水到渠成。"

在文件批语中，如：1951年1月19日，对彭德怀在中朝军队高级干部联席会议上的讲话稿上批语：中朝两国"休戚与共，生死相依"。1955年6月15日，在《为编辑〈关于胡风反革命集团的材料〉一书写的序言、按语和注文》中说：在革命的大风暴时期，革命队伍中未免"泥沙俱下，鱼龙混杂"。

在书信电报中，如：1915年9月27日，给萧子升写信，感叹："少年学问寡成，壮岁事业难立"。1916年2月19日，又写一封，起笔即曰："相逢咫尺数日，情若千里三秋"。1929

年4月4日，给中央写信，信中说有报纸看是"拨云雾，见青天"。1939年1月17日，关于研究民族史问题给何幹之写信，批评日本侵略政策是"兼弱攻昧，好大喜功"。1958年1月14日，在祝贺印度共和国国庆电报中，祝中印两国人民间的传统友谊："青山不老，绿水长流"。

在读书笔记或批注中，如：1913年，毛泽东在湖南省立第一师范学校读书，在10月至12月的《讲堂录》中记曰："登祝融之峰，一览众山小；泛黄勃之海，启瞬江湖失。"毛泽东饱读诗书，学富五车。他写文章落笔生花，时有妙句；他讲话出口成章，妙语惊人；他题词，四六成句，朗朗上口。细细品来，都是一副副政治性、思想性很强的对句。如1938年题词："失败者成功之母，困难者胜利之基。"1943年为英雄模范题词："埋头工作，努力学习。"1949年6月为庆祝《光明日报》出版题词："团结起来，光明在望。"1950年5月7日为一次会议题词："知己知彼，百战百胜。"同年12月为湖南省立第一师范学校题词："要做人民的先生，先做人民的学生。"1951年为中国戏曲研究院成立题词："百花齐放，推陈出新。"同年8月为革命老根据地人民题词："发扬革命传统，争取更大光荣。"同年10月4日为马毛姐题词："好好学习，天天向上。"1952年为公安部队首届功臣模范代表大会题词："提高警惕，保卫祖国。"1955年为肃反工作题词："提高警惕，肃清一切特务分子；防止偏差，不要冤枉一个好人。"还有诸如："关心群众生活，注意工作方法""自己动手，丰衣足食""发展经济，保障供给""学习，奋斗"等。这些题词在民间被广泛作为对联使用。也许用严格的传统对联艺术标准来衡量，这些不一定是严格意义上的对联，而属对偶句。但如果说这不是对联，那么，在中国乃至世界，恐怕没有哪一位联家的对联作品传播、应用得如此广泛，如此深入人心。所以，以更宽阔的眼界来看，这些题词都算得上是一种对联形式。

六

毛泽东所处的年代是风云变幻的年代，他的一生是叱咤风云、惊心动魄的一生。他是中国共产党和中华人民共和国的缔造者，其丰功伟绩永载史册。无论在艰苦卓绝的战争年代，还是在建设新中国的和平时期，他的人生之路总充满着激情和诗意。他留下了无数脍炙人口的联句，其中有许多对联散轶流传于人民群众之中。由于战争的频繁，由于隐蔽的需要，也由于当时文档的不健全，致使毛泽东的大量对联散失。在毛泽东散失的大量对联中，有些已经难以发掘和搜集。如1916年至1917年，毛泽东在湖南省立第一师范读书时，曾利用假期与同学游学湖南的望城、宁乡、益阳、安化、沅江等地，每到一处都深入群众调查研究，了解民情，并在许多地方为老百姓写过对联。

1921年，他又先后到了益阳、安乡、湘阴、华容、岳阳等地作农村调查，据资料介绍，他曾写过一些对联。1927年，他到长沙、湘潭、湘乡、醴陵、衡山进行湖南农民运动调查，也曾写过一些对联。今天，除发掘的极少几副外，大量的已难以搜集，有些已无法考证。有的资料曾有过这方面的记载，但语焉不详，时间、地点、人物、事件和环境都有出入，一时难以找到详尽的史料确证。还有的回忆录中提到过毛泽东的对句，也无法找到其他佐证资料，无法确定。如，有资料介绍，大约在20世纪60年代，毛泽东曾书写过一副气势雄浑、境界阔大的洞庭联:"八百里洞庭重入眼,五千年历史再从头。"这副对联似曾相识,但究竟是出于毛泽东之手,还是摘句,难以查证确认。有些即兴之作未能及时记载。毛泽东才思敏捷,与人交往,对答如流,常有妙言警语,大多未能录记。如有资料介绍,1951年3月的一天,毛泽东在中南海勤政殿与文化界人士聚会,当看到新闻署署长胡乔木与出版署署长胡愈之谈笑风生,便雅趣顿生,作一联,请众人对之,联曰:"新闻胡、出版胡,'二胡'拉拉唱唱。"一时传为佳话。但是否还有毛泽东的续句或其他人的对句,便没有资料记载。

毛泽东的精彩人生,留下了丰富多彩的佳联妙对。不论是发掘出来的,还是不能搜集到的,都是留给中国人民的文化艺术瑰宝。

七

"多少事,从来急,天地转,光阴迫。一万年太久,只争朝夕。"毛泽东在叱咤风云、运筹帷幄的一生中,留下了如此之多的联作,绝不是偶然的。这既有几千年中华传统文化对他的影响,又是他的个性和经历使然。他在青少年时期已经熟读诗、词、联语,在湖南图书馆自修和在北京图书馆工作期间也曾大量阅读过诗词和对联书籍。他一生酷好诗词,也喜爱对联。读诵对联、评注对联、撰写对联、书写对联贯穿于他的一生。在他中南海故居的大量藏书中,有不少对联书籍,诸如《楹联丛语》《巧对录》《楹联墨迹大观》等。他对许多对联作过圈画、评点和赞赏。据中南海毛泽东故居工作人员统计,仅解放后,毛泽东亲自圈画批注过的诗词对联就有1590余首(副)。

"杨柳花飞，平地上滚将春去；梧桐叶落，半空中撒下秋来。"这副出自《巧对录》的对联，毛泽东读过后画了圈点，还在书页天头加画了圈记。

"读书真是福，饮酒亦须才。"这副由书家以隶书书就的对联载于《楹联墨迹大观》，毛泽东鉴赏后，在书页天头画了圈记。

"到此已穷千里目，谁知才上一层楼。"出自《随园诗话》的这副对联，毛泽东阅后画上了着重线。云南昆明大观楼有副气魄雄伟的长联，毛泽东最初是在一本清版《楹联丛话》中读到的，他在有些句子旁画了曲线或圈。商务印书馆1935年出版《楹联从话》后，毛泽东又重读了这副长联，并对此书作者梁章钜"一楹贴多此一百七十余言"，"虽一纵一横，其气足以举之，究未免冗长之讥也"的批语作旁批道："一百八十字"，"从古未有，别创一格"。从旁批可以看出毛泽东对此联读得非常仔细，连字数也数过。此书中收录了云贵总督阮元的改联，并注"以质观者"。毛泽东对改联批道："死对，点金成铁。"并又批注："近人康有为于西湖做一联，仿此联而较短，颇可喜。"还凭记忆写出下联，续批道："记其下联云：'霸业烟销，雄心止水，饮山水绿，坐忘人世，万方同慨顾何之'。康有为别墅在西湖山上，联悬于湖中某亭。"1954年春，毛泽东在杭州西湖三潭印月观看康有为这副长联时，感叹不已，并叮嘱身边秘书抄记回去研究。后来，毛泽东还手书其联。对联全文是："岛中有岛，湖外有湖，通以九折画桥，览沿湖老柳，十顷荷花，食菜香，如此园林，四洲游遍未尝见；霸业锁烟，禅心止水，阅尽千年陈迹，当朝晖暮霭，春煦秋阳，山青水绿，坐忘人生，万方同慨顾何之。"

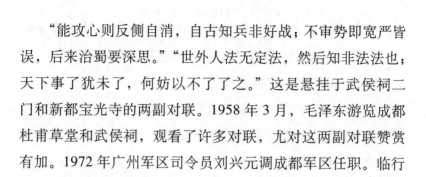

"能攻心则反侧自消,自古知兵非好战;不审势即宽严皆误,后来治蜀要深思。""世外人法无定法,然后知非法法也;天下事了犹未了,何妨以不了了之。"这是悬挂于武侯祠二门和新都宝光寺的两副对联。1958 年 3 月,毛泽东游览成都杜甫草堂和武侯祠,观看了许多对联,尤对这两副对联赞赏有加。1972 年广州军区司令员刘兴元调成都军区任职。临行前,毛泽东叮嘱他去后好好看看这两副对联,从中体会治蜀之道。

对联之精妙,如同诗词一般,不仅在其形式,而且更在其思想性和意境。一副好对联往往能打动人心。酷爱对联的毛泽东亦是如此。1972 年,陈毅同志去世,1 月 10 日,中共中央在八宝山举行追悼会。毛泽东参加追悼会时,看到张伯驹所撰挽联,立即低声吟诵起来:"仗剑从云,作干城,忠心不易,军声在淮海,遗爱在江南,万庶尽衔哀,回望大好河山,永离赤县;挥戈挽日,接尊俎,豪气犹存,无愧于平生,有功于天下,九泉应含笑,伫看重新世界,遍树红旗。"吟罢,赞此挽联写得好。随即问及张伯驹近况,当了解张伯驹生活困难,且不被允许参加追悼会后,便立即请周恩来过问,要求尽快解决。

毛泽东还常视对联为一种消闲方式,常常信手拈来,以调节生活。1949 年 11 月 13 日,毛泽东在晚餐后与毛岸英、刘思齐闲谈,边喝茶边讲对联故事。毛泽东讲到古时候有一个姓刘的和一个姓李的秀才,都爱做对子。李秀才出上联:"骑青牛,过函谷,老子姓李。"刘秀才对下联:"斩白蛇,兴汉室,高祖是刘。"李秀才便宜没占到,倒吃了亏。1957 年 3 月 19 日,毛泽东乘飞机经徐州时,谈及萨都剌所写的《彭城怀古》,

偶得一联："项羽重瞳，犹有乌江之别；湘东一目，宁为赤县所归。"一路上谈诗吟对，评及古人，既使随行人员增长了知识，又在谈笑风生中消除了旅途疲劳。

毛泽东酷爱对联，尤喜书写对联。他的一生写了无数的书法作品，对联书法是其中的重要组成部分。他笔走龙蛇，潇洒自如的书法艺术，给对联增添了不少神韵。毛泽东的对联书法作品，既有自己的题联，也有古今诗词摘句题联。如 1917 年至 1918 年，毛泽东在湖南洞庭湖区游学，就曾为当地群众写了大量对联。只可惜因战争而散失殆尽，留存甚微。战争年代留存的有：为纪念刘志丹题联："群众领袖，民族英雄。"为刘胡兰题联："生的伟大，死的光荣。"为主观主义者画像："墙上芦苇，头重脚轻根底浅；山间竹笋，嘴尖皮厚腹中空。"等等。新中国成立后，毛泽东的许多对联作品大都得以保留。如，为中华全国体育总会成立大会题联："发展体育运动，增强人民体质。"摘句题中阿友好关系："海内存知己，天涯若比邻。"摘句赠毛岸青、邵华："落霞与孤鹜齐飞，秋水共长天一色。"等等。

对联，是我国传统文化中极具美学意味的民族形式。它属于中华民族，又传播于世界。毛泽东正是这一传统文化的弘扬者和传播者。推陈才能出新，创造才有生机。毛泽东以其独特的创造力和艺术才华展示了对联的巨大生命力，使对联这一民族艺术奇葩绽放出了更为绚丽夺目的异彩。

一代伟人毛泽东已远离我们而去，然而，循着他的人生足迹，寻找和领略他留下的一副副精巧美妙的对联，我们无不为他作为领袖和政治家的气度、作为思想家和哲学家的深邃、作为军事家和战略家的睿智、作为诗人和书法家的激情而倾倒。

毛泽东的对联如同他的诗文，如同他的名字，与天地同在，与日月同辉。

2003 年 9 月

对联和词的领字

一

对联中有一种领字联。领字联有用于单句的，但更多是用于复句，一字领两句三句或四句，而又多用于自对句，几个分句自对。

领字的平仄可适当放宽，一字领通常可不押平仄，但最好平仄相对。两字和三字领，可全平或全仄、可平仄，大致相对。

领字的对偶更宽，但以对偶为佳。

二

词的领字，是词的特有句法和风格，称之为领字句。

领字为虚词，有副词、动词、连词、介词、代词等。以虚词衔接、过渡、转折、调整情绪、氛围，使之有顿挫之感，并承上启下，句意、词意相连。

领字或放句首，或放句中，作为一个句子的开头字，或一组句子的开头字。因而，领字可领一句，也可领两句、三句、四句。

领字多用于慢曲，中调、长调。小令、引、近、乐曲上用得少。

领字句领两句者常用对偶句，领三句者常有两句对偶，领四句者或一二句为对偶、或三四句为对句，抑或一三句对偶、二四句对偶。

有领字的句子，也可不用领字。

领字主要有一字领、二字领、三字领。

三

根据古人词中习惯常用领字，主要有以下这些。所辑这些领字更多适用于词，若用作对联领字，需要上下联有相对应的领字。

一字领

正、但、待、任、只、纵、便、又、况、恰、更、莫、似、念、记、问、想、算、料、怕、看、尽、应、怎、叹、乍、总、爱、奈、怅、早、嗟、凭、方、将、未、已、也、须、这、渐、甚、倘、便、若、忆、惜、望、思、怨、愁、管、数、对、喜、览、并、虽、彼、漫、听、读、溯、真、并。

二字领

试问、莫问、正是、更是、但见、何曾、何须、何不、何必、何况、何处、何奈、恰似、却又、绝似、纵把、那堪、谁料、漫道、怎禁、遥想、乍向、只今、不须、多少、况值、好似、记得、争道、未许、莫是、还又、可堪、休说、欲待、待到、分付、拼却、因念、追念、追想、犹记、可喜、追思、犹恨、还见、唯有、即此、即将、莫非、只须、须知、还须、如此、居然、自然、但看、但闻、但得、但愿、记得、不忘、恍

310

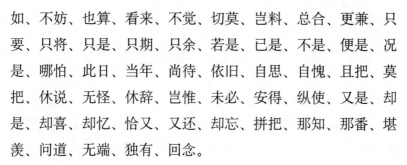

如、不妨、也算、看来、不觉、切莫、岂料、总合、更兼、只要、只将、只是、只期、只余、若是、已是、不是、便是、况是、哪怕、此日、当年、尚待、依旧、自思、自愧、且把、莫把、休说、无怪、休辞、岂惟、未必、安得、纵使、又是、却是、却喜、却忆、恰又、又还、却忘、拼把、那知、那番、堪羡、问道、无端、独有、回念。

三字领

最难忘、最可怜、最无端、最堪怜、最妙处、最好是、只赢得、只落得、只留得、只不过、写不尽、望不断、流不尽、看不尽、禁不住、赏不尽、全不念、君不见、倒不如、哪管他、休论他、谁管他、且任我、才领得、好领取、莫辜负、都付于、且探寻、且看清、且看那、放眼看、犹想见、犹剩得、犹记得、再休提、再休说、再休管、无怪乎、又还是、又何妨、无非是、又谁知、又谁料、又何必、更能消、更何况、更何须、何须问、况更有、更有些、应有些、正有待、待他年、看今日、回溯那、更忆及、忆几番、听几番、怎脱去、怎抛却、怎识得、便怎地、切莫要、说什么、皆因此、可直作、还须要、未曾闻、唯此地、都幻作、尽收归、焉能免、要争个、安排着、才觉出、有多少、休忘却、怎奈何、终不似、不如向、当此际、空负了、又何况、又况是、又匆匆、最难禁、更何堪、更不堪、更那堪、那更知、谁知道、君知否、君莫问、到而今、况而今、记当时、忆前番、问何事、似怎般、怎禁得、待行到、莫不是、都应是、到而今、当此际、似这般、怎禁得、怎知道、空负了、且消受、都忘却、待分付、又却是、又早是、更有人、至今想、每追及、最可恨。

1990 年 10 月

集句联贵在推陈出新

集句联是一种根本性的再思考，彻底性的再设计，创造性的再创作。简而言之，是重组、再造，推陈出新。

集句联是从别人作品主要是摘取现成句子，集合成联，是借用别人之成句说自己的话，贵在赋予新意，推陈出新。

集句联首先要熟悉别人的诗句，运用得恰到好处，意境浑融，方能表情达意。

集句联方法很多，古人多有运用。有诗句集联，词句集联，诗词句集联；有同一人的诗词句集联；用不同人的诗词句集联；有单句，有双句，有多句集联。在具体方法上，一是用完整诗词句集联，纯粹的集句成联。二是截句集联，截取诗词句中的部分词语为联，抑或截句拼合成句集联。三是增字、减字、移字集联。

集句联总体上要讲平仄，讲对仗，但由于受原句之限制，只要意境好，有时略欠工稳，也无大碍。

2002 年 6 月 28 日

赋 之 韵 味

赋，辞赋，骈体文，是古代的一种具有诗之韵律的文体，兼具诗歌与散文的韵味。自先秦到汉、魏晋南北朝、唐宋时，开端、发展、兴盛，至宋元明清逐步衰弱。赋被先秦称之汉赋，是汉代最具代表性的文学样式，造就了古代文学的辉煌。诗言志、赋则体物言志，突出体物，表现物有其理，从事物的外部揭示内理和规律，同时体物言志。赋在古代文学发展的长河中，形成了自身的一些写法和规律。

句式。赋以四字、六字句为主，四六句为基本结构，其形式有四四句，六六句，四六句，六四句，五五句、四五句、五四句。七字句，多为七七，亦可五七、七五。

赋句，有壮、紧、长、隔、漫、发、送合织成之说，壮是三字句，紧是四字句，长是五六七八九字句，隔是隔句对，漫是不对句，发是发语，可用开头或文中，如"若夫""嗟乎""然则""于是"等提引，送是语终之词，如"也""哉""而已"等。

对称对偶对仗。赋为骈偶、徘偶。严者对仗，宽者对偶，更宽者对称。词句对仗在巧，用得不好常使文章单调板滞做作，影响词意表达。好对的句子尽量严，不好对的句子可宽，最起码要两句对称。

排比。三句以上为排比，有三句排、四句排。

押韵。可同部平韵一韵到底，可同部平仄一韵到底。平仄混叶。可两韵一换，可一段一韵。可句句押韵，可隔句押韵。句末虚词可押韵可不押韵，不押韵者，虚词前一字押韵。韵脚不重复但同字不同义可重复。新韵旧韵不混叶，或新或旧。

平仄。古时骈体文也是有平仄要求的。但当代写赋只要声韵和谐即可，讲究韵脚即可。

章法。赋可长可短，有的短则十几字、几十字、百来字，长的几百字，但也有千字赋或更长。短赋如铭、箴。如词或一段，或两段。长赋通常为三段，第一段为序，第二段为正文，

第三段概括全篇。

曾作短赋、小赋 900 篇，几十字、百来字、几百字不等，如铭如箴，似诗非诗，似词非词，似散文非散文。较古时作赋要求，在句式上没有壮紧长隔漫发送合织成之规，不用发之提引，不用送之终词，在平仄上，大致音律和韵，不讲究平仄相对。在句式上多用四四句、四六句、有五五句、五七句，也有三字句或长句式，等等。注意对称对偶对仗，但更多的是对称。有少量排比句，主要是考虑短句或字数因素。以旧韵押韵，或平或仄一韵到底，或两韵、四韵换韵，或同部平仄兼押。在章法上只用一段，但文中内容有层次。

任何文体，无论是古、是旧，还是新，都是在时代发展中、在文明进步中、在实践运用中不断改进完善的。特别是语言，随着人们认识世界的深入、科学技术的发展、国外优秀文化成果的引进，同时语言习惯变化、生活方式改变、思维方式进化诸多因素，也推进着传统文体的改进。当然还得万变不离其宗，诗还是诗，词还是词，赋还是赋，各有其形式，各有其韵味。这样旧文体才能焕发生机与活力，为更多人所用。

2017 年 9 月

[第六篇]
书 法 散 记

　　一点一横，一撇一捺，一笔一画，篆隶真行草，纸笔墨砚印，构架天地，构架人生，构架艺术，这就是中国文字，这就是中国书法。书法是中国汉字的艺术，是手写汉字的艺术，显示着中国文化之奥秘，表达着中国人的文化情感，给予着世界性的艺术享受。书法是形象和内在的统一，临摹与创作的统一，使之可见，使之可用，使之可赏。千人千面，千姿百态，美感在其中，思想在其中。赏字品书，写字作书，心手双发，身心同修，情理双收。

毛泽东书法作品赏析

一、杜牧《题项羽庙》

毛泽东 1939 年书唐代杜牧《题项羽庙》诗赠杜冰坡先生。

这是毛泽东书风形成时期的作品，字形瘦长，以侧取势，书作布局天头整齐，行尾参差错落，有居高临下之气魄，从"胜""有""儿""俊""知"等字上亦可看出。字势右倾，狭长。有的撇捺或变成长点或变成竖笔，无长横之笔阻隔，一气贯行，如瀑布一泻而下，又如长剑拔地，直冲云霄，用笔简约而精练，如"事""之""江""子""可""知"等字。书作题款占了几乎半卷，有平分秋色之感，重要的赠送书作时常这样处理。"毛泽东"三字写得飞扬，惊天动地，令人神往，更增添了艺术效果。

二、白居易《琵琶行》

毛泽东 1951 年前后书唐代白居易《琵琶行》诗。

书作写在 16 开信笺上，共 8 页 54 行，600 多字，是毛泽东传世最长的一幅。全卷均衡、浑厚、线条与章法均美，犹如一首豪迈雄壮的交响曲。这首诗极富感情，书家笔墨随诗意运作，更添了诗意。首起"浔"字势全卷最大一字，墨色浓厚，运笔沉酣，首行 10 字，字字湿笔，貌丰骨劲，为全卷定下格调。接下来，走笔轻松，对应诗中环境和琵琶女出场的铺垫。"千呼万唤始出来"，字变小，"犹抱琵琶半遮面"出现起伏，"遮面"二字，是感情变化之处。往下诗中描写琵琶女的内心世界，书家笔墨随琵琶女的感情起伏而呈不平态，如"间关莺语花底滑，幽咽泉流水下滩"，写得轻松；"东船西舫悄无言，唯见江心秋月白"，写得沉稳；"武陵年少争缠头，一曲红绡不知数"，写得激昂。书家用其笔墨变化展现了起伏回荡的心潮，在经过"同是天涯沦落人，相逢何必曾相识"的情感高潮后，笔锋又随诗意往前走，时起时伏。当写到动情处，笔墨加重，运笔加快。最末，"座中泣下谁最多？江州司马青衫湿"，一字一顿，似洒下点点热泪。

三、刘禹锡《再游玄都观》

毛泽东 1953 年前后书唐代刘禹锡《再游玄都观》。

书作与画连绵不断，或一笔书就，或相互呼应；字与字牵丝自如，或字字丝连或形断意连；行与行密集相凑，或飘如彩练，或涩如枯藤。轻笔游丝，灵气飞逸，宛如天上繁星，自然洒落，几处拉长的横竖撇捺，如"亩""苔""士""前"的一横，"开"字竖笔与"花"字连笔，"度"字的撇笔，"道"字偏旁写成下斜捺，等等，运笔疾速，就像满天繁星中的几处流星闪过，给人"动"的感觉，使全篇出现活力。许多字内收外放，像一朵朵花，组成一片花海，似一夜春风带来千树万树花开。正如诗中所云："百亩庭中尽是苔，桃花开尽菜花开"，春色满园。这是一种高超的艺术手法。

四、刘禹锡《听旧宫人穆氏唱歌》

毛泽东1953年前后书唐代刘禹锡《听旧宫人穆氏唱歌》。

书作线条粗细变化不大，一笔直下，瘦劲雄健。整幅书作行笔疾涩自如，不时地把人推向感情的浪尖。毛泽东作书往往每行一气到底，或一句到底，中间极少停笔舐墨。首两句饱蘸浓墨，一笔到底，因而第一行墨浓且实，第二行半虚半实，枯枯湿湿，恰到好处。

五、岳飞《满江红》

毛泽东1953年前后书南宋岳飞《满江红》词。

全篇各字独立，灵动劲俊，点画沉着痛快，细微处见精绝，书家楷书用笔，每字轻轻着纸，露锋落笔；运笔有草意，点画应接，笔断气连，如"满""江""激""烈""悲"等，其字体结构，往往不受点画长短的制约，随其体而结之，纵横错落，不拘守阵法，以倚取正，以险致平。有的呈左敧之势，如，"首""冠""处"等；有的呈左侧之势，如"雨""抬""名""何""胡"等；有的是上敧下侧，如"悲""旧"等；有的是左敧右侧，如，"收""拾""河""朝"等。又或向中间倾斜，或向两边倾势。唐太宗李世民所言"风翥龙蟠，势如斜而反直"之句用到这里，正表达了毛泽东书作中字体结构千姿百态的美感。

六、刘过《沁园春》

毛泽东1953年前后书南宋刘过《沁园春》。

书作表现了毛泽东书法的另一种美：秀逸美。这种书作，在他传世书作中不是很多，尤为珍贵，书作有晋人行草之气韵，二王笔墨之神韵。全篇一气呵成，笔意超逸。给人们带来的感受不是大海的波涛，不是大江的激流，而是小溪之水在叮叮当当不息地向前流淌。细细品味，字体笔端无不表露诗人词意，书家豪情，如"斗""巍""与""天""涧""两"等，纵横撇捺，潇洒自如，全卷许多字看是独立，但相互顾盼，运笔流利，圆转如珠，如"靖""谓""湖""照""画""云""堆""目"等，更添了几分美魅。

七、王之涣《凉州词》

毛泽东1954年前后书唐代王之涣《凉州词》。

这幅书作纤柔、流畅，有飘逸之感，是毛泽东独特风格之作。"黄河远山白云间，一片孤城万仞山"，写得开阔、流转。"黄河远上"四字牵丝，一气贯下，正渲染了黄河源远流长的幽远仪态。"孤城"二字与"万仞山"相连，使孤城不孤，愁而不悲。"羌笛何须怨杨柳，春风不度玉门关"，比上两句更纤柔细小，含蓄委婉。特别是末句"春风不度玉门关"与首句"黄河远上白云间"相比，那种起笔的广阔气势骤减，以致使人感到有几分怨情，书家把人们的感情带进了诗意之中。

八、杜常《华清宫》

毛泽东1954年前后书北宋杜常《华清宫》句。

通观此幅书作，纤柔、流畅、雄放、潇洒集于二十八字的书作之中。开笔一句"行尽江南数十程"，写得体气充和，风度秀雅，尤其是首行"行尽江南"四字，真是风流千种，仪态万方。"行"字以两竖代之，一圆一方，又与"尽"字丝连。"江"

字一笔带下与"南"字相连，似苗条淑女，纤柔而不媚。"晓风残月"四字从字的结构到布局收放十分巧妙，如"晓"字，"日"字旁呈放式，写得很大，"尧"字用简化字，未到尽处便收笔，与下"风"字相连。往下的"入华清、朝元阁上"是清新欢快飘逸的笔调，到"风急"突然枯涩，似乎真的风急了。最后一句"都向长杨作雨声"加大了力度，呈刚柔并济之美，从而有力地结束了整幅化作。

九、录李煜《浪淘沙》

毛泽东 1954 年前后书南唐后主李煜《浪淘沙》词。

书家似乎没有被诗中那婉转凄苦的哀歌所感动，而是心情平和地在赏析那暮春之景，写得疏朗错落，刚柔相济。"独自莫凭阑，无限江山，别时容易见时难。"书家有点感情变化，字体题变大，线条变粗，特别是"见时难"三字，运笔加快，激情增加。最后两句，"流水落花春去也，天上人间"，是意趣尽致之处，写得神采飞扬，飘飘乎有仙气。

十、曹操《步出夏门行·龟虽寿》

毛泽东 1954 年前后书三国魏曹操《步出夏门行》第四章《龟虽寿》。

这幅书作笔走龙蛇，左盘右蹙，回环缭绕，千变万化，挥洒自如。前四行中，那神龟，那老骥似有生机，欲待飞动。"老骥伏枥，志在千里"，写得气势恢宏，苍劲跌宕，"烈士暮年，壮心不已"，写得精神亢奋，满纸生烟。当写到"可得永年"和"曹孟德诗"时，书家已是心无挂碍，墨气淋漓，其势其力，有催人奋进之功。

十一、宋玉《大言赋》句

毛泽东1954年前后书战国宋玉《大言赋》句。

"方地为舆，圆天为盖"，写得开张、舒展。这几字细线条用得较多，有的纤如毫发、有的细若针尖，但纤而不弱，细而不柔，加之间有粗线条且用方笔，加强了力度。两句8字中7字有横折，其转折处，书家全以圆势运笔，纤细柔润，流转自如。这不是故意的做作，是书家艺术功力的体现。全篇在饱蘸浓墨之后，一气写下，走笔加快，枯笔增多。"长剑""耿介"如壁立千仞，"倚天""之外"似巨龙曳尾，实在精彩。

十二、李白《将进酒》

毛泽东1955年前后书唐代李白《将进酒》诗句。

"君不见黄河之水天上来，奔流到海不复回。"起笔如挟天风海雨扑面而来，为全卷定下基调，奔放流畅。书家把才气、豪情，毕集笔端，一路直下，直至卷尾，气脉不断。全卷有28处60多字连丝，如"水天""流到""不见""高堂""天生我才""请君""同销""万古"等等。其他各字虽字字断开，独字成草，但几乎每字上下映带，左右呼应，在气脉和笔意上相连。书中间有枯笔运行，是诗意激越之处。如"人生得意""将进酒，杯莫停""但愿长醉"等。诗人诗意奔放之处，也是书家走笔狂放之处，如"人生得意须尽欢，莫使金樽空对月"。诗意愈奔放，走笔愈狂放，如"天生我材必有用，千金散尽还复来"。最后，"五花马，千金裘，呼儿将出换美酒，与尔同销万古愁"，诗情至此奔放至极，笔走至此狂放至极，非大家手笔不能书就。

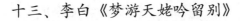

十三、李白《梦游天姥吟留别》

毛泽东 1956 年前后书唐代李白《梦游天姥吟留别》诗。

书作写在 6 页红格信笺纸上，共 44 行，洋洋洒洒近 400 字，很是壮观，是毛泽东长幅传世佳作之一。首起四行，字字独立，个个潇洒，参差错落。往下，越写越放松，流畅自如，字与字或形连或形断意连，直到"熊咆龙泉殷"处停顿后，越往下走笔，越写得辉煌流丽，精彩飞扬，好像书家被诗中一幅幅瑰丽变幻的奇景引入梦幻之中，与诗人的情感融成一体。"安能摧眉折腰事权贵，使我不得开心颜"，是全诗的主题。此处笔运神出，昂扬振奋，潇洒无尘，把李白的激越呼喊一现再现，撼人心魄。

十四、许浑《谢亭送别》

毛泽东 1956 年前后书唐代许浑《谢亭送别》。

这是一首前后两联分别由两个不同时间和色调的场景组成的诗，前联明丽，后联暗淡，书家行笔巧用诗意。首联 14 字，占 3 行半，分布在第一页上的 3 行字写得疏朗，每行 4 字，错落有致，布局巧妙，像红叶青山的明丽景色。后联字小，14 个字仅占两行半，紧凑连绵纤细，似漫天风雨的暗淡景色。书作虽前后两联变化，疏密有异，但变化中有统一，异中有同。通篇字体线条流畅、飘逸不群："劳歌"在歌，"行舟"在行，"青山"在动，"水"在流，感染力极强。当书家写到"急流"时，运笔放慢，力度加重，字是险中求平，好像要暗透处送行者"流水何太急"的心理状态。写到最后"下西楼"，"西"字右侧，"楼"字左敧，似有几分醉意。

十五、李白《梁父吟》

毛泽东 1956 年前后书唐代李白《梁父吟》。

此幅书作写得雄健、遒劲、灵动、开张。全卷近 300 字，抑扬顿挫，字字惊人。"长啸"二字开笔写得激越奔放，"大贤虎变愚不测"，写得昂扬，"吾欲攀龙见明主，雷公砰訇震天鼓"，点横竖撇如急雨劈面打来，"白日不照我精诚，杞国无事忧天倾"和"智者可卷墨者豪"，时而左倾，时而右侧，平正峻斜交错，活泼舒展。

十六、王之涣《登鹳雀楼》

毛泽东 1957 年前后书唐代王之涣《登鹳雀楼》诗。

王之涣的这首诗，古往今来的墨客无人不书，在毛泽东的笔下，如行云流水，万丈飞瀑，别有风格。四句诗分四行书写，一笔一行，气脉通贯。"黄河入海流"字字相连，似奔腾咆哮的黄河之水滚滚而来，流归大海，用笔气势雄浑。"欲穷千里目"，"欲穷"二字丝断意连，笔言诗意。"千里目"字字相连。"更上一层楼"是全诗的最高境界处，书家把点题的"楼"字写得精妙至极，耐人寻味。

十七、佚名《数字诗》

毛泽东于 20 世纪 50 年代书。

草书 5 行，与诗意相合，非常明亮、轻松、欢快。全篇皆以浓墨实笔出现。书家蘸墨饱满，运笔酣畅，在浓重之墨中常穿插一些清健的笔势，笔与笔画、字与字牵丝联系，这样加强了线条轻重粗细的变化，使浓墨实笔中线条流动而有活力。全篇28字，只有首起"一"字和第三行"座"字独立，其他分为六组，字字牵丝联系着，尤其是"二三里""四五家""八九十枝花"，不仅字字相连，而且几乎笔笔相连，给浓墨笔势增强了动感。北宋书法家苏东坡爱用浓墨，他曾把浓墨的艺术效果比喻为乌黑而闪亮、圆溜而有神采的小儿眼睛。这是浓墨的动人魅力。毛泽东此幅书作的动人魅力也正在于此，气足，力满，明亮，醇厚，流畅，神采照人。

十八、李白《忆秦娥》

毛泽东1959年前后书唐代李白《忆秦娥》。

李白《忆秦娥》寥寥数笔，成为千古绝唱。毛泽东以伟人之气魄，娴熟技艺，硬毫走笔，一气呵成。全卷瘦劲圆润，流畅轻健。上阕，"箫声咽，秦娥梦断秦楼月。秦楼月。年年柳色，灞陵伤别"，写得飘逸传神。"箫""秦娥""梦""秦楼""月""柳""灞陵"等字，笔走龙蛇，点画飞动。下阕前三韵落笔有惊风雨之感，到"咸阳古道音尘绝"处，字字分离，笔现枯墨，好像音尘绝笔墨绝。等到再写三字叠句"音尘绝"时，加重墨色和力度，进入另一番天地。"西风残照，汉家陵阙"，线条粗细对比平和，墨色均匀，连绵飞动，好像运笔至此，上阕的箫也、梦也、楼也、月也、柳也，尽皆消失，有感而发的是空有其悲壮。与首句呼应，笔落惊风雨，书就泣鬼神。

十九、刘禹锡《酬乐天扬州初逢席上见赠》句

毛泽东1961年前后书唐代刘禹锡《酬乐天扬州初逢席上见赠》。

看了这幅书法，好像看到书家的伟大力量正引导人们走出困境，奋发向上。"沉舟"二字相连，"沉"字凝重，力透纸背，"舟"字横笔顾长，像要阻碍伴着沉舟而过的"千帆"。"畔"字左短右长，"田"字傍错落于"半"字的上部，形成长短互殊的强烈对比，加之枯墨瘦长，畔于凝重的"沉"字左，实在是妙笔。"千"字写得很小，"帆"字写得很挤，被首行"舟"字一横死死地顶着，但看上去任凭险阻，"千帆"却在经过。第三四行"病树前头万木"几字，浓淡虚实结合。第三行"病树"前三字写得密不透风，有意要帮"沉舟"挤"千帆"。"春"是一个大草字，写得舒展、豪放、流畅而有力度，又独占一行，越发显得生机勃发，欣欣向荣。

二十、陆游《诉衷情》

毛泽东1961年前后书南宋陆游《诉衷情》词。

陆游这首词充满了爱国爱民而壮志未酬的悲愤。毛泽东借翰墨一展诗人当年慷慨从戎的英雄气概。首起"当"字，豪气冲天，表现了诗人当年想干一番恢复中原英雄事业的气魄。接下来是细丝走笔，连绵不断，好像一根回忆的丝絮贯穿，一直到上阕句点，丝断意绝，梦断梦醒。下阕另起一行，正是要表现诗人国耻未雪、壮志未酬而被迫退隐的痛楚，行笔跳宕恣越，感慨溢于纸外。特别是后三句，"此生何似，心在天山，身老沧洲"，气势非凡，似诗人苦闷愤懑心情之发泄。"山"字力能扛鼎，"洲"字气冲牛斗。

二十一、王实甫《西厢记·第一折》句

毛泽东1961年前后书元朝王实甫《西厢记·第一折》句。

首起"九曲风涛"四字，下笔就有一种非凡气势，特别是"风涛"二字。"何处险"三字夹于两行之间，字小，墨枯，"正是"二字虽在同一处境，但在饱蘸笔墨后所书，墨浓，厚实，以别于上"险"。此乃书家从心所欲。"此地偏"，字字丝连。"带齐梁，分秦晋，隘幽燕"，飞动而过。"雪"字突然变小，埋下伏笔，等到提行大字书写"浪拍长空"，便显气势磅礴。往下则一波未平一波又起，值得把玩。

二十二、李白《下江陵》

毛泽东 1963 年前后书唐代李白《下江陵》诗。

书作行笔如行云流水，空灵飞动，把李白白帝城闻赦的喜悦畅快心情表现得淋漓尽致。"朝辞白帝彩云间"一句写得神态兴奋，如"辞"和"彩"，如一对狂舞之人；"千里江陵一日还"写得畅快，有一泻千里之势；"两岸猿声啼不住"和"轻舟已过"，顺上句疾笔而下，枯笔运行，气势豪爽。这种悠扬、轻快的书作百看不厌。

二十三、严遂成《三垂冈》

毛泽东 1964 年 12 月 29 日书清代严遂成《三垂冈》诗。

毛泽东的古诗词书法作品题款形式多样，富有艺术性。这幅作品就是其中之一。

篇名"三垂冈"苍劲有力，立于卷首，像竖的一块碑，显出几分英雄气概。诗首句中"英雄立马"皆有此意。作品章法、布局十分精到，有强烈的对比、悬殊的落差、莫测的变化。字体时大时小，小字似"诉说"，大字如"嚎啕"，疏密变化有致，大有密处不透风，疏处可跑马之态。整篇几乎每字都有飞动之势，状若游龙。

二十四、杜甫《曲江三首》句

毛泽东 1964 年前后书唐代杜甫《曲江二首》句。

14 个字分别为 4 行书写，每行浓墨发端，枯墨结尾，枯湿相间，苍劲结实，雄健粗犷。"酒债"二字开首，浓墨重笔，又见刚中有柔。"寻常行处有"几字方笔着纸，有枯有湿。"人"字一撇一捺，刚柔并济。"七十"二字浓墨实笔，"古"字写得有古拙之意，"来"字大草，独占一行之半，中间湿，竖笔枯，似"寒猿饮水撼枯藤"，"稀"字独占一行，大起大落。这里所录的是杜甫的愤激之言，书家以大手笔一展其诗意，表现了诗句的豪放和激情。书家写什么内容的诗句，用与之相应的笔法，与诗人在感情上相一致，进而达到与书法欣赏者的共鸣。这是毛泽东所追求的，也是毛泽东书法艺术所独有的。

1992 年 6 月 25 日至 7 月 13 日

书法偶感

一

写字作书，坐有坐相，站有站相，其形当正，脚踏实地，气运丹田；胳膊抬起，手指握笔直然；拳要虚，指要实，使暗劲，心手双发，写出的字才能力透纸背。

二

把书法当作玩，当作乐，成为快乐、情趣、休闲，闲在玩中，乐在闲中，玩在乐中，久而久之，玩出雅意，闲出逸情，乐出趣味。

三

书法是一种技法。用笔、用墨、用纸是客观的，结字造型及章法要靠主观。线条的不同、布局的不同，效果不一样。

四

草书之结构如古樟虬枝峥嵘，整体有势，枝干如龙爪，宜曲宜弯，以波为美。有张牙舞爪之意，但不露不张扬，能守拙藏拙。使转弯勾无棱角，收笔停笔如自然断枝，不是锯断，而是折枝痕。横枝为斜式，一波三折。

2005 年 3 月

书 法 杂 记

一

心有所动，书之而发。心有好句，即而书之。心在书中，书在心中。

单字无常形，书势无常形，看的是心情。

点划重，连带轻；实处重，虚处轻。

大处着眼，去繁就简，大象不乱，细处精微。

神气骨肉血，文技德手心，皆在书法中。谓之骨肉相连，血脉相通，方得神气。谓之文技益彰，心手双畅，德在其中。

二

书法首当学其形，再悟其神，求其韵。形是皮，神韵是毛，皮之不存，毛将焉附。皮之牢实，毛之神采飞扬。

写字是书写，实用为主，美观其次。书法是艺术，艺术以技巧为主，更见神韵。

三

书法如同作文，意在笔先，然后作字。理解了想好再动手，不能盲目随意涂鸦，当有存疑，慢动手。当有无知，不动手。

四

不读帖，不临帖，不识好歹。心中无标准，写得再多，也是重复自己的错误。临帖就是把握好坏标准，熟悉表面的线条、结体技巧，行笔收笔和使转。先临好一家，再临其他，一家都没掌握，哪来触类旁通。

五

书法用笔有境界，可概为五境界。

其一，笔意之境。意即笔念，笔之意念，入脑入心。笔为实，意为虚，虚实统一于人脑，以意领笔、意到笔到就是笔念。笔念是意念，也是理念，还是情感。亦即，笔在手，笔在心，笔在时空，笔在天地间。看得见，看不见，看得见的在手里，看不见的在心里。笔行于时空，行于天地间，时空无限，天地间自然万物形态，皆可借用和仿之为笔下字的形态。

其二，笔法之境。即下笔收笔运笔之笔法，轻重、快慢、偏正、曲直之笔法，篆隶真行草之笔法。

其三，笔力之境。乃笔之力、字之力。笔会用力，字可见力，笔之力从何而发，发于何处，要得心应手，否则有力使不上。其力见之于字之骨力，有骨有筋，然后有血有肉。

其四，笔势之境。笔势与手势密切联系，在手势作用下，见于笔势，笔势下是字势、书势，乃笔下字之态势、气势。如描述草书龙飞凤舞，称隶书飘若浮云，娇若惊龙，皆为势。

其五，笔韵之境。由前四境而生发，为字之神采，作品之神韵。字有形神，作品寓心境，见其字法，见其章法，见其情感，见其意境。

2014 年 6 月 17 日

书 法 随 想

一

线条美，结构美，章法美，是书法的对立统一。在一幅作品里，单字在线条变化，少字在个体结构，多字在整体章法，才有书法美，才是书法艺术。

线条，关键在提按使转见质量，丰富多彩，变化无穷。见直不直，见曲不曲，直中见曲，曲中见直。

结构，关键在字体形态，形神韵相统一。穿插避让，参差错落。先小后大，先窄后宽，上紧下松，左紧右松，内紧外松。

手势，关键在控笔能力，稳执笔，有定力。提得起，按得下；提不飘，按不乱；提着按，按着提。干则稍慢，湿则略快；粗则稍慢，细则稍快；厚则略侧，薄则中锋。

临帖，关键在记忆运用。要确立一个意识，是艺术；要选好一种字体，凭喜好。一本字帖不放手，一份恒心在坚持。

二

字熟，熟于心；笔熟，熟于手。勤者字熟在心灵，智者笔熟在手巧。心灵手巧，锲而不舍，毫自精，墨自香。

三

墨意，关键是浓淡干湿枯燥变化得体。楷隶干浓不可燥，行草干湿两相照。慢不滞笔，慢不散墨；快不飘浮，快不失形。

四

执笔要有定力。定力不是死力，是活力。靠指力、腕力、臂力的综合运用。当然，小字在指力，中字在腕力，大字在臂力。行笔要稳，上下左右，使转自如。用暗劲，转笔提按得当，翻笔轻重得当，捻笔松紧得当。

草书快慢结合，关键在执笔定力。慢中求快，快中求稳。不工求工，工求不工。

五

草字要立得起来，看似东倒西歪，但自有重心，自有支撑点。失去这些，就东倒西歪不像字了。

上下结构的字，要么上正，要么下正。左右结构的字，要么左正，要么右正，要么相向，要么向背，要么左上右下，要么左下右上，参差起势。这是其一。其二，笔画和用墨轻重，抑或一边轻一边重，一边长一边短，一边宽一边窄，一边虚一边实；抑或上紧下疏，上重下轻，左紧右松，右重下轻或反之。总之，要上下左右相互对应、相互交织，使之两两呼应、相得益彰。

六

孙过庭小草精细，点画策应到位，笔画呼应，大多字字独立。

怀素狂草豪放，笔画连、字连、意连，通篇连。字体大小错落，线条精细分明，用墨浓淡枯实，虚虚实实。

七

使与转，把握轻重快慢和弧度。

起与收，直入逆入，直收回收。

稳与活，先稳后活，稳健与灵动。

力与心，力到心到。

形与势，形乃字形结体，势乃字势笔势手势。

调锋与捻管，调锋在入笔时，调至走中锋。捻在转时，或点时。

与时书语

八

书法，有辛劳，有收获，有喜悦，但有顿门，无捷径，无止境。门在于探索，在于寻觅。兴趣可引你入顿门，积累引你入顿门，追求引你入顿门。顿门是永无止境的追求，永远敞开的大门。

2016 年 6 月

书法是手写汉字的艺术

写字本属平凡之技，亦是本真之形。中国人知汉语、用汉字，以汉语汉字独有之功能交流、表现、展示政治、经济、文化和历史。时下、未来，以及意识、精神和感情。但被奉之为书法、冠之为艺术之后，时不时地被有些人异化了，似字似画，非字非画。

随着科学技术的进步，书法工具性功能正被现代手段所替代，除了继续保持它的文化实用性交流价值工具性外，今后长期存在将是文化艺术性、文化历史性价值。虽然，书法艺术的多样性将更凸显。但无论怎么变，书法美首先是字美，离开了字的本原，只有单一线条美，则不成其为书法，抑或是画类或者其他。

书法，是汉字书写的艺术。书写的状态和形式很多，应该说，那一种书写汉字的形式都是书法。这一种形式，我们习惯称之为字体。从篆书、隶书、楷书、行书、草书到宋体、仿宋、黑体等美术字，都是书法。我们不能说毛笔写的是书法，排笔写的不是书法，手写的是书法，印刷体不是书法。印刷体最早也是书法，只是后来规范统一、模式化了，不需要再用手书写，而是取代于其他手段和工具。其实，当今哪一种字体都已经或可以模式化成印刷体了。准确地说，书法是一种手写汉字的艺术，具有个性特征，具有区别于其他书法方式和形式的特质。每一个人的学识、修养、技艺不同，且表现力、风格不同。用纸、用墨、用笔以及手势，字的结体、形态、线条轻重、运行快慢书，还有书写者心情，诸多因素，构成了书法之艺术和艺术之参差。写字是字，书法也是字，艺术还是字，汉字是书法本体之美，本质之美。

2018 年 8 月

书法中的繁简字异体字

中国文字由繁至简，异体字较多。在书法作品中，因个人喜好和习惯，繁体异体字多见。虽无规定哪个字不能用，但自己应有所把握。

可繁可简。在一幅书法作品中，可全部用繁体，可全部用简体，可繁简兼用。书法作为艺术，字体的篆、隶、楷、行、草皆可，一个字由繁至简的多种写法，也是无可非议的，就如用墨或湿或枯，或浓或淡一样。汉字首先是其应用功能，而后成为书法艺术，从线条变化到由繁至简的走向是其发展规律。现在的很多简化字，大多是繁体草书约定俗成而定形的，特别是在行书草书作品中比比皆是。

繁体有别。常看到一些书法作品写"千里""万里"用繁体字"裏"，这就不对了。现在用"里"字意义的里，有几种写法，"裏"和"里"是不同的字，意义不同。作为千里万里计量词，只能用"里"。"里"通用，"裏"不通用。在常用字中，由繁至简后，用简化字则通用了，用繁体字不能通用。在常用字中，如"斗"是多音字，不能用繁体字的"鬥"作为"星斗"来用。"茶几"的"几"，不能用繁体"幾"；又比如"云"字作"曰"时和作"风云"的"云"时有别，余作"我"和作"多余"的"余"有别；还比如升、面、佣、表、才、台、胜、咸、仆等，只能用几升、表面、佣金、人才、台鉴、胜任、老少咸宜、前仆后继等。简化无别，繁体有别。在繁体字与繁体字之间，有的字也是不可通用的。如鐘、锺，前者用于鐘表，后者用于锺情。还有复、获、汇等繁体字，不同繁写有不同意义。

少用异体。异体字或先于文字规范但未作官文规范字，或后于文字规范，见于一域一时并流传。这些异体字都被编入字词典传承。作为书法艺术，用一些广为流传的异体字，能增加作品的文化厚重感和生动性、趣味性，但用那些冷僻、谁也不认识的字，则显得卖弄、造作，并非文化和艺术水平。

简体字、繁体字、异体字，都是中国文字，博大精深，要弄懂弄通，难有完人，懂则用，不懂则学，持疑则用简体字。

2013 年 11 月 12 日

里耶秦简书法

一

1989 年考古发现湖南湘西里耶镇麦茶村战国古墓，1996 年发现里耶古城址，2002 年，在里耶古城遗址发掘一号井发掘竹简木牍残片，至 2005 年在不同井内发掘竹简木牍 38000 余枚。这是当时全国发现简牍的 10 倍。简牍为秦朝洞庭郡迁陵县的公文档案，年代为秦始皇二十五年至秦二世二年（公元前 222 年—前 208 年），内容包括政治、经济、文化、军事、生产生活诸多方面。有最早见于文字记载的九九乘法口诀，邮政往来，有户口、田租赋税、劳役、兵甲、钱粮记载、奴隶买卖、刑徒管理，还有涉及机构、吏员的相关政令和文书等等，是一部较为丰富的地方志。

二

里耶秦简的重大发现，丰富了中国历史和文化，特别是为了解和研究秦代历史提供了重要依据。历经秦代 14 年，38000 余枚手写竹简木牍，既是中国汉字的记载，又反映了汉字书写状态。从简牍中可见秦统一文字的现实。

简牍中的文字除很少一部分小篆外，大部分都是秦隶，由小篆演化、带有篆意的古隶。或由篆意为主的长方形字体；字势或平行、或向上、或向下；还有带行草、笔势向下的一种字体。这些手写体风格和书写水平，记载于官书公文中，是官书，也是民间手写体。这些手写体字迹工整，线条流畅，独体字粗壮，多笔偏旁字上下左右参差错落，一些字还采用了省笔和简写。整片中，虽字有大小，但整齐规范。这些手写体虽整体上体现着实用，但从笔画的变化、结体的讲究、撇捺的长弧夸张，能看出手写艺术的初显和追求，是小篆向隶的演变，无疑正是逐步形成的书法艺术，可称秦简牍书法或古隶、秦隶，亦可称秦简书法。

三

秦简书法，其结字体形大改可分为四种形态。

第一种，取法于隶，取势向上，取形以扁。字体多有隶意，呈扁方形。横笔波式向上，起笔逆锋呈不规则的蚕头，或切笔呈方头。收笔或圆或方，出锋少。字形向上呈左低右高，错落有致。

第二种，取法于篆，取势向下，取形以长。字体多有篆意，呈长条形。横笔向下，起笔或圆意或斜切方笔，收笔或圆或方或尖。字形向下倾斜，左高右低，参差错落，口字或下斜梯形或三角形，捺笔弧形拉长。

第三种，取法于篆隶，取势平行，取形或方或扁或长。这种写法的竹简木牍最多。字体有篆意，也有隶意，根据字之笔画，笔画少的字小，笔画多的字大，与之相应的或方形或扁形或长形。横笔多为平行，少数向上或向下倾斜，多以不规则的蚕头或圆头出现，并有少量的方笔。口字转折多为圆角。捺笔部分较长。在平行的字体中有一种已经成了类似于汉隶的字形，无论是笔画，还是形态，都完全成了一种较为成熟的隶书，可称之为秦隶。

第四种，多为向下倾斜，并具有篆意隶意之草体或草书。

草体笔画多变，有动感，可见简省、可见连笔。点比较明显。在简牍中，通常点为短横短竖，在草体中，有的短横短竖变为了点。曲变为直线，直折变为弧线，捺笔更为夸张。笔画粗细、长短跳跃度较大，收笔笔锋多见。

如果说，前三种比较规整的秦简是后来隶出形成的演变过程，那么草体则是后来形成的章草的萌芽、基础和演变过程。

四

秦简笔画来源于篆隶，但有不同于篆隶，所形成的体形，是一种功用性书体，有篆意有隶意，更有秦统一时期的过渡性稳定特征。

秦简点画不明显，多为短横短竖所替代。横划多呈波状，由粗至细，向上横画，有的出锋，有的呈断笔。向下由大到小如锥。竖画多粗壮，或断笔，或向左尾部弯曲出锋。撇画短者前粗后尖如楷书撇，长撇多为竖笔至尾部弯曲出锋，或为左弯长撇。捺画多为长划斜拉，或超过字之本身的夸张，一字占两字位置，或由粗到细，或由细到粗的竖弧形。折笔或分为两笔写，或改为圆角。勾笔在竖画中，或以圆弧出锋拉长所替代。

笔画线条起笔或逆锋或直切，多为不规则的蚕头、圆头和方笔出现，收笔横画中或斜方或圆或尖，竖笔或横断或尾部左弯出锋。

五

里耶秦简是小篆统一前后的手书体，是文字走向实用的实践，也是书法艺术的探索，从字之结体、笔画取向，都为后世的隶书、章草、楷书开启了新的窗口。今天临习、研学和创作，当以此为基，特别创作秦简书法作品，要立于基础和本体，取其精华而运用。从笔画到结体、字形、体势要形似，也要神似。在取法上可篆隶意兼用，在取势上或向上、或向下、或平行，在取形上或方或扁或长，保持一幅作品的大势。在章法上行距摆布、字体排列，宽疏间隔，注意竖齐横不齐，字之大小随笔画多少繁简而异，且疏密得当，错落有致。秦简书法不同于小篆何隶书整齐划一，其自由发挥、空间把握、谋篇布局的差异较大，更需发挥主观能动性，体现创作意识，创作继承和弘扬传统秦简书风的好作品。

2011 年 9 月

于右任草书临习与创作

自研习标准草书和于右任草书，已是二十多年，深感草书独有其技，独享大成，独有成理。

历经几千年，章草、今草、狂草多成其形，从其中选其精华创立标准草书，既蕴含章草、今草、狂草之意，可追根溯源；又独成新系统，且规范标准。于右任立其原则四条：易识、易写、准确、美丽。这实际上是手写汉字哪一种字体都应把握的原则。草书作为书法至高艺术，更应讲究。标准草书规定了部首、偏旁要求，凡主部首必须准确；用一部首，不得异式；两个以上部首之符号，为代表符号；简字之草体可采用；过于简单之字，不必作草，过于冷僻之字，可不作草。在论其书理上，要求草书，中锋行笔，万毫齐力，点画变化，点画接应。

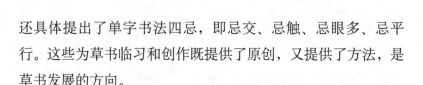

还具体提出了单字书法四忌，即忌交、忌触、忌眼多、忌平行。这些为草书临习和创作既提供了原创，又提供了方法，是草书发展的方向。

依于右任先生草书临习和创作之原则、方法、方向，要将几个方面统一于心与手。

汉字结体美与能识易认相统一。每个人在书法生涯中有许多自己对字体繁简的习惯写法，还有一些草书来自民间方法，或烦琐、或过简、或偏冷，要规范到标准草书上来，在实用功能的易认易写上把握好，否则，就如同民间所说，草字不过格，神仙认不得。离开了汉字结构之本体，仅留下线条，就不能称其为汉字书法。即使草书完全作为艺术，也要在易认易写基础上追求其美感和欣赏价值。

运用符号替代与大众约定俗成相统一。标准符合替代的草书，有单行字，更多的是偏旁部首，要用规范符合。这些替代符合，或来自民间，约定俗成，或来自章草、今草、狂草书法家，被广为接受，不能自创符合替代，随心所为。

对称平正与险奇平衡相统一。汉字结构讲究对称平正，但草字则不同，追求的是笔笔不同，字字变化，敧正相生，左揖右让，正如于右任提出的忌平行，讲究的相对平衡。二者的有机统一，则有草书灵动、豪放之体势美感。

转折波磔与行云流水相统一。转折流畅，线条起伏是草书与其他字体的区别。草书如人之行跑，又如行云流水，无论起收转折，顺势逆势还是跌宕波磔，浓淡疾涩，都要流畅，以圆为主，以柔为主，圆中见方，柔中有刚。

字字独立与意连气连相统一。字字独立是小草与狂草之区别。独立着的每一个字点画之间应是笔断意连，笔断气连。于右任提出的忌交、忌触、忌眼多，就是要求气连意连，以达到草书之简约、干净的艺术效果。气连意连是上一字与下一字的关系，乃至整个篇幅的关系，是个体与整体的关系，是章法之美。字字独立讲究字体有大有小，有斜有正，线条有粗有细，有强有弱，用墨有浓有淡，有湿有枯，等等。

欣赏价值与实用功能相统一。汉字的功能是实用，是表达和交际人之思想与行为活动的载体。同理，写字也是为了实用。但书法却是一种艺术，作为一种艺术而存在，更多的是欣赏，其欣赏价值反映其艺术价值。显然，草书作为一种书法艺术，体现于实用功能是易认易写准确，美观则是其欣赏价值所在，成艺术，可欣赏，有价值。

王羲之《草诀歌》云："草圣最为难，龙蛇竞笔端。毫厘虽欲辨，体势更须完。"草书为书法之最高境界，抽象而灵动，简约又潇洒，妙趣有神韵。点画之间，差之毫厘，失之千里，只要把握体势，悉其精微，功在不舍，方可宏其用、宏其艺、宏其美。

2012 年 6 月

后　记

　　《与时共语》是我 2017 年在人民文学出版社所出版的《铭心微言》姊妹篇。《铭心微言》为小赋韵文集，共 8 章 300 篇 900 条小赋，《与时共语》为随笔、散文、札记及论文论言，分为 6 篇 200 篇。

　　《与时共语》是随时代发展的不同阶段，不同领域、不同方面的思与行之一部分内容，是一种不同时间、不同地点、不同环境的认知、理解和感悟的集结。"心象思辨"是于心之言，于实之言，于情之言。有偶然出现之思，有静思细想之辨；有一事一物之思，有众生众相之辨；有感性理性之思，有主观客观之辨。"起行论言"是在一个地方工作的论言与实践，包括党的建设、经济发展、社会事业、文化、生态、德、法、廉、纪诸方面的知与行、言与行，为起行而言，由起行而论，从起行而得。"职缘逸文"是因职缘亦即历经的工作或者业余研究兴趣而学、而思、而论，从一个角度、一个方面的思考研究而形成的文章，又未收入其他专著之中，故集于此。"览物纪事"是见事见物、历事历物所感，似咏物散文和纪实散文，或眼观、或心察、或亲历，有不同时境，有特定内涵，是真知，含真情。"诗词漫谈"包括了诗词和联赋的学习、认识、理解、写作和研究，并以此消闲、修身、养心、怡情之感悟，更多的是闲余时间创作诗词联赋之所思所感所悟。没有实践，没有创作，没有思考，便没有感情和理性之体会，有些谈论，虽也肤浅，是一己之见，但感受都也从心而生发。"书法散记"是动心动笔之体会，也是学习、研究、创作之体会，倾注了闲时、情感和劳动。书法是动手的技艺和智慧，没有勤劳和积累成不了书法。书法以临摹为始，重复为基，勤奋为本，灵性为要，方能由写字变书法，见技艺，见心境，见神韵。

时代是思想之母，实践是理论之源。所谓"与时共语"，不仅仅为了记录过去的所思所想、所感所悟，更是为了与时同行、与时共进。新时代，我们要深刻把握世界之变、历史之变、时代之变，勿忘昨天的初心，无愧今天的使命，不负明天的梦想，勇毅前行、开拓创新，为实现第二个百年奋斗目标、实现中华民族伟大复兴的中国梦而不懈奋斗。

感谢人民出版社蒋茂凝社长的关心和支持，感谢洪琼主任的指导和精心编辑。由于水平有限，书中不当之处敬请读者批评指正。

何泽中
2022 年 5 月

责任编辑：洪　琼

版式设计：顾杰珍

图书在版编目（CIP）数据

与时共语／何泽中 著 . —北京：人民出版社，2023.3

ISBN 978 - 7 - 01 - 025319 - 0

I. ①与… II. ①何… III. ①中国文学 – 当代文学 – 作品综合集

IV. ① I217.2

中国版本图书馆 CIP 数据核字（2022）第 237597 号

与 时 共 语
YUSHI GONGYU

何泽中　著

人民出版社 出版发行

（100706　北京市东城区隆福寺街 99 号）

北京汇林印务有限公司印刷　新华书店经销

2023 年 3 月第 1 版　2023 年 3 月北京第 1 次印刷

开本：710 毫米 ×1000 毫米 1/16　印张：22.25

字数：300 千字

ISBN 978 - 7 - 01 - 025319 - 0　定价：128.00 元

邮购地址 100706　北京市东城区隆福寺街 99 号

人民东方图书销售中心　电话（010）65250042　65289539